Gudrun Pausewang:
Fern von der Rosinkawiese
Die Geschichte einer Flucht

Deutscher
Taschenbuch
Verlag

Von Gudrun Pausewang
sind im Deutschen Taschenbuch Verlag erschienen:
Die Freiheit des Ramon Acosta (10122)
Kinderbesuch (10676)
Der Weg nach Tongay (10854)
Pepe Amado (11088)
Aufstieg und Untergang der Insel Delfina (11218)
Rosinkawiese (11489)

Ungekürzte Ausgabe
Februar 1993
Deutscher Taschenbuch Verlag GmbH & Co. KG,
München
© 1989 Ravensburger Buchverlag Otto Maier GmbH
ISBN 3-473-35099-0
Umschlagtypographie: Celestino Piatti
Umschlaggestaltung unter Verwendung eines Fotos
aus dem Privatbesitz der Autorin
Gesamtherstellung: C.H. Beck'sche Buchdruckerei,
Nördlingen
Printed in Germany · ISBN 3-423-11636-6

Schlitz, September 1987

Mein lieber Junge,

ich habe Dir vor ein paar Jahren meine Heimat gezeigt: *Wichstadtl* im Adlergebirge, im Norden der Tschechoslowakei gelegen, drei Kilometer von der früher reichsdeutschen, jetzt polnischen Grenze entfernt, vor 1918 zum alten Österreich-Ungarn, danach zur Tschechoslowakei, ab 1938 zum »Großdeutschen Reich«, ab 1945 wieder zur Tschechoslowakei gehörend: ein 800-Einwohner-Dorf, das Wert darauf legte, als »Marktflecken« bezeichnet zu werden – deutschsprachig, welchem Staat auch immer es zugehörte, eingebettet in das Tal der Stillen Adler, in eine Nische des Weltgeschehens, fern von Großstädten, Industrie oder Bergbau, schon weithin unverwechselbar durch seinen stumpfen, häßlichen Kirchturm.

Aber wir hielten nicht an, als wir diesen Ort, der heute *Mladkov* heißt, nach einer zehnstündigen Fahrt erreichten. Wir durchquerten ihn und fuhren noch einen Kilometer in östlicher Richtung weiter, zu dem einsamen braunen Holzhaus mit dem roten Spitzdach hinter dem Teich, etwa zweihundert Meter von der Landstraße entfernt, nur durch einen Wiesenweg mit ihr verbunden, mitten in einem acht Morgen großen Garten voller Obstbäume, nach Norden zu geschützt von einer Reihe mächtiger Pappeln.

Die Rosinkawiese. *Unsere* Rosinkawiese. Meine Eltern hatten sie aus einem unfruchtbaren Sumpfstück erschaffen, um eine Idee zu verwirklichen: von der »eigenen Scholle« zu leben. So nannte man das damals. Und diese Tätigkeit hieß »siedeln«.

Weder mein Vater noch meine Mutter war auf einem Bauernhof aufgewachsen. Mein Vater hatte an den Universitäten von Wien und Breslau Landwirtschaft studiert und das Studium als Diplomlandwirt abgeschlossen. Meine Mutter hatte ein Kindergärtnerinnen- und Jugendleiterinnenseminar besucht und war vor ihrer Heirat bereits einige Jahre als Jugendleiterin in Kinderheimen tätig gewesen. Kennengelernt hatten sich die beiden im Hermann-Lietz-Kriegswaisenheim Veckenstedt im Harz, wo meine Mutter als Pädagogin und mein Vater als Verwalter der Gartenanlagen und Biologielehrer gearbeitet hatte.

Die Wichstadtler hatten die Köpfe geschüttelt, als das junge Paar – er: jüngster Sohn eines als Heimatdichter weit über die Grenzen des Ortes bekannten pensionierten Oberlehrers, dessen Familie seit Generationen in Wichstadtl ansässig war, sie: Tochter eines Saarbrücker Großkaufmanns, der allerdings schon in ihrem zehnten Lebensjahr gestorben war – ein reichlich einen Kilometer außerhalb des Ortes gelegenes, wegen seiner Unfruchtbarkeit von allen Wichstadtler Bauern verschmähtes Wiesenstück in Erbpacht erworben und ein kleines Holzhaus darauf errichtet hatte. »Rosinkawiese« (Rosinenwiese) wurde das Wiesenstück spöttisch genannt, und mit unendlicher Mühe und Liebe hatten die Eltern versucht, das zwei Hektar große, elende Sumpfland in einen Garten zu verwandeln. Ganze Reihen von Obstbäumen und Beerensträuchern wie auch ein Wäldchen, das den scharfen Ostwind abhalten sollte, hatten sie gepflanzt, hatten das Grundstück mit einer Pappel- und Fichtenreihe umgeben, hatten Blumen- und Gemüsebeete, ein Kartoffel- und ein Erdbeerfeld angelegt und den mageren Boden mit Komposterde und von der Landstraße und Feldwegen zusammengesammeltem Pferdemist gedüngt. Nach den ersten zwei, drei Jahren hatte sich ihre Ernte sehen lassen können.

Herzstück der Rosinkawiese war ein großer Teich, den die Gemeinde Wichstadtl einige Jahre zuvor mitten in den Sumpfwiesen angelegt hatte, um sie zu entwässern.

Wichstadtl. Im Kreis die Rosinkawiese – noch ohne Haus

Meine Eltern hatten sich also in den Kopf gesetzt, allein von den Produkten dieses großen Gartens zu leben – samt den Kindern, die sie haben wollten und die sich dann ja auch bald einstellten. Nach heutigen Maßstäben hatten sie ein unendlich armes Leben geführt, was ihre materiellen Güter und ihren Komfort betraf. Freilich, im ganzen Adlergebirge herrschte damals, in den zwanziger Jahren, große Armut, denn es gab dort so gut wie keine Industrie, und die Gebirgshänge lagen in rauhem Klima und waren nicht sehr fruchtbar. Aber die Armut unserer Familie war sozusagen freiwillig. Denn mein Vater hätte ja als Akademiker eine gutbezahlte Stellung, wenn auch nicht in der Tschechoslowakei – da hatten es Angehörige der deutschen Minderheit schwer, einen

Arbeitsplatz zu finden –, so doch in Deutschland haben können. Aber er wollte hier im Adlergebirge, in seinem Heimatort und von seinem Garten leben, von und in der Natur.

Meine Mutter hatte sich ebenfalls mit dieser Idee identifiziert. Das war ihr, obwohl Großstädterin, nicht schwergefallen. Denn seit ihrem vierzehnten Lebensjahr hatte sie dem »Wandervogel« angehört, der damaligen Jugendbewegung, die die Rückkehr zur Natur und allem Natürlichen forderte.

Die Wichstadtler begriffen diese Ursachen unseres so anderen Lebens nicht. Sie fanden es komisch, daß wir kein Fleisch aßen, und schockierend, daß meine Eltern aus der Kirche ausgetreten waren und daß wir nackt im Teich badeten. Sie hielten uns wohl für ein bißchen verrückt.

Und wie haben *wir* uns auf der Rosinkawiese gefühlt, wir sechs Kinder?

Wir kannten dort keinen Komfort und haben ihn deshalb auch nicht vermißt. Unsere Nahrung kam aus unserem Garten, außer dem Brot, das wir im Ort kauften. Das nötige Fett lieferten uns unsere Ziegen in ihrer Milch. Die Jüngeren erbten die Kleider der Älteren, und den ganzen Sommer über sind wir barfuß gelaufen. Mein Vater besaß nur ein Fahrrad. Die Beete hat er mit dem Spaten umgegraben und die Wiesen mit der Sense gemäht, und die Mutter rubbelte die Wäsche auf dem Waschbrett. Wir Kinder mußten von klein auf mithelfen. Spielzeit gab's nur gegen Abend. Während des übrigen Tages – abgesehen von der Zeit, die wir in der Schule waren – war es eine Selbstverständlichkeit, daß alle mitarbeiteten, auch schon die Kleinen, so gut sie konnten. Aber von morgens bis abends sangen wir, und sonntags und an den langen Winterabenden musizierten wir, und ich las mich durch den vollen Bücherschrank der Eltern. Bildungsmäßig waren wir Pausewang-Kinder unseren meisten Mitschülern weit überlegen.

Wir wünschten uns kein anderes Leben, obwohl uns die Sorgen unserer Eltern nicht verborgen blieben: Sie hatten einen Kredit aufgenommen, um das Haus bauen zu können. Dieser Kredit mußte in monatlichen Raten abgezahlt werden. Arzt und Hebammenrechnungen waren zu begleichen. Samen, Gartengerät, Kleidung mußte angeschafft werden. Womit bezahlen? Unsere Eltern verkauften Erdbeeren und nahmen Sommergäste auf, um etwas Geld hereinzubekommen, der Vater schrieb Geschichten für Kalender, und schließlich, als schon drei Kinder da waren und sich das vierte ankündigte, unterrichtete er notgedrungen während der Wintermonate in einer Winterschule für junge Landwirte. Wenn's gar nicht mehr anders ging, mußte der Großvater einspringen und uns Geld leihen. Aber wenn uns der Garten auch nie so viel einbrachte, daß wir davon leben konnten, so begann er sich doch langsam, langsam in seiner Vegetation dem paradiesischen Bild anzugleichen, das sich meine Eltern zu Beginn ihres Rosinkawiesen-Lebens als Ziel gesetzt hatten.

Die Rosinkawiese im Sommer 1939

Arbeit auf der Rosinkawiese

Du warst knapp neun Jahre alt, als Du die Rosinkawiese kennenlerntest: diesen großen, wunderschönen Garten mit den hohen Bäumen, vor denen das kleine braune Haus fast verschwand. Jetzt lag sie mitten in einem riesigen Kolchosenfeld. Ihre heutigen Besitzer lieben sie.

Ich konnte Dir noch manche Spuren meiner Kindheit zeigen. Du hast verstanden, was ich Dir immer wieder begreiflich zu machen versuchte: daß wir, meine Geschwister und ich, hier eine geborgene Kindheit verlebt hatten, trotz einer Armut, die sich ein junger Mitteleuropäer heute nur in der Dritten Welt vorstellen kann. Daß wir also glücklich gewesen waren. Aber daß wir anders gelebt hatten als die Leute in Wichstadtl, und daß wir mit diesem Anderssein hatten fertigwerden müssen.

Schon vor unserer Reise wußtest Du, daß wir ein paar Tage nach Kriegsende von daheim geflüchtet sind. Wie es dazu gekommen war, konntest Du damals noch nicht verstehen. Und Du warst auch noch nicht imstande, in Deiner Phantasie die Ängste und das Elend dieser Flucht nachzuerleben und die Wandlungen und Lernprozesse zu verstehen, die sie in mir ausgelöst hatte.

Jetzt bist Du fast siebzehn Jahre alt und weißt, warum Wichstadtl zur Zeit, als mein Vater (Dein Großvater) geboren wurde, zur österreichisch-ungarischen Monarchie gehörte, zur Zeit *meiner* Geburt in der Tschechoslowakei lag, ab 1938 aber plötzlich in Deutschland war – und ab 1945 wieder in der Tschechoslowakei. Du hast im Geschichtsunterricht gelernt, daß Deutsche und Tschechen jahrhundertelang friedlich nebeneinander und miteinander im gemeinsamen »Vaterland« gelebt, gemeinsam eine hohe Kultur entwickelt und sich gegenseitig geachtet hatten. Du weißt auch, daß dann, im vergangenen Jahrhundert, allgemein ein Nationalitätsbewußtsein erwachte, das, auf beiden Seiten von Politikern geschürt, allmählich zu einem Haß zwischen Deutschen und Tschechen führte, der sich gegenseitig hochschaukelte. Als nach dem Ersten Weltkrieg die österreichisch-ungarische Monarchie zerbrach, bekam das tschechische Volk seinen eigenen, langersehnten, unabhängigen Staat zugesprochen. Auf dessen Territorium, vor allem in seinen Randgebieten, lebten aber etwa 3,5 Millionen Deutsche. Bei der Entstehung des jungen tschechischen Staates hatte man ihr Selbstbestimmungsrecht mißachtet. Und in den nachfolgenden Jahren setzte die tschechische Regierung alles daran, die Rechte der deutschen Minderheit zu beschneiden und die deutschsprachigen Gebiete zu tschechisieren. Zum Beispiel wurden bei der Vergabe von staatlichen Ämtern Tschechen bevorzugt, und Deutsche, die bestimmten Beamtengruppen angehörten, mußten ihre Kinder in tschechische Schulen schicken. In fast allen mehrklassigen Schulen des deutschsprachigen Gebiets wurde die Eröffnung einer tschechischsprachigen Klasse erzwungen. Auch das kulturelle Leben der Deutschen wurde behindert und eingeschränkt.

Den tschechischen Druck auf die deutsche Minderheit benutzte Hitler als Rechtfertigung für den Einmarsch deutscher Truppen ins Sudetenland, das deutschsprachige Grenzgebiet der Tschechoslowakei, dem er – auch das hast Du gelernt – die Besetzung des übrigen tschechischen Territoriums und die Liquidierung des tschechischen Staates folgen ließ. Während des von Deutschland ausgelösten Zweiten Weltkriegs mußte sich das so freiheitsliebende tschechische Volk einer deutschen Gewaltherrschaft beugen, die, wie Du Dir vorstellen kannst, den Haß ins Maßlose steigerte.

Was dann folgte, wird in den meisten Geschichtsbüchern nur mit ein paar dürren Sätzen erwähnt, die ein ungeheures Ausmaß an menschlichem Elend, an Ängsten und Qualen nicht vorstellbar machen: Unmittelbar nach dem Kriegsende mußten die Sudetendeutschen, zum größten Teil Frauen, Kinder, Kriegskrüppel und alte Leute, als den Tschechen am nächsten greifbar, deren aufgestaute Wut über sich ergehen lassen. In vielen deutschsprachigen Orten fanden Massaker statt. Und soweit man die grenznahen Dorfbewohner nicht schon ein paar Tage nach dem Waffenstillstand über die Grenze fortgejagt hatte, wurden alle Sudetendeutschen enteignet und im Jahr 1946 auf eine meist sehr inhumane Weise nach Mittel- und Westdeutschland abtransportiert.

Das alles habe ich Dir schon erzählt, als Du noch jünger warst, wohl wissend, daß ich Dich damit überforderte. Aber jetzt bist Du alt genug, die Ursachen unserer Trennung von der Rosinkawiese zu begreifen; die Flucht, wie ich sie erlebt habe, in Deiner Vorstellung nachvollziehen zu können; den schmerzlichen Verlust unserer heimatlichen Geborgenheit zu empfinden – und aus der Fülle dieser Erfahrungen zu lernen. Deshalb schrieb ich diesen Bericht für Dich nieder.

Wirst Du daraus lernen? Ich hoffe so sehr darauf. Denn

ich möchte um alles in der Welt nicht, daß Du jemals dazu getrieben wirst, ein Volk zu hassen. Ich möchte nicht, daß Du jemals Soldat wirst und damit gezwungen, Menschen zu töten. Ich wünsche mir und Dir, daß Du tätig mitwirkst, eine Zukunft zu schaffen, in der weder Kriege stattfinden noch Rassen ausgerottet werden, weder Menschen vertrieben noch Feindbilder gepflegt werden, weder unterdrückt noch gehungert wird. Das heißt, in dem Leben, das vor Dir liegt, sollten all der Völkerhaß und all die Menschenverachtung, die ich im Lauf meines Lebens kennenlernte, nicht mehr möglich sein.

Ich wünsche Dir und Deinen Kindern Frieden.

Deine Mutter

Wie der Krieg auf uns zukam –
oder: Wie wir uns dem Krieg näherten

Um die Ursachen unserer Flucht und meine Gedanken während der langen Wanderung verständlich zu machen, muß ich etwas ausholen.

Kaum hatte sich, im Oktober 1938, der sehnliche Traum der Sudetendeutschen erfüllt, nämlich ihre Heimat von der Tschechoslowakei losgelöst und Deutschland angeschlossen zu sehen, schien sich ihnen ein Paradies zu öffnen. Wir im Adlergebirge, einem der ärmsten Gebiete des Sudetenlands, erfuhren vom »Reich« besonders viel Zuwendung.

Gleich im Frühjahr 1939 wurden so gut wie alle Kinder zwischen sieben und vierzehn Jahren sechs Wochen in Familien verschickt, die im »Altreich« lebten. Unter »Altreich« verstand man damals das deutsche Territorium, das sich innerhalb der Grenzen des Jahres 1937 befand. Auch wir Wichstadtler Kinder kamen fort, gleichgültig, ob unterernährt oder nicht. Ein paar Mütter begleiteten die Transporte. Kein Kind sträubte sich, keine Eltern wehrten sich, allgemeine Begeisterung herrschte. Ich, die ich vor Gesundheit strotzte, kam zu einem Förster Lewerenz und seiner Familie nach Zarrenthin am Schaalsee, wo ich verwöhnt wurde.

Noch eine Fülle anderer Geschenke empfingen wir, die augenblicklichen Hätschelkinder der deutschen Nation: Alle Arbeitslosen bekamen Arbeit. Die Löhne und Gehälter stiegen. Es gab nun ausreichende Renten, es gab Krankenversicherungen für alle Arbeitenden und ihre Familien. Kinderreiche erhielten großzügige Unterstützung. Die Kinder minderbemittelter Familien wurden mit Kleidung und Schuhwerk ausgestattet. Und den Bauern winkten zinsgünstige Darlehen.

Daß all das nicht nur einer nationalen Freude über die

Heimkehr der Sudetendeutschen ins »Reich« entsprang, sondern auch kühl berechneter Faktor einer Politik war, die zum Krieg führen sollte und mußte, das ahnten nur wenige. Man empfand es als Selbstverständlichkeit, daß die tschechischen Schulklassen verschwanden. Und die Tatsache, daß Juden – es gab im Adlergebirge nicht viele – und tschechische Nationalisten, die nicht schon vor dem Einmarsch der Deutschen geflüchtet waren, in Nacht- und Nebelaktionen abgeholt wurden, ging in der allgemeinen Freude über den »Anschluß« unter.

Auch unsere Verhältnisse besserten sich. Wir konnten uns ein Radio leisten, einen sogenannten »Volksempfänger«, und erhielten Kindergeld. Der Vater, dessen Fachkenntnisse jetzt sehr gefragt waren, bekam eine gutbezahlte Stellung als Wirtschaftsberater. Seine Aufgabe bestand darin, als Vertreter des »Reichsnährstandes« – der staatlichen Körperschaft für alle landwirtschaftlichen Verbände – die Bauern des Distrikts fachlich zu beraten. Sein Amt lag in Mährisch-Trübau, einer etwa vierzig Kilometer entfernten Stadt, von wo er über die Wochenenden heimkommen konnte. Der Großvater, unser Nothelfer, war im Sommer 1938 gestorben – ein Verlust, der uns alle bestürzte und noch lange schmerzte. Aber auf seine finanzielle Hilfe wären wir jetzt nicht mehr angewiesen gewesen.

Natürlich waren seit dem »Anschluß« die größten nationalsozialistischen Organisationen in Wichstadtl vertreten: die NSDAP (Nationalsozialistische deutsche Arbeiterpartei), meist nur PARTEI genannt, in die jeder eintrat, der sich mit der nationalsozialistischen Ideologie identifizierte – oder der sich Vorteile von dieser Mitgliedschaft versprach; die NS-Frauenschaft; die SA (Sturm-Abteilung, eine halbmilitärische Organisation, senfbraun uniformiert, mit Schildmützen, die von Kinnriemen gehalten wurden); die Hitlerjugend (HJ) mit dem Bund Deutscher Mädchen (BDM), Jungmädchen und Jungvolk. Wichstadtl hatte jetzt neben dem Bürgermeister auch einen »Ortsgruppenleiter«, der alle Interessen der Partei vertrat und eine große Machtbefugnis besaß.

Mit anderen Worten: Das Leben im Sudetenland glich sich dem Leben im »Altreich« an. Und allgemein glaubte man, nun sei eine gute Zeit, eine Zeit zum Atemholen gekommen.

Aber zum Atemholen blieb uns kaum ein halbes Jahr. Uns sollte bald Hören und Sehen vergehen. Die Ereignisse überstürzten sich: Im März 1939 ließ Hitler seine Truppen auch in die übrige Tschechoslowakei, deren Grenze zwei Dörfer weiter südlich von uns verlief, einmarschieren. Auch durch Wichstadtl hallte ihr Marschtritt. Die Wichstadtler winkten.

Der tschechische Staat stand jetzt unter deutscher Verwaltung und wurde »Protektorat« genannt. Die Verwaltung war eisern. Wer sich nicht unterordnete, mußte um sein Leben bangen, vor allem ab dem Tag, an dem der SS-Offizier Heydrich in Prag, der tschechischen Hauptstadt, zu residieren begann.

Wir Sudetendeutschen konnten uns nicht recht freuen über diese Entwicklung. Der gewaltsame Eingriff in ihre Unabhängigkeit, diese Freiheitsberaubung mußte in den Tschechen einen Deutschenhaß erzeugen, der uns irgendwann gefährlich werden konnte. Wenn die Tschechoslowakei, geographisch gesehen, auch fast ganz von Deutschland umklammert wurde, so war ihre Besetzung doch glattes Unrecht.

Fünf Monate später schreckten uns die deutsch-polnischen Spannungen auf. Begann dieses riskante Spiel von neuem? Aber diesmal gelang es Hitler nicht, sozusagen am internationalen Protest vorbei den von deutschen Sprachinseln durchsetzten westlichen Teil Polens im Handstreich zu annektieren. Es kam zum Krieg.

Die ältere Generation, die sich noch gut an die verheerenden Folgen des Ersten Weltkriegs erinnern konnte – er hatte ja erst vor einundzwanzig Jahren geendet –, nahm diese Nachricht bedrückt, ja bestürzt auf. Wenn irgendwo Begeisterungskundgebungen stattfanden, waren sie von der Partei organisiert worden. Nur die Jungen freuten sich auf Abwechslung, auf Abenteuer, auf Chancen zur Bewährung.

Unser Vater freute sich auch – im Gegensatz zur Mutter, die dem Nationalsozialismus nicht gerade ablehnend, aber doch recht mißtrauisch gegenüberstand und nur auf Drängen des Vaters in die Partei eingetreten war. Ihre Heimatstadt Saarbrücken hatte im Ersten Weltkrieg sehr gelitten, war danach sogar von Deutschland getrennt worden. Sie war alles andere als eine Träumerin. Nie kam ihr eine gewisse Skepsis abhanden. Wer, bitte schön, garantierte uns den Sieg? Außerdem kannte sie den Vater: Würde er sich nicht am Ende freiwillig zu den Waffen melden? Sie hatte allen Grund, sich vor dem Krieg zu fürchten.

Ja, der Vater war außer sich vor Freude. Nur mit Mühe konnte ihn die Mutter daran hindern, die Fahne an unserer Fahnenstange zu hissen. Ich erinnere mich an eine wilde Debatte an diesem ersten September des Jahres 1939, dem Tag des Kriegsbeginns. Sie fand am Bettchen des erst zwölf Tage alten, vorläufig jüngsten Pausewang-Kindes statt. Der Vater sah in diesem Krieg Chancen für ein »Großdeutsches Reich«, das sich weit in den Osten erstreckte. Er sprach vom Recht des deutschen Volkes auf Raum, von der Führungsrolle der Deutschen in Europa. Die Mutter sprach von Unrecht und Größenwahn und dem Elend, das jeder Krieg bewirkte.

Der Vater ahnte damals noch nicht, daß er betrogen worden war oder sich selbst betrogen hatte. Er, ein Idealist und Träumer durch und durch, hatte sich seit 1935 in der Verteidigung des Deutschtums gegenüber dem Druck des tschechischen Staates sehr engagiert. Deutsch sein und deutsch bleiben, das war ihm als eine Pflicht erschienen, die er als Deutscher seiner Heimat schuldig zu sein glaubte. (Um sein Deutschtum zu demonstrieren, hatte er seinen Kindern urdeutsche Namen gegeben – lange, bevor die Nazis an die Macht kamen!)

Sooft es ihm die schwere Arbeit auf der Rosinkawiese erlaubt hatte, war er auf seinem alten Fahrrad in die Dörfer des Adlergebirges geradelt und hatte als Mitglied der Sudetendeutschen Partei Reden gehalten, in denen er die Bevölkerung beschworen hatte, trotz großer Nachteile und harter Opfer deutsch zu bleiben und ihr Deutschtum zu bekennen. Für diese Funktion war er allerdings nicht begabt gewesen. Daß man ihn mit der Agitationsrolle betraut hatte, war wohl darauf zurückzuführen, daß er der Sohn des allseits bekannten und geachteten Wichstadtler Oberlehrers war.

Vaters großer Irrtum hatte darin bestanden, die Begriffe »Deutschtum« und »Nationalsozialismus« für identisch zu halten. Deshalb hatte er nicht gezögert, schon im Jahr 1936 im Auftrag der Sudetendeutschen Partei heimliche Kontakte zu den Nationalsozialisten jenseits der Grenze aufzunehmen und sie über die politischen Vorgänge im Adlergebirge auf dem laufenden zu halten. Das hatte dazu geführt, daß er von den tschechischen Behörden mißtrauisch beobachtet worden war. Der Boden unter seinen Füßen war ihm immer heißer geworden. Manchmal, so erinnere ich mich, hatten sich seine Parteifreunde in unserer Wohnstube auf der einsamen Rosinkawiese getroffen. Dann war eine große Landkarte ausgebreitet und »politisiert« worden, wie das die Mutter nannte. Sie war währenddessen vor Angst fast vergangen. Denn hätten die Tschechen die Runde entdeckt, wäre der Vater für lange Zeit hinter Gittern verschwunden.

Unsere Geldnöte waren in dieser Zeit immer größer geworden. Dies und die politischen Zwänge hatten schließlich bewirkt, daß der Vater im Jahr 1937 hinüber ins »Reich« ging, wo damals dringend Lehrer für Landwirtschaftsschulen gesucht wurden. Um diesen Beruf auszuüben, hatte der Vater nur ein Semester Pädagogik nachzuholen brauchen. Nachdem er das in München-

Pasing getan hatte, war er Lehrer an einer Landwirtschaftsschule in Breslau geworden. Von Heimweh geplagt, war er einmal, im Frühherbst 1937, für zwei oder drei Tage heimlich nach Hause gekommen, um uns und die Rosinkawiese wiederzusehen. Hier, außerhalb des Ortes, hatte ihn so leicht kein Tscheche zu Gesicht bekommen können.

Im Dezember 1937 waren wir ihm nachgezogen. Die Rosinkawiese hatten wir an ein junges Paar aus einem Nachbardorf verpachtet. Aber schon im darauffolgenden Sommer – wir hatten damals, nach einem halben Jahr Breslau-Aufenthalt, in Festenberg an der polnischen Grenze gelebt, wo der Vater auch an einer Landwirtschaftsschule Lehrer gewesen war – hatte sich eine Rückkehr ins Sudetenland abgezeichnet. Eine militärische Einheit aus nach Deutschland geflüchteten sudetendeutschen Männern, »Freicorps« genannt, war aufgestellt worden, zu dem sich der Vater natürlich sofort gemeldet hatte, um mitzuhelfen bei der »Befreiung der Heimat«. Als Mitglied dieser Einheit war er, nun schon Parteimitglied, im Oktober 1938 ins Sudetenland eingezogen. Wir waren ihm im Dezember gefolgt. Die Pächter hatten inzwischen die Rosinkawiese verlassen. Fast genau ein Jahr waren wir fort gewesen.

Es hätte nahegelegen, daß der Vater jetzt ein Nazi-Amt übertragen bekommen hätte. Aber man hatte wohl gemerkt, daß er dafür nicht geschaffen war, er, der sich liebevoll Kindern, Blumen und Bienen widmete und nicht fähig war, ein Huhn zu schlachten. Außerdem war ihm jetzt eine andere Aufgabe als wichtiger erschienen: die Landwirtschaft in seiner Heimat, die noch recht rückständig war, zu modernisieren.

Das war nicht einfach. Denn die Adlergebirgsbauern hatten schon immer am Althergebrachten gehangen. Aber von meinem Vater ließen sie sich beraten, denn er war ja kein »Zugereister«, sondern ihr Landsmann, der ihren Dialekt sprach. Und so war er als Wirtschaftsberater sehr angesehen, und was er den Bauern riet, kam deren Betrieben zugute.

Wenn er über die Wochenenden heimkam, gab es jetzt oft scharfe Diskussionen zwischen ihm und der Mutter. Meistens drehten die sich um die »Judenfrage«. Auch meine Mutter hatte Vorbehalte gegenüber den Juden, die damals vor allem bei der Landbevölkerung im Ruf standen, ihre Handelspartner übers Ohr zu hauen und sich zu bereichern, wo immer sie konnten. Das aber gab – so meine Mutter – einem Staat noch lange nicht das Recht, sie umzubringen. Wenn sie schon unertragbar seien, solle man sie eben ausweisen.

Ja, damals war schon allgemein bekannt, daß Juden umgebracht wurden. Wir wußten von der Existenz der Konzentrationslager, es wurde viel getuschelt über das, was dort passierte. Aber *wie* man die Menschen dort umbrachte und daß man so viele tötete, blieb uns bis zum Kriegsende verborgen. Über meine persönlichen Begegnungen mit dem Schicksal jüdischer Mitbürger werde ich noch berichten.

Der Vater widersprach der Mutter lebhaft. Er führte die »Reinheit der nordischen Rasse« ins Feld, die es zu verteidigen gelte. »Bist *du* etwa nordisch?« rief sie meinem kaum dem Idealbild des »nordischen Menschen« entsprechenden Vater empört zu. »Ich bin eine alemannisch-gallisch-römische Mischung. Und schau dir mal Hitler an!«

Aber auf diesem Gebiet war der Vater versiert. In der Erblehre kannte er sich aus, und nun mußte sich die Mutter einen Vortrag über das Herauszüchten edler Rassen und über die Mendelschen Gesetze anhören. Da konnte sie nicht mithalten, und so zog sie sich wieder auf das ethische Gebiet zurück. So blieb schließlich jeder bei seiner Meinung. – Aber was für eine ungeheuerliche Diskussion! Es ging um das elementarste aller Menschenrechte, das Recht auf Leben, und der Vater redete über Biologie. Der Widersinn und das Furchtbare einer solchen Debatte war den Eltern damals nicht bewußt – und auch mir nicht, die ich ihnen zuhörte.

Noch zwei andere Themen gab es in dieser Zeit, die meine Mutter besonders erregten: die Ordensverleihung an kinderreiche Mütter (»Ich hab' meine Kinder nicht fürs Vaterland geboren, also ist mir das Vaterland keinen Dank schuldig. Außerdem komm' ich mir mit diesem Mutterkreuz vor wie eine preisgekrönte Zuchtkuh!«) und die mit Vorliebe auf den Sonntag festgelegten Veranstaltungen von Partei und Hitlerjugend (»Der Sonntag ist für die Familie da!«). Dagegen der Vater: »*Alles* steht im Dienst der Idee. Für sie sollte uns auch der Sonntag nicht zu schade sein.«

Aber auch wenn sie leidenschaftlich diskutierten, hingen sie aneinander. Sie hätten sich eine Trennung niemals vorstellen können!

Ich selber stand damals, was die Identifikation mit der nationalsozialistischen Ideologie betraf, mehr auf der Seite des Vaters als der Mutter. Der Grund war wohl, daß ich ihm überhaupt ähnlicher war. Auch ich sollte ja eine Träumerin werden. Außerdem bekamen wir, die Kinder und jungen Leute, diese Ideologie ja von allen Seiten eingeflößt. Die Schule, die Jugendorganisationen, die Schriftsteller, die wir lasen – sie alle stellten sie als die Norm, das Maß aller Dinge dar. Dazu kam, daß die Skepsis der Mutter nicht meinem Alter entsprach. Wieviel faszinierender war das Ziel, »fürs Vaterland zu leben und zu sterben«, »dem Führer durch dick und dünn zu folgen«! Man hatte uns mit deutschen Heldensagen gefüttert und mit zackigen Märschen aufgeputscht, und das Herz schlug uns höher bei dem Gedanken, daß wir nun dem deutschen Volk angehörten, an »dessen Wesen die Welt genesen« sollte!

Die Rosinkawiese – eine Insel im Krieg

Zurück zum Kriegsbeginn, zum 1. September 1939: Noch am selben Tag fuhr die Mutter mit unserem Handwagen ins Dorf und kaufte zusammen, was wir nur brauchen konnten. Denn sie wußte aus der Erfahrung des Ersten Weltkriegs, daß eine Rationierung der Lebensmittel bevorstand. Die ließ nur ein paar Tage auf sich warten, ebenso wie die Einberufung aller jungen Männer zum Militär.

Der Vater war zu Beginn des Krieges vierzig Jahre alt und hatte fünf Kinder. Außerdem war seine Arbeitsstelle als kriegswichtig erklärt worden. Er war also »u. k.« (unabkömmlich). Dennoch tat er das, was die Mutter hatte kommen sehen: Trotz ihrer Versuche, ihn umzustimmen, meldete er sich freiwillig zum Kriegsdienst.

Es dauerte aber noch einige Zeit, bis er »einrücken« mußte. Er kam zur Ausbildung nach Holland. Da er wegen eines Herzfehlers nie Militärdienst gemacht hatte, wurde er einfacher Soldat in einer Pioniereinheit. Wir daheim waren einigermaßen beruhigt: In Holland lebte er relativ gefahrlos.

Ach, er war – obwohl er das selbst anders sah – ein so ganz und gar unmilitärischer Mann! Er war einen Meter siebzig groß und schlank, fast hager. Seine Brille – er war weitsichtig – hatte er stets dort, wo er sie nicht fand. Blitzschnelle Reaktion und skrupellose Gewalt waren nicht seine Sache. Und das bedingungslose Gehorchen fiel ihm schwer. Das einzige, was ihm in diesem Militärleben zugute kam, war seine körperliche Leistungsfähigkeit.

In Wichstadtl merkte man, so seltsam das heute klingen mag, nicht viel vom Krieg, und auf der Rosinkawiese schon gar nichts – abgesehen davon, daß wir mit Lebensmittelkarten einkaufen gingen, der Vater samstags nicht mehr heimkam und wir uns vor jeder Nachrichtensendung vor dem Radio zu versammeln pflegten.

Zwei Jahre lang bekamen wir fast nur Siegesmeldungen zu hören. Eine »Sondermeldung« jagte die andere. Wir waren verwöhnt und fühlten uns schon als ewige Sieger. Diese allgemeine Hochstimmung konnten die noch sehr spärlichen Todesnachrichten von den Fronten nicht trüben. Es gab auch noch reichlich Heimaturlaub für die »Landser«, wie die Soldaten genannt wurden. Unser Vater bekam Sonderurlaub zur Geburt seines sechsten Kindes, eines Jungen, der Volker heißen sollte. Das war Ende Oktober 1940. Ein Jahr später wurde seine Einheit nach Rußland verlegt.

Allmählich wurden die Rationen knapper. Aber wir auf der Rosinkawiese litten keine Not. Im Gegenteil: Wir konnten anderen von unserem Gemüse, unseren Kartoffeln, unserem Obst abgeben. Jetzt erwies sich unsere Idee des Von-der-eigenen-Scholle-Leben als überaus segensreich! Und auch die Arbeit war zu bewältigen, denn wir bekamen, als kinderreiche Familie, eine junge Ukrainerin als Haushaltshilfe bewilligt.

Jetzt kam nur noch *ich* an den Wochenenden nach Hause, denn seit dem Herbst 1940 besuchte ich das Gymnasium in Freiwaldau. Ein Jahr später wechselte ich an das Gymnasium in Mährisch-Schönberg über. Von dort hatte ich eine bessere Bahnverbindung nach Hause.

In einer kleinen, leerstehenden Fabrik war in Wichstadtl ein Gefangenenlager eingerichtet worden, erst belegt mit Franzosen, später mit Ukrainern. Es versorgte die bäuerlichen Betriebe mit Arbeitskräften. Auch wir bekamen einen Gefangenen zugeteilt: Michel, einen zwanzigjährigen Studenten aus Paris. Er war genauso unsoldatisch wie unser Vater, und wir Kinder liebten ihn. Zu unserem Bedauern blieb er nur ein paar Monate, dann wurden alle Franzosen dieses Lagers nach Schlesien verlegt.

Das letzte Bild mit dem Vater, Sommer 1942

Jetzt begann, nach der Zeit der Siege, die Zeit der Niederlagen. Die Todesnachrichten nahmen zu, und auch ältere Männer mußten einrücken. Die Bombardierung der deutschen Großstädte setzte ein. Evakuierte aus dem Ruhrgebiet wurden in Wichstadtl einquartiert – erst Kinder, dann ganze Familien. Die Begeisterung der Bevölkerung, die bei der »Heimkehr ins Reich« geherrscht hatte, war längst verflogen. Vielen war inzwischen klar: Wir waren vom Regen in die Traufe geraten.

Im Spätwinter 1942 wurde der Vater schwer verwundet und kam in ein Lazarett in Brünn. Diese Stadt lag, nicht allzu weit von uns entfernt, in der Tschechoslowakei. Die Mutter und ich besuchten ihn. Ein Granatsplitter hatte seinen Schädelknochen durchgeschlagen. Das Gehirn war unverletzt geblieben. Aber seine Nieren streikten, und sein Herzfehler machte ihm zu schaffen. Er erschien uns sehr gedrückt. Aber als die Mutter den Endsieg anzweifelte, wurde er fuchsteufelswild.

Nach seiner Genesung wurde er als Landwirtschafts-Fachmann in der Ukraine eingesetzt. Er trug jetzt den Titel »Kriegsverwaltungsrat« und erhielt den Majorsrang. Die Mutter fühlte sich beruhigt: Nun brauchte sie nicht mehr so viel Angst um ihn zu haben. Eine Woche lang bekam er im Sommer 1942 Urlaub. Es waren wunderbare Tage. Was kümmerte uns der Krieg? Wir waren wieder alle beisammen auf unserer Rosinkawiese, der Garten blühte, die Kinder gediehen, die beiden Kleinsten gewöhnten sich an ihren Vater, den sie nicht kannten. Es würde alles, alles gut werden.

Noch einmal kam er heim: zum Weihnachtsfest 1942. Er durfte bis in den Januar 1943 hinein bleiben. Er wirkte sehr deprimiert. Der Abschied fiel ihm schwer, und auch wir hatten trübe Ahnungen.

Mit dem tragischen Ende der Schlacht um Stalingrad kam den meisten Deutschen, auch im Adlergebirge, der Glaube an den Sieg abhanden. Man machte notgedrungen weiter. Aber die innere Motivation fehlte. Und immer mehr Ängste kamen auf: Nicht nur im russischen Hinterland, sondern auch in den anderen besetzten Ländern, vor allem in der Tschechoslowakei, machten Untergrundorganisationen der deutschen Besatzung zu schaffen. Partisanen sprengten Bahnstrecken, überfielen Waffen- und Lebensmitteltransporte, töteten aus dem Hinterhalt. Im Radio wurden täglich Listen von Namen hingerichteter Tschechen verlesen. Von deutschen Standgerichten verurteilt, waren sie erschossen oder gehenkt worden.

Anfang März 1943 empfingen wir die Nachricht, daß unser Vater gefallen war. Sie traf die Mutter tief. Und auch ich litt lange an diesem Verlust, denn ich hatte ein sehr inniges Verhältnis zum Vater gehabt. Trost gab mir die feste Überzeugung, daß er für eine gute Sache gefallen war. Ich richtete mich an Liedertexten auf wie »Du sollst bleiben, Land – wir vergehn« oder »Deutschland, sieh uns: Wir weihen dir den Tod als kleinste Tat. Grüßt er einst unsre Reihen, werden wir die große Saat«.

Die Mutter nahm die Realität, wie sie war. Nach dem ersten Schock hatte sie sich wieder in der Hand und übernahm die Führung der Familie. Diese Rolle war ihr wie auf den Leib geschrieben.

Unsere Mutter war für uns »die Mutter«. Nie wäre einem von uns Kindern in den Sinn gekommen, sie »Mama« oder »Mutti« zu nennen. Sie war mittelgroß und schlank, fast mager. Ihr braunes Haar trug sie in einem Knoten im Nacken. Nahm sie ihre Brille ab, war sie für uns eine Fremde. Sie war voll von Energie, besaß einen ausgeprägten Sinn fürs Wesentliche, eine Fülle praktischer Lebenserfahrung und vor allem Organisations- und Führungstalent. Wir Kinder standen bis in unser Erwachsenenalter im Schatten ihrer starken Persönlichkeit. Noch lange Jahre nach dem Krieg war sie als Trösterin, Helferin, Ratgeberin Mittelpunkt der Großfamilie, als eine Frau, die selbständig Entscheidungen zu treffen wußte, willensstark Ziele verfolgte, ja recht eigensinnig und ordnungssüchtig sein konnte. Vor allem aber besaß sie eine ausgesprochene Begabung dafür, Auswege aus scheinbar ausweglosen Situationen zu finden. Wie oft in meinem Leben habe ich mich an sie gewandt, wenn ich nicht mehr weiterwußte!

So meisterte sie auch die Lage nach dem Tod des Vaters. »Was mich nicht umbringt, macht mich stärker«, war ihr Motto. Ich habe den Verdacht, daß dieser Spruch von Hitler stammt. Solche Sprüche tauchten damals an den Wänden vieler Behördenräume und Schulkorridore auf, um die Bevölkerung, die nun fast jeden Tag deprimierende Nachrichten vom Rückzug an allen Fronten empfing, zu ermutigen und zu neuem Widerstand anzustacheln. Aber die Angst ließ sich nicht wegmotivieren.

Volker mit der Mutter, Sommer 1944

Vor allem nicht jene, an der wir Sudetendeutschen litten: die Angst vor der Rache der Tschechen.

Die Mutter sah ihre Aufgabe jetzt ausschließlich darin, für das Wohlergehen von uns sechs Kindern zu sorgen. Darauf richtete sie jahrzehntelang, bis weit in die sechziger Jahre hinein, ihr ganzes Leben aus.

Wir sechs – wie waren wir, als der Krieg zu Ende ging?

Volker, ein blonder Lockenkopf von gut viereinhalb Jahren, war ein recht unkompliziertes Kind. Als Jüngster und als Junge (diese Eigenschaft wog damals noch sehr viel!) hatte er besonders viel Zuwendung erhalten. Ich habe ihn als mäßig temperamentvoll und ausgeglichen in Erinnerung.

Gothild, in ihrer Kindheit Gotli gerufen, nur eineinviertel Jahre älter als Volker, war ein süßes, strohblondes, anschmiegsames Kind, sensibel, leicht in Tränen ausbrechend und bemüht, es allen recht zu machen. In ihren Gesichtszügen der Mutter am ähnlichsten, in ihren Charakterzügen ihr am unähnlichsten, sollte sie wohl am

Gotli und Siegfried, Sommer 1944

meisten von uns allen unter den Strapazen der Nachkriegszeit leiden.

Siegfried, acht Jahre alt, der langersehnte Junge nach drei Mädchen, war äußerlich wie innerlich dem Vater sehr ähnlich: klein, mager, blond, tiefliegende Augen unter hoher Stirn – immer sehr still, nachdenklich, in sich gekehrt, beim Gehen den Blick auf den Boden geheftet, gut in der Schule.

Sieglinde, etwas über elf Jahre alt, damals nur Linde gerufen, war ein etwas plump wirkendes, sommersprossiges Kind mit glattem, rotblondem Haar, das sie in kurzen Zöpfen trug. Sie hielt sich selbst für häßlich und unbegabt, litt einsam und trotzig an diesen Gefühlen und wußte nicht, daß sie die selbstloseste und vielleicht idealistischste unter uns Geschwistern war. Als die, die eigentlich ein Junge hätte werden sollen, noch dazu, da sie ihren älteren Schwestern rascher gefolgt war als geplant, hatte sich der leise Unmut der Eltern in ihr wohl irgendwie spürbar gemacht. Sie fühlte sich als Stiefkind behan-

Sieglinde, Gudrun und Freya, Sommer 1944

delt, stand in innerer Opposition zur Mutter und war doch so dankbar für jede ihrer Liebesbezeugungen. Die Art des Vaters lag ihr wohl mehr als die der Mutter. Sie war ihm auch ähnlicher als ihr. Versponnen in Träume, kam ihr manchmal alles Realitätsbewußtsein abhanden. Sie hatte ein so weiches Gemüt, daß sie nach der Lektüre trauriger Geschichten in Tränen ausbrach, und Lieder in Moll liebte sie mehr als solche in Dur.

Freya, zur Zeit des Kriegsendes nicht ganz dreizehn Jahre alt, war genau das Gegenteil: Mit ihrem wachen Sinn fürs Reale, ihrer Hilfsbereitschaft und ihrem Geschick für praktische Arbeiten war sie der Mutter in ihrem Charakter am ähnlichsten – allerdings sehr viel toleranter und alles andere als autoritär. Als kleines Kind hatte sie starke Trotzperioden durchlaufen, und von allen sechs Babys war sie der größte Schreihals gewesen. Obwohl sie jetzt keine Wut- oder Trotzanfälle mehr bekam, war sie immer noch die lebhafteste. Äußerlich glich sie uns kaum. Im Gegensatz zu ihren drei Schwestern hatte sie ein schmales Gesicht und einen schlanken, sehnigen Körper, um den ich sie beneidete. Blond war sie auch – wie wir alle.

Und ich? Trotz meiner siebzehn Jahre war ich noch sehr Kind – ein durchschnittlich großes, robustes, die Schule hassendes Mädchen mit langen blonden, zu dünnen Zöpfen, das sich immer wünschte, anders zu sein, als es war, und anders auszusehen, als es aussah. Ich war nicht hübsch, strahlte keinen Charme aus, fühlte mich unsicher. Zum Kummer der Mutter war ich wenig ordnungsliebend und so unpraktisch, daß es für sie angeblich kaum auszuhalten war. Außerdem war ich ihr zu träge. Ich saß am liebsten irgendwo und zeichnete oder schrieb, träumte oder las. Auch ich war ja ein Grenzgänger zwischen Realität und Irrealität, und alle Anstöße, die mich über Malerei, Musik und Literatur erreichten, machten mich hellwach und beflügelten meine Phantasie. Diese – und ein starker Wille – sollten mein späteres Leben bestimmen. Meine Geschwister liebte ich, aber ich dominierte sie auch, so wie uns die Mutter besitzergreifend liebte.

Doch ich habe den Dingen vorgegriffen. Noch war der Krieg ja im Gange. Die Rationen wurden immer kleiner. Aber noch waren wir Pausewangs dank unserem Garten weit davon entfernt, Hunger zu leiden. Auch die Wichstadtler wußten sich satt zu machen. Jede Familie hatte ihren Gemüsegarten, ihr Kartoffelfeld, hielt sich Hühner und Kaninchen, pflegte verwandtschaftliche oder freundschaftliche Verbindungen zu Bauern.

Unangenehmer war die bedrückende Enge in den Wohnungen. Vor dem Krieg hatte Wichstadtl etwa 800 Einwohner gehabt. (34 Jahre nach dem Krieg sollte es nur noch 500 Einwohner besitzen.) Der Krieg aber hatte den Ort auf weit über 1000 Menschen anschwellen lassen. Die Alteingesessenen waren fast zur Minderzahl geworden. Flüchtlinge aus den deutschen Ostgebieten, Evakuierte und Bombengeschädigte aus den westdeutschen Großstädten und aus Berlin waren in die Häuser eingewiesen worden. Auch viele Verwandte der Wichstadtler hatten in dem unbedrohten Dorf Zuflucht gesucht. Dazu kamen noch wechselnde Gruppen von Ostarbeitern und Kriegsgefangenen. Der Ort glich einer vollen Sardinenbüchse. Irgendwie rauften sich die Einheimischen mit den Fremden zusammen, versuchten gemeinsam, aus der drangvollen Enge das Beste zu machen. Man half sich gegenseitig und war dankbar, daß man hier, in diesem versteckten Winkel des »Großdeutschen Reiches«, ohne Gefahr leben konnte.

Gemessen an den heutigen Ansprüchen, war unser Rosinkawiesen-Haus geradezu lächerlich klein. Aber es enthielt außer der Wohnküche immerhin vier Zimmer, eine Mädchenkammer und eine Kammer unter dem Giebeldach. Als der Krieg zu Ende ging, bewohnten wir es zu neunt: Das waren die Mutter, wir sechs Kinder (seit Januar 1945 lebte ich wieder zu Hause, weil unsere Schule in Mährisch-Schönberg wegen der drohenden Frontnähe geschlossen worden war), unser ukrainisches Hausmädchen Anna – und Herr Ostermann, ein verwitweter Rentner aus dem Ruhrgebiet, dem die Wohnung zerbombt worden war.

Den ganzen Krieg über waren wir Adlergebirgler also gnädig von allen Schrecken verschont geblieben – wenn man von den gefürchteten Briefen absieht, die die Nachricht vom »Helden«-Tod eines Sohnes, Bruders, Ehemannes oder Vaters enthielten. Hier war keine einzige Bombe gefallen, und noch zu Beginn des Jahres 1945 war die Front weit entfernt, auch wenn man bei Ostwind schon Geschützdonner hören konnte. Buchstäblich bis zum Waffenstillstandstag hatten wir Wichstadtler den Krieg nur aus der Entfernung erlebt.

So ging der Krieg für uns zu Ende

Am 1. Mai erfuhren wir, daß Hitler tot war. Ich erinnere mich, verzweifelt geweint zu haben. Ein Leben ohne Hitler? Das konnte ich mir nicht vorstellen. Denn seit Jahren hatte er unser Dasein bestimmt, alles war auf ihn ausgerichtet gewesen. Ohne ihn verlosch der letzte Funke Hoffnung. Wo war das Wunder geblieben, das er uns versprochen hatte? Hieß sein Tod, daß der Krieg nun bald zu Ende war? Ich – und alle Jugendlichen, die »auf die deutsche Fahne eingeschworen« worden waren, hatten an dieses Wunder geglaubt. War nicht auch Friedrich der Große aus dem Siebenjährigen Krieg als Sieger hervorgegangen, obwohl zwischendurch die Russen seine Hauptstadt erobert hatten? Dieses Beispiel aus der preußischen Geschichte war uns in den letzten Kriegsmonaten immer wieder vor Augen geführt worden. Daß sich seit damals die Kriegsführung entscheidend geändert hatte, blieb unerwähnt.

Kriegsende. Das bedeutete Leben ohne Krieg. Wie war das? Ich, die ich so viel Phantasie besaß, konnte mir den Frieden nicht vorstellen.

»Er wird für uns härter werden als der Krieg«, meinte die Mutter. »Die Russen und die Tschechen werden sich an uns rächen.«

Auch das konnte ich mir nicht vorstellen. Waren wir nicht das Herrenvolk? So hatten wir in der Schule gelernt. Und nun sollten andere über uns Herren sein? Hatten wir Unrecht getan? Hätten wir vom Recht der Stärkeren nicht Gebrauch machen dürfen? War etwa doch nicht alles lautere Wahrheit gewesen, was man uns beigebracht hatte?

Für mich brach mein ganzes Weltgefüge zusammen, geriet alle Ordnung durcheinander. Zurück blieb eine dumpfe Angst. Sie wuchs, als am 6. und 7. Mai der Geschützlärm, den wir schon wochenlang hatten hören können, lauter wurde und ganze Kolonnen deutscher Armeefahrzeuge, von der Front kommend, drüben auf der Landstraße vorüberzogen, durch Wichstadtl ratterten und dann in Richtung Nordwesten übers Gebirge verschwanden.

Noch ging alles geordnet zu. Trotzdem war nicht mehr zu übersehen, daß hier geflüchtet wurde. Viele Offiziere versuchten wohl, die letzte Chance zu nutzen, sich und die ihnen untergebenen Mannschaften vor einer drohenden russischen Gefangenschaft zu retten. In Wichstadtl gabelte sich die Straße, die von Osten kam: Wenn man links einbog, geriet man nach ein paar Kilometern in tschechisches Sprachgebiet und von dort ins Innere der Tschechoslowakei, wo sich die Partisanen schon nicht mehr niederhalten ließen. Bog man nach rechts ab, kam man über die ehemalige deutsche Grenze nach Schlesien, ins Altreich. Dort war man Deutscher unter Deutschen, also vor Partisanenkugeln sicher. Und war die Gefangenschaft unvermeidbar, so zog man die amerikanische der russischen – nach allem, was die Nazipropaganda über die Unmenschlichkeit der Russen verbreitet hatte – unbedingt vor. Die Amerikaner zogen vom Westen heran. Also bogen die deutschen Soldaten nach rechts ab und hielten sich nach Westen. Und die zahllosen Flüchtlinge, die zwischen den Transportfahrzeugen und Pferdewagen, den Geschützen und Panzerwagen ihre Koffer schleppten und ihre Handkarren zogen, nahmen den gleichen Weg.

Meine Geschwister und ich beobachteten diesen Zug, der nicht abriß, bis wir in der Dunkelheit nur noch die Lichterketten sehen konnten. Die ganze Nacht dröhnten die Motoren weiter, knarrten die Räder. Flüche und Befehle hallten herüber, Gehämmer und Auspuffgeknatter waren zu hören. Am nächsten Morgen standen zwei Fahrzeuge schief im Straßengraben. Sie hatten wohl versagt und waren aus dem Weg geschoben worden.

Unsere Landstraßen waren schmale, ahorngesäumte

Schottersträßchen. Nur mit Mühe konnten sich auf ihr zwei Lastwagen begegnen. Ein Glück, daß es so gut wie keinen Verkehr in Richtung Osten mehr gab.

Immer wieder lauschten wir vor dem Radio. Ein deutscher Sender nach dem anderen verstummte. Einer der wenigen, die noch übriggeblieben waren, berichtete vom Zusammenbruch der schlesischen Front. Also strömten die Russen jetzt wohl auch schon in die schlesischen Niederungen nördlich unserer Berge ein. So war den flüchtenden Deutschen nur noch der Weg über die hintereinanderliegenden Kämme des Adlergebirges und des Riesengebirges nach Nordwesten offen, wenn sie nicht in die Hände der Russen oder Tschechen fallen wollten. Es konnte nicht mehr lange dauern, bis er hoffnungslos verstopft sein würde.

»Das gibt eine Panik«, meinte die Mutter.

Am 8. Mai wagte sie nicht mehr, mit uns in dem einsamen Haus zu bleiben. Wir packten das Nötigste in ein paar Koffer, luden sie auf unseren Handwagen und fuhren ins Dorf zu Vaters Cousine, die wir Tante Emma nannten. Anna, unsere Ukrainerin, ging mit uns. Sie war glücklich: Jetzt würde sie bald heimkehren können, zusammen mit den anderen Ukrainern, die in Wichstadtl lebten. Mit Gewalt war sie 1941 zusammen mit einer Gruppe anderer junger Frauen von deutscher Gendarmerie aus ihrem Dorf fortgeschafft und nach Deutschland transportiert worden. Tausende solcher »Ostarbeiterinnen« und »Ostarbeiter« arbeiteten in den Rüstungsbetrieben und in der Landwirtschaft, alle mit mehr oder weniger Gewalt aus ihren Familien, ihren Dörfern gerissen und als zweitklassiges »Menschenmaterial« behandelt. Obwohl Anna uns liebte und an unserer Mutter hing, freute sie sich natürlich darauf, ihre Eltern und Geschwister wiederzusehen. Unter den Ukrainern schien schon alles abgesprochen zu sein. Sie wollten nur noch abwarten, bis die Straßen nach Osten wieder einigermaßen frei waren.

Der alte Ostermann wagte es, im Haus zu bleiben. Er war ein alter Mann. Was konnte ihm schon passieren? Nur – er konnte nicht melken. Was geschah mit den beiden Ziegen? Anna erbot sich, abends auf die Rosinkawiese herauszukommen, um sie zu versorgen.

In Wichstadtl herrschte Ratlosigkeit. Die halbe Bevölkerung hatte sich auf dem Marktplatz zusammengefunden, um sich zu beraten. Man sprach immer wieder von einem deutschen General, der angeblich, um eine geordnete Flucht zu ermöglichen, mit seinen Leuten östlich von uns die Front hielt. Von einer Wendung in letzter Minute, von Wundern, die in den Gerüchten der letzten Kriegsmonate eine so große Rolle gespielt hatten, war nicht mehr die Rede. Wer hier nicht angstgetrieben herumhorchte und Pläne aufstellte und verwarf, vergrub daheim die Silberlöffel. Auch wir hatten eine Uhr samt Kette und einige silberne Schöpfkellen im Garten verscharrt, und auf dem Heuboden standen, gut versteckt, ein paar Gläser mit Honig.

Auch der Bürgermeister stand auf dem Marktplatz, ratlos wie alle anderen. Der Ort war zur Evakuierung freigegeben worden. Das hieß also, daß die Front nicht mehr weit entfernt war. Aber wo hätten die Wichstadtler hinfliehen sollen? Nach Süden, zu den Tschechen? Nach Norden, zu den Russen? Und der Weg übers Gebirge nach Westen war voll von Flüchtlingen und Militärkolonnen. Überhaupt – ihre Häuser, ihr Dorf freiwillig zu verlassen, das konnten sich die Wichstadtler nicht vorstellen. Und so blieben sie.

»'s wird schon nicht so schlimm werden«, meinte eine alte Frau. »Wenn ein Russe in unsere Stube kommt, mach' ich ihm ein Glas Eingemachtes auf.«

So wie diese alte Wichstadtlerin aber dachten die meisten nicht. Zu tief saß die Furcht vor den »Untermenschen«. Zu lange und zu geschickt hatten die Nazis dieses Feindbild aufgebaut. Auch hatten in den letzten Wochen die Berichte der Flüchtlinge aus Ostpreußen, Pommern, dem Warthegau und Schlesien über die Geschehnisse während des Russeneinmarschs die Furcht noch angefacht.

Ich erinnere mich, daß ich auch bei Tante Emma immer wieder an den Knöpfen des Radios drehte. Aber ich bekam nur noch einen einzigen deutschen Sender herein. Er bestätigte, was wir schon vermutet hatten: daß Wichstadtl in einem schmalen Fluchtkorridor lag, der von Norden und Süden in die Zange genommen wurde.

Dann erwischte ich einen englischsprachigen Sender. Mein Schulenglisch war bescheiden, und was ich da hörte, hätte ich am liebsten nicht verstanden. Ich hoffte, mich verhört zu haben. Aber der Satz wiederholte sich: WAR ON ALL FRONTS OF EUROPE HAS ENDED.

Ich empfand kein bißchen Freude, sondern Beklemmung. Frieden: Das bedeutete für uns, daß wir Deutschen den Krieg unwiderruflich verloren hatten. Daß uns kein Wunder mehr vor der Besetzung des Dorfes durch die Russen retten konnte. Und daß jetzt die Tschechen hier wieder das Sagen haben würden.

Die Mutter, die mir die Meldung vom Waffenstillstand nicht glaubte, entschloß sich, mit uns den Bereich der Fluchtstraße zu verlassen. Sie hatte Angst vor einem Ansturm der Russen hinter den fliehenden Deutschen her, der Kämpfe erwarten ließ. Sie war die einzige Wichstadtlerin, die flüchtete. Mit dem bepackten Handwagen zogen wir am Nachmittag über Feldwege in die Hänge des Gebirges hinauf, wo die kleinen Höfe weit verstreut lagen. Als wir uns gegen Abend um ein Nachtquartier bemühten, wurden wir an vielen Türen abgewiesen. Alle Häuser waren schon übervoll. Eine Frau mit sechs Kindern noch dazu? Unmöglich. Außerdem konnten die Russen jederzeit auftauchen. In diesen kritischen Tagen wollte sich niemand seine Lage noch zusätzlich erschweren.

Schließlich kamen wir doch noch unter. Ein altes Bauernehepaar, das meinen Großvater gut gekannt hatte, nahm uns freundlich auf. Wir bekamen zu essen und schliefen sogar – jeweils zu zweit – in Betten. Die Russen kamen noch nicht. Von dem Hof aus konnte man in der Ferne die Landstraße sehen. Bevor es dunkel geworden war, hatten wir noch einmal hinübergeschaut. Die Kolonnen waren kaum mehr vorangekommen.

Am nächsten Morgen berichteten Vorüberkommende von chaotischen Zuständen auf der Landstraße, die hoffnungslos verstopft war. Wir konnten uns mit eigenen Augen überzeugen, daß sich dort drüben nichts mehr bewegte. Wir sahen Scharen deutscher Soldaten zu Fuß, auf Fahrrädern, ja auf ungesattelten Pferden querfeldein flüchten, alle in die gleiche Richtung: nach Nordwesten. Eine Völkerwanderung. Und noch immer waren keine Russen da.

Wir zogen nicht weiter. Es hatte keinen Sinn, sich diesen panisch flüchtenden Scharen anzuschließen. Inzwischen hatte sich auch die Kunde vom Waffenstillstand herumgesprochen. Also waren keine Kämpfe mehr zu erwarten. Und die Straße war keine Straße mehr. Jetzt war unsere Mutter nur noch darauf aus, mich und Freya vor den Russen zu verstecken. Wo hätte sie das besser gekonnt als daheim? Dort kannten wir jeden Winkel.

Wir kehrten um und fuhren über Feldwege wieder hinunter ins Tal. Wir nahmen eine Abkürzung, so daß wir gar nicht über Wichstadtl kamen, sondern auf geradem Weg unser einsames Haus ansteuerten. Bei Deutsch-Petersdorf mußten wir die Landstraße überqueren. Gespenstisch still lag sie da, gesäumt von im Stich gelassenen Geschützen und Fahrzeugen jeder Art. Und nun kamen uns auch keine Flüchtlinge mehr entgegen, weder Militär noch Zivilpersonen. Keine Artillerie donnerte mehr im Osten. Über den frühlingsnassen Feldern trillerten die Lerchen. Es war ein sonniger Tag, ein strahlender Frühlingstag. Nur im Osten, irgendwo hinter dem Muttergottesberg, stieg an mehreren Stellen dunkler Qualm auf. Dort brannte es.

Je näher wir der Rosinkawiese kamen, um so weniger erkannten wir die uns so vertraute Landschaft wieder. Während der reichlich vierundzwanzig Stunden, die wir fortgewesen waren, mußte sich hier ein Chaos abgespielt haben: Auf den Feldern und Wiesen verstreut, so weit man sehen konnte, lagen Gewehre und Uniformteile, volle Koffer, verschnürte Schachteln, Stiefel, Bücher, Wolldecken, Munition und Kochgeschirre, Stahlhelme und tausend andere Dinge. Papiere flatterten durch die Luft: die Akten einer Militär-Schreibstube. Ich hob ein Blatt auf und las es, während ich den Wagen zog. Es war ein Protokoll: Ein Soldat hatte ein Huhn gestohlen. Den dazugehörigen Lastwagen, aus dem die Papiere herausgewirbelt waren, fand ich ein paar Tage später umgekippt im Straßengraben.

Es war ein gespenstisches Bild, das sich uns bot: Vor uns, für die im Lauf des Krieges die Lebensmittelrationen immer knapper geworden waren, breitete sich plötzlich das reinste Freßparadies aus! Proviantlaster waren auf der Straße im Stau steckengeblieben. Offensichtlich hatte man noch versucht, einen Teil der Lebensmittel zu Fuß querfeldein zu retten. Aber dann hatte man doch alles zurücklassen müssen, um schneller voranzukommen. Und so lagen auf den Wiesen neben unserem Garten wie auch auf unserer eigenen Wiese am Teich, ja sogar auf unseren Erdbeerbeeten pralle Zucker-, Reis- und Erbsensäcke, volle Schmalz- und Marmeladeeimer, zahllose Konserven, Fischbüchsen, Beutel mit Dörrobst, ganze Barren von Kochschokolade. Ja sogar gefüllte französische Pralinenschachteln entdeckten wir: sorgsam gehütete Beutestücke aus dem besetzten Frankreich?

Wenn man sich die Landkarte anschaut, wird man verstehen, warum gerade hier so viel unnötiger Ballast abgeworfen wurde: Hier ließ sich ein spitzer Winkel in der Landstraße abkürzen, ließ sich das Nadelöhr Wichstadtl umgehen. Aber die Wiesen rund um unseren Garten waren sumpfig, vor allem jetzt im Frühjahr – vollgesogen wie Schwämme! Da konnte man schon so tief einsinken, daß einem das Wasser in die Stiefelschäfte hineinlief.

Es war kaum zu fassen, was der Zufall alles über die Rosinkawiese hingestreut hatte: Nähmaschinen und Schreibmaschinen, Silberbesteck, Puppen und Teddybären, Instrumente einer Blaskapelle, Briefmarkenalben und Brillen und den Inhalt einer ganzen Kleiderkammer. Und eine Rotkreuz-Einheit hatte Berge von Verbandzeug neben dem Teich abgeladen.

Auch Briefe und Fotos lagen im Gras. Man konnte hier so gut wie alles finden, was ein Mensch besitzen und bewegen kann – nur keine Fahrräder. Und auch *mein* Fahrrad war verschwunden, wie sich herausstellte, sobald wir unser Haus betraten. Es hatte im Schuppen gestanden. Eine alte Arbeitsjacke meines Vaters fehlte ebenfalls. Sie hatte, obwohl ja der Vater schon vor über zwei Jahren gefallen war, noch immer an einem Haken im Schuppen gehangen. Wir wunderten uns. Wozu brauchte jemand eine alte, schmutzige Arbeitsjacke?

Wir waren glücklich, wieder daheim zu sein. Ein Tag und eine Nacht – sie kamen uns jetzt wie eine Ewigkeit vor.

Kaum sahen wir uns im Haus um – der alte Ostermann war nicht da, er war wohl ins Dorf gegangen –, entdeckten wir im Oberstock eine Flüchtlingsfamilie, Mann, Frau und Kleinkind, die sich in unserem Kinderzimmer einquartiert hatten. Wir erfuhren, daß sie von Nordmähren zu Fuß herübergeflüchtet waren und hier aus Erschöpfung nicht mehr weitergekonnt hatten. Der Mann war schon ziemlich alt und herzkrank.

Und schon fand sich auch Anna, die treue, wieder ein und freute sich riesig über unsere Rückkehr. Sie hatte die Ziegen am Vorabend zuverlässig gemolken und gefüttert und hatte dann bei einer anderen Ukrainerin übernachtet. Sie hob meinen jüngsten Bruder Volker hoch und küßte ihn ab. Und dann half sie der Mutter, wie sie ihr immer geholfen hatte, obwohl sie jetzt frei war und sich als Herrin hätte aufspielen können. Sie hätte uns alles mögliche antun können. Es gab ja keine Instanz mehr, die unsere Rechte vertrat. Wie launenhaft hatte ich sie manchmal behandelt! Wie oft hatte ich ihr Arbeit zugeschoben, die ich nicht gern machte! Wenn sie sich an mir hätte rächen wollen, hätte sich ihr jetzt genug Gelegenheit dazu geboten. Aber sie führte nichts dergleichen im Sinn. Und sie lastete uns nicht an, was Deutschland ihr und ihrem Volk angetan hatte. Sie mochte uns. Und so blieb sie bei uns und stand uns bei, bis die schlimmsten Tage vorüber waren.

Noch immer waren die Russen nicht da! So lief ich mit meinen Geschwistern hinaus, um wenigstens einen Zuckersack, einen Sack voll Reis, einen Schmalzeimer und ein paar Barren Kochschokolade in Sicherheit zu bringen, bevor sie kamen. Wir waren zu sechst. Auch der Kleinste von uns konnte schon ein paar Kleinigkeiten tragen. Wir kippten die Säcke auf eine Schubkarre und schafften die Beute in unseren Keller. Wir rannten atemlos vom Haus auf die Wiesen, von den Wiesen ins Haus. Die Russen ließen uns genug Zeit, um den halben Kartoffelkeller mit Proviant zu füllen. Ein beruhigendes Gefühl. Denn nun waren harte Zeiten zu erwarten.

Ein deutscher Soldat kam aus dem Wäldchen und lief auf mich zu. Er trug keine Waffen. Er hatte auch keinen Mantel und keine Mütze mehr. Ich glaube, er war kaum älter als ich, denn ich erinnere mich an ein rundliches Jungengesicht. Er sprach mich in gebrochenem Deutsch an. Ich konnte ihn kaum verstehen, aber ich merkte, daß er große Angst hatte – berechtigte Angst, wie ich bald herausbekam: Er war ein Soldat der Wlassow-Armee, also ein Russe, der auf deutscher Seite gegen die Russen gekämpft hatte. Ich begriff: Er war verloren, wenn seine siegreichen Landsleute dies herausbekamen. Er bestürmte mich, ihm Zivilkleider zu beschaffen. Ich lief ins Haus zurück. In aller Eile suchte die Mutter ein paar Sachen von unserem Vater aus dem Kleiderschrank: Hemd,

Weste und Jacke. Nur eine Hose hatte sie nicht mehr. Aus Vaters Hosen hatte sie meinen Brüdern Höschen und den jüngeren Schwestern Röcke genäht.

Ich trug die Sachen zu dem Jungen hinaus. Er bedankte sich überschwenglich, riß sich sein Militärzeug vom Leib, warf es in einen Graben und zog sich Hemd, Weste und Jacke über. Plötzlich stutzte er, zog die Uniformjacke noch einmal aus dem Grabenwasser und fingerte ein Foto aus der Brusttasche. Dann rannte er los, auf den Ort zu. Ich rief ihm nach und zeigte zu den Bergen hinüber. Aber er schüttelte den Kopf, zeigte zornig auf die Hose und stieß einen Schwall von Worten aus, die ich nicht verstand. Ich begriff nur soviel: Diese verdammte deutsche Hose gefährdete sein Leben. War er sie los, konnte er sich als verschleppter Ostarbeiter ausgeben. Weiß Gott, er hatte Angst genug, um den ersten besten Träger einer Zivilhose, dem er begegnen würde, zu erschlagen! Ich sah ihm nach. Jetzt verstand ich auch, warum jemand Interesse an Vaters alter Arbeitsjacke gefunden hatte. Auch *deutschen* Soldaten mußte jetzt in einer Ziviljacke wohler sein!

Dann hatte ich wieder die Landstraße im Blick. Kamen sie schon? Aber man konnte nur schwer erkennen, was auf der Straße vor sich ging. Denn an ihren Rändern, in ihren Gräben türmte sich Sperrmüll des Krieges auf, reihten sich Geschütze und Fahrzeuge aneinander. Wahrscheinlich konnte man nur an den Geräuschen ausmachen, was sich dort drüben tat. Aber noch blieb alles still. Es war eine gespenstische Stille: die Ruhe vor dem Sturm.

Drunter und drüber –
Die ersten Tage des Friedens

Am Spätnachmittag rief uns die Mutter ins Haus. Obwohl sie natürlich danach trachtete, für die uns bevorstehenden mageren Wochen, vielleicht sogar Jahre, soviel Eßvorrat wie nur möglich zu speichern, erschien es ihr nun doch zu riskant, uns weiterhin draußen herumhasten zu lassen, schon von weitem sichtbar für jeden, der auf der Straße vorbeikam. Die Russen *mußten* doch jeden Augenblick auftauchen!

So war es auch. Kaum hatten wir unsere letzte Schubkarrenfracht im Keller verstaut, wurde es laut auf der Straße: Russische Einheiten bahnten sich einen Weg nach Wichstadtl. Die Mutter schickte Freya und mich hinauf ins winzige Giebelzimmer, wo wir uns im Wandschrank verstecken sollten. Durch das Fenster beobachteten wir das Geschehen, bis wir einen Russen von der Straße abbiegen und herüberlaufen sahen. Während wir beide Hals über Kopf in den Schrank krochen, uns unter die Dachschräge kauerten und mit Federbetten zudeckten, fing ihn die Mutter schon an der Haustür ab. Er ließ sich von ihr die Uhr aushändigen, die sie am Handgelenk trug, und sprintete zur Straße zurück. Kaum war er weg, kam die Mutter zu uns herauf und berichtete.

Wir waren maßlos verblüfft. Die Uhr – war das alles gewesen, was er gewollt hatte? War nicht jeder Russe auf Plünderei, Vergewaltigung und Mord aus? Ich versuchte die entsetzlichen Fotos, die Berichte über die Greueltaten der russischen »Soldateska« zu verdrängen, die während der letzten Kriegsmonate die Zeitungen gefüllt hatten. Die Russen: das Böse, das Primitive, das Minderwertige. Untermenschentum. So hatten wir's gelernt, und so glaubten wir's. Daß mein Sohn einmal einen russischen Brieffreund haben wird, mit dem er sich großartig versteht – ich hätte mir's damals nicht vorstellen können. Wie sauber hatte ich doch die ganze Welt in Gut- und Böse-Schublädchen, in Schuldig- und Unschuldig-Abteilungen, in Ehrenhaft- und Unehrenhaft-Fächer eingeordnet! Vergewaltigt werden, noch dazu von einem Russen, erschien mir schlimmer als der Tod, hieß für mich: besudelt werden. Die Ehre verlieren. Wie konnte man danach noch weiterleben? Ja, ich wollte mir, sollte ich vergewaltigt werden, danach das Leben nehmen.

Mit diesen Ängsten hatte mich die Mutter während der letzten Kriegsmonate allein gelassen. Warum hatte sie – so frage ich mich heute, nach dreiundvierzig Jahren – nicht mit mir darüber gesprochen? Ich glaube fast, sie orientierte sich damals an einem ähnlichen Ehrenkodex wie ich! Oder befürchtete sie – in Unkenntnis meiner Ängste, über die ich mit niemandem zu sprechen wagte –, sie könne durch ein Gespräch womöglich nicht vorhandene Ängste wecken?

»Für mehr hatte er keine Zeit«, meinte die Mutter zum Verhalten des russischen Soldaten.

Der glimpfliche Ausgang dieser ersten Begegnung bewirkte, daß wir unvorsichtig wurden – und hungrig! Vor Aufregung und Zeitmangel hatten wir an diesem Tag noch kaum etwas gegessen. Aber gerade, als wir unten in der Küche etwas Eßbares holen wollten, erschien der nächste Russe. Keiner von uns hatte ihn kommen sehen. Die Stubentür flog auf, und da stand er: ein großer, kräftiger Mann mit einem Käppi auf dem blonden Haar. Schreckensstarr drängten wir uns aneinander, während Anna die Lage durch unbefangenes Geplauder zu entschärfen versuchte.

Auch diesem Burschen ging's in erster Linie um Uhren. Deutsche Armbanduhren waren gegen Kriegsende zu einer festen Tauschwährung in der russischen Armee geworden. Ich nahm meine Armbanduhr ab und reichte sie ihm. Aber er war noch nicht zufrieden. Er wußte, daß noch nicht viele seiner Landsleute hiergewesen sein konnten.

Also lief ich hinauf ins elterliche Schlafzimmer, wo auf dem Nachttisch noch eine Armbanduhr vom Vater lag. Er kam mir nach. Ihm folgte die Mutter voller Angst. Er steckte Vaters Uhr ein und nahm auch den Leuten im Kinderzimmer die Uhren ab. Hinter seinem Rücken machte mir die Mutter aufgeregte Zeichen: Ich solle verschwinden! Als ich versuchte, möglichst unbemerkt die Treppe zum Dachboden zu erreichen, rief er mich zurück.

»Wie alt?« fragte er.

Wahrheitsgemäß wollte ich »siebzehn« sagen. Aber noch bevor ich das Wort heraushatte, rief die Mutter: »Fünfzehn!«

Er grinste. Er glaubte ihr wohl nicht. Aber offenbar war auch er in Eile. Fürchtete er, seine Einheit drüben auf der Straße aus dem Blick zu verlieren, wenn er sich hier aufhielt? Oder stand Strafe auf derlei Exkursionen während des Marsches? Jedenfalls strich er meiner jüngsten Schwester übers Haar und verschwand.

Jetzt wagte es die Mutter nicht mehr, Freya und mich im Haus zu behalten. Denn es war damit zu rechnen, daß sich die Russen bei Einbruch der Dämmerung Nachtquartiere suchen würden. Mit Wolldecken unterm Arm und einer Tasche voll Proviant schlichen meine Schwester und ich hinauf zum Grenzwald, der etwa einen Kilometer von der Straße entfernt auf dem Hang oberhalb unseres Hauses lag: ein ausgedehnter Fichtenhochwald, durch den seit Jahrhunderten die Grenze verlaufen war. Ich kannte mich in ihm aus. Wie oft hatte ich ihn beim Pilzesuchen durchstreift! Dort konnten wir einigermaßen sicher sein, keinem Russen zu begegnen. Mit der Mutter hatten wir Zeichen abgesprochen. Hing aus dem rückwärtigen Dachfenster ein weißes Tuch, so sollte dies heißen: BLEIBT WEG! – RUSSEN SIND IM HAUS!

Im Grenzwald stießen wir auf einen Flüchtlingstreck. Der hatte sich aus dem Chaos der letzten Tage hierhergerettet, um stabilere Verhältnisse abzuwarten. Der Treckführer, ein älterer, ruhiger Mann, fragte mich aus. Aber ich wußte selbst nicht viel mehr als er. Ich beobachtete, wie die Frauen auf den Planwagen weinende Kinder ängstlich zum Schweigen brachten. Hier herrschte nackte Angst. Wahrscheinlich verließ dieser Treck später den Wald in östlicher Richtung, heimwärts. Wer weiß, wie viele seiner Leute die Fahrt überlebt haben.

Wir kauerten uns an den Waldrand und spähten zur Rosinkawiese hinunter. Einmal erschien das weiße Tuch am Giebel. Nach einer Weile verschwand es wieder. Uns klopfte das Herz. Als es dämmerte und wir kaum noch erkennen konnten, was rund um unser Haus vorging, schlichen wir den Hang hinunter. Drüben auf der Straße zogen Lichterketten vorbei, dröhnten Motoren. Aus dem Dachfenster hing schlaff das weiße Tuch, und aus dem Innern des Schuppens drangen Männerstimmen. Das waren nicht nur zwei oder drei Leute. Das mußten viele sein.

Bedrückt schlichen wir uns davon, hinüber in Umlaufs Wäldchen, das zwischen dem Haus und dem Grenzwald lag. An seiner Ostseite zog sich eine Fichtenschonung entlang. Darin wickelten wir uns in unsere Decken und versuchten zu schlafen. Auf der Straße wurde es still. Die Nacht war sternklar und warm.

Wir schliefen unruhig. Gegen Morgen wurde uns kalt. Wohl eher die Angst als die Morgenkühle machte, daß wir froren. Der klare Himmel verhieß einen wunderbaren Maitag. Die ganze Landschaft war grün angehaucht, und der Tau funkelte in der Sonne, die über dem Muttergottesberg aufging. Nur das Kriegsgerümpel am Straßenrand und auf den Wiesen paßte nicht in dieses Panorama tiefsten Friedens. Was für ein Frühling!

In bange Gedanken versunken, kauerten wir zwischen den Stämmchen, starrten zur Straße hinüber und warteten. Wie hatten Mutter und Geschwister die Nacht überstanden? Was, wenn wir heimkämen und die Mutter vergewaltigt, die Kleinen mit zerschmetterten Köpfen, Linde ans Scheunentor genagelt fänden – so, wie ich Frauen und Kinder auf Zeitungsfotos gesehen und in Radioberichten geschildert bekommen hatte?

Wir wagten nicht, uns heimzuschleichen. Es war ein lichter Wald, außer eben dieser Schonung. Man hätte uns sehen können. Auf der Straße war es noch immer still. Die Russen schliefen wohl noch in ihren Quartieren, müde vom Krieg. Nur einmal brauste ein Motorrad vorüber. Krähen flatterten aus dem Straßengraben auf und ließen sich in einem der Ahornbäume nieder. Lag dort ein totes Tier? Oder sogar ein Mensch?

Dann hörten wir Hufschlag. Wir spähten zur Straße hinüber. Über der Hügelkrümmung erschien ein einsamer Panjewagen, auf dem ein Russe saß. Die Mütze trug er weit in den Nacken geschoben. Als er genau uns gegenüber war, hielt er das Pferd an und sprang vom Wagen. Wir duckten uns. Hatte er uns entdeckt?

Aber er pflückte nur ein paar Löwenzahnblüten vom Straßenrand. Eine steckte er dem Pferd hinter den Stirnriemen, eine andere klemmte er sich hinters Ohr. Dann stieg er wieder auf und fuhr weiter – singend. Seine herrliche Stimme schallte durch die Landschaft. Wir lauschten, bis sein Lied nicht mehr zu hören war.

»Aber *der* ist doch nicht böse – oder?« fragte Freya.

Als wir heimkamen, hing kein weißes Tuch mehr heraus. Mutter und Geschwister hatten die Nacht gut überstanden, trotz einer Einquartierung von etwa dreißig Mann. Es waren Italiener in russischen Uniformen gewesen, Kommunisten, die als Freiwillige mit den Russen gegen die Deutschen gekämpft hatten und nun auf dem Heimweg nach Italien waren. Sie hatten auf unserem Herd gekocht und gebraten und das ganze Haus mit leckeren Gerüchen und Opernarien gefüllt. Mutter und Geschwister, Anna und der alte Ostermann, ja sogar die

Flüchtlingsfamilie im Kinderzimmer waren mitverköstigt worden. Allerdings war auch ein Teil unserer Speisekammervorräte verschwunden. Unerwartete Höflichkeit hatte geherrscht: Die Mutter war mit Signora, Anna mit Signorina angeredet worden.

Auch zwei oder drei Russen hatten sich eingefunden, und gemeinsam hatten sie Waffenstillstand und Kriegsende bis tief in die Nacht gefeiert. Danach hatten sie sich in den Heuschuppen verzogen, um erst am Morgen wieder aufzutauchen. So war die Mutter doch noch zu ein paar Stunden Schlaf gekommen. Aber sie hatte sich in den Kleidern aufs Bett gelegt.

Nach einem Frühstück, wieder auf unserem Herd zubereitet, waren die Nacht-»Gäste« abgezogen. Die Italiener hatten der Mutter sogar »alles Gute« auf Deutsch gewünscht.

»Schade, daß sie nicht länger geblieben sind«, meinte die Mutter. »Freundliche Leute allesamt. Mit ihnen im Haus wären wir vor anderen sicher gewesen.«

Also Friede, Freude, Eierkuchen? Keinesfalls. Der alte Ostermann war schon vor dem Aufbruch der Italiener ins Dorf gegangen, um sich dort nach dem neuesten Stand der Dinge zu erkundigen. Mit niederschmetternden Nachrichten kam er nun zurück: Eine ganze Anzahl von Wichstadtler Frauen und Mädchen war in der Nacht vergewaltigt worden. Er nannte sie mit Namen. Ich kannte sie alle. Manche sollten schlimm zugerichtet worden sein. Also doch.

Manchmal frage ich mich heute, was für ein Verhältnis die besiegten Deutschen zu den Russen entwickelt hätten, wenn sich die Russen nach der Besetzung Deutschlands nicht als Rächer unserer Untaten in Rußland, sondern als großmütige und faire Sieger gezeigt hätten? Vielleicht hätte der ganze »Kalte Krieg« nicht stattgefunden. Vielleicht hätte dieses Beispiel Schule gemacht, wäre zu einem Meilenstein in Richtung Weltfrieden geworden. Vielleicht.

Sosehr uns die schlimmen Nachrichten auch verstörten, wollten Freya und ich doch nicht mehr hinaus in den Wald. Wir zogen uns wieder in die Dachkammer zurück und beobachteten die Straße.

Nur noch einmal kamen Russen herüber, drei oder vier. Auch sie wollten Uhren haben. Die Mutter konnte ihnen nur noch ihre beiden Wecker anbieten. Andere Uhren besaßen wir nicht mehr.

Aber Wecker verschmähten sie. Armbanduhren mußten es sein! Ärgerlich über den erfolglosen Abstecher von der Straße, stürmten sie durchs ganze Haus, gefolgt von Anna, die sie vom Proviantlager im Keller und vom Giebelzimmer fernzuhalten versuchte. Trotzdem kamen sie bis auf den Dachboden, rissen die Kammertür auf, knallten sie wieder zu. Tief im Wandschrank hockten wir mit angehaltenem Atem, bis ihr Lärm die Bodenstiege hinunter und zur Haustür hinaus verhallt war. Noch als die Mutter zu uns heraufkam, um nach uns zu sehen, schlotterten uns die Knie.

Von da an ließen sich keine Angehörigen der russischen Fronttruppen mehr bei uns blicken. Statt dessen zogen in den nächsten Tagen ganze Scharen heimkehrender Ostarbeiter durch unser Haus. Freya und ich versteckten uns jedesmal – sicher ist sicher –, und ich ließ meine Zöpfe lang herabhängen: die damals übliche Jungmädchenfrisur. So sah ich wohl wirklich aus wie fünfzehn.

Aber diese Leute zeigten sich weder an Uhren noch an Frauen interessiert. Sie schienen von einem einzigen Gedanken beherrscht zu sein: nach Hause! Sie suchten sich zusammen, was sie für ihre Heimreise brauchten: Proviant, Kleidung, Souvenirs, Geschenke für die Lieben daheim. Alle Lebensmittel in unserem Haus, die sich als Reiseproviant eigneten, nahmen sie mit. Sie schleppten Decken, Töpfe, Becher, Besteck fort, sie verlangten Streichhölzer und Taschenlampen, Kerzen und Stallaternen. Sie stapften in Vaters Stiefeln davon.

Dem alten Ostermann zogen sie die Mütze vom Kopf und die Pfeife aus dem Mund.

Anna begrenzte den Schaden, so gut sie konnte. Polen und Russen komplimentierte sie so schnell wie möglich wieder hinaus. Nur wenn Ukrainer kamen, mischte sie sich nicht ein und ließ sie gewähren. Und die Mutter stand stumm dabei, zum Schutz auf jedem Arm ein Kind, sah zu, wie wir ausgeplündert wurden, und mußte noch froh sein, daß die Plünderer – nach all dem, was wir Deutschen ihnen angetan hatten – nicht über uns herfielen und ihre Rache an uns ausließen.

An einem der nächsten Tage verabschiedete sich Anna von uns. Ein Ukrainer, der in Wichstadtl Knecht gewesen war, hatte seinem Bauern Pferd und Wagen abgenommen. Auf diesem Gefährt wollte er sich mit einer kleinen Gruppe von Landsleuten bis in seine Heimat durchschlagen. Er liebte Anna, und auch sie liebte ihn. Bisher hatten sie sich in acht nehmen müssen, denn Liebesbeziehungen zwischen Ostarbeitern waren verboten gewesen. Aber jetzt stand ihnen nichts mehr im Weg. Ob sie geheiratet haben? Ob sie je daheim angekommen sind? Nie wieder haben wir etwas von Anna gehört. Und jahrelang wagten wir nicht, nach ihr zu forschen. Denn ein Kontakt mit Deutschen hätte ihr vielleicht sehr schaden können. Ihr ukrainisches Dorf, das damals zu Polen gehörte, liegt jetzt in Rußland, und den Ortsnamen, den sie uns damals angab, gibt es nicht mehr.

Sie drückte meine jüngeren Geschwister an sich und fiel der Mutter und mir weinend um den Hals. Dann kletterte sie mit tränennassem Gesicht lachend auf den Wagen, fuhr davon und winkte noch lange zurück. Wir sahen ihr traurig nach. Ihre ständige Anwesenheit, ihr Immer-zur-Hand-Sein war uns zur Selbstverständlichkeit geworden. Sie hatte längst zu uns gehört. Der Abschied von ihr tat weh. Und wie würden wir nun ohne ihren Schutz fertig werden mit all denen, die unser Haus ungebeten betraten?

Noch leben! Noch daheim sein!

Nach den ersten Tagen des Russeneinmarschs hatte der Verkehr auf der Straße stark nachgelassen. Aber bald wurde es drüben unter den Ahornbäumen wieder lebendig: Scharenweise zogen Flüchtlinge vorüber, meistens Frauen, Kinder und alte Leute mit Handkarren und Rucksäcken. Sie zogen in beiden Richtungen, bestrebt, heimzukommen – gleichgültig ob ihr Zuhause im Osten oder im Westen lag. Auch die Familie, die bisher in unserem Kinderzimmer gewohnt hatte, entschloß sich nun, wieder aufzubrechen. Der Mann hatte sich erholt, die Mutter gab ihnen Proviant von unseren Schätzen im Keller mit, die von den meisten Plünderern übersehen worden waren.

Manchmal kamen Flüchtlinge von der Straße zu uns herüber mit der Bitte um Milch für ihre Säuglinge oder um einen Teller Suppe für sich und die, die zu ihnen gehörten. Die Mutter half, so gut sie konnte. Unsere Ziegen gaben Milch, und noch hatten wir Kartoffeln und Möhren im Keller für einen kräftigen Eintopf. Wir teilten Zucker und Nudeln, Erbsen und Reis aus. Nur Brot konnten wir nicht verschenken. Wir hatten selber keins.

Es kam soweit, daß die Mutter ständig einen großen Topf Suppe auf dem Herd warmhielt. Daraus verköstigte sie alle, die an der Haustür um Essen baten, auch jenes Rudel sechs- bis elfjähriger Jungen, die bisher in einem Kinderheim im Adlergebirge betreut worden waren. Jetzt war das Heim von Tschechen geschlossen worden. Man hatte zu den Kindern gesagt: »Geht nach Hause. Sofort. Hier gibt's nichts mehr.«

Nach Hause? Wohin? Es war ein Heim für Kriegswaisen gewesen. In Gruppen und Grüppchen, den Schulranzen auf dem Rücken, die Wintermützen auf den zerzausten Haaren, versuchten sie sich in die Orte durchzuschlagen, aus denen sie stammten, ohne blasse Ahnung, wo die überhaupt lagen. Die meisten der Kinder kamen aus dem Ruhrgebiet. Die Mutter schenkte ihnen eine alte Landkarte von Deutschland. Darauf zeigte sie ihnen ihre Heimatorte, die etwa tausend Kilometer von uns entfernt lagen. Aber sie merkte bald, daß sie noch gar nicht imstande waren, die Karte zu lesen. Und so konnte sich ihre Hilfe nur darauf beschränken, sie satt zu machen und ihnen Proviant mitzugeben. Einer von ihnen wollte ihr zum Dank seine Pudelmütze schenken. Nur mit Mühe konnte sie ihn bewegen, sie zu behalten. Als sie in Richtung Osten weiterziehen wollten, machte ihnen die Mutter mühsam klar, daß sie immer dorthin wandern mußten, wo die Sonne *unter*ging.

Ebenso herzzerreißend war der Anblick des endlosen Zuges von Soldaten, der sich in Dreierreihen über die Straße ostwärts bewegte: *deutsche* Soldaten, ohne Waffen, ohne Gepäck, einige von ihnen fast nackt, und alle halb verhungert. Vornübergebeugt, mit müden, hoffnungslosen Gesichtern schlurften sie an uns vorbei, wenn wir am Straßenrand standen. Die russischen Wachen, die sie begleiteten, scheuchten uns weg. Keinerlei Kontakt war erlaubt. Wir konnten ihnen nichts zustecken. Nicht einmal sprechen durften wir mit ihnen. Aber was hätten wir ihnen auch sagen sollen? Ihnen stand Sibirien bevor – wenn sie es überhaupt erreichten.

Es waren Tage voller seelischer Wechselbäder: Angst und Hoffnung, Trostlosigkeit und Staunen, Schrecken, Wut und Trauer folgten einander in atemberaubendem Tempo. Schock reihte sich an Schock. Nichts mehr war alltäglich außer dem Unglaublichen und unvorhergesehenen Situationen. Man lebte von einem Augenblick zum anderen, man war dankbar für jeden glücklichen Zufall, jede menschliche Geste. Unter den Wichstadtlern, die man doch so genau zu kennen glaubte, gab es Menschen, die jetzt, in dieser Notzeit, maßlos enttäuschten. Sie dachten nur an ihren eigenen Vorteil. Andere wieder, die bisher nie im Rampenlicht allgemeiner Wertschätzung gestanden hatten, halfen mit Rat und Tat und entwickelten bemerkenswerte Führungsqualitäten. Wir alle waren ja so sehr an Führung, ans Gehorchen, ans Nicht-selber-entscheiden-Müssen gewöhnt, daß wir verzweifelt nach Stimmen suchten, die uns sagten, was nun zu tun und wie auf dies und das zu reagieren sei.

Erschreckend hoch war die Zahl derer, die mit dem Kriegsende ihr eigenes Ende gleichgesetzt hatten. Dazu gehörte der alte Lehrer aus Ostpreußen, der während der letzten Kriegszeit eine Klasse unserer Dorfschule unterrichtet hatte. Ein stiller, liebenswerter Mann. Kurz vor dem Einmarsch der Russen war er mit seiner Frau aus dem Dorf gewandert und hatte draußen in den Feldern, hinter Zehs Scheune, erst seine Frau und dann sich selber erschossen. Ebenso erschoß sich ein junger deutscher Offizier auf dem Friedhof neben der Kirche von Steinbach, dem nächsten Dorf hinter der ehemaligen Grenze. Und aus Grulich, unserer kleinen Kreisstadt, erreichte uns die Nachricht, daß sich eine liebe Freundin meiner Eltern mit ihren beiden Söhnen, drei und sechs Jahre alt, das Leben genommen hatte. Der NS-Kreisleiter aber hatte sich im letzten Augenblick mit seiner Familie aus dem Staub gemacht.

Schreckliche Wahrheiten. Schmerzliche Lernprozesse. Trotzdem wurden wir von Tag zu Tag zuversichtlicher. Das Schlimmste, den russischen Einmarsch, hatten wir hinter uns, Gott sei Dank. Etwas Schlimmeres konnten wir uns nicht vorstellen. Also konnte es nur noch besser werden. – So glaubten wir.

Im Ort befand sich jetzt eine provisorische tschechische Gemeindeverwaltung. An dem Haus, in dem sie untergebracht war – es war die ehemalige Post –, hing die tschechische Fahne.

Ein paar Männer und Frauen aus Wichstadtl waren gleich am zweiten Tag nach dem Russeneinmarsch von Tschechen verhaftet und ins Innere der Tschechoslowakei geschafft worden. Unter ihnen war der Ortsgruppenleiter gewesen – und auch Onkel Adolf, der Schwager meines Vaters, ein längst pensionierter Berufsunteroffizier der ehemaligen tschechischen Gendarmerie, der während der Kriegsjahre Kassenwart der NSV (NS-Volkswohlfahrt) gewesen war. (Der Ortsgruppenleiter und mehrere andere Verhaftete kehrten nie wieder, und Onkel Adolf wurde erst Jahre später, seelisch und körperlich zerstört, aus einem Prager Gefängnis entlassen.)

Wir lebten jetzt also wieder in der Tschechoslowakei. Das ersahen wir, unter anderem, aus den Anschlägen am Schwarzen Brett der tschechischen Gemeindeverwaltung. Die Aushänge trugen allesamt Wappen und Namen des neuen tschechoslowakischen Staates und waren an uns, die deutsche Bevölkerung des Ortes, gerichtet. Da stand in strengen Formulierungen aufgezählt, was wir alles *nicht* tun durften. Ich kann mich nicht mehr an alle Verbote erinnern. Aber ich weiß noch, daß uns untersagt wurde, durchziehenden Flüchtlingen oder Gefangenen Essen zu reichen oder Unterkunft zu bieten, ehemalige deutsche Soldaten in unseren Häusern zu verstecken und von der deutschen Wehrmacht zurückgelassene Gegenstände an uns zu nehmen. Und es wurden denen drastische Strafen angedroht, in deren Wohnungen man Embleme des Nazi-Regimes finden würde.

Wir hatten zwar keine ehemaligen deutschen Soldaten im Haus, aber noch immer, trotz der Plünderungen, stattliche Mengen an Fundsachen: Nahrungsmittel, Textilien, Bücher, Haushaltsgegenstände. Fast alle Wichstadtler hatten sich von den Wiesen geholt, was sie nur hatten schleppen können. Jetzt galt es, die Sachen aus den Verstecken zu holen und möglichst unauffällig im Haushalt zu verteilen. Reis und Zucker füllten wir aus den Wehrmachtssäcken in eigene Behälter um, Soldatenmäntel, die warme Kinderröcke und -hosen ergeben hätten, trugen wir heimlich wieder hinaus und warfen sie in einen Wassergraben hinter Umlaufs Wäldchen.

Die Mutter brachte es nicht fertig, Flüchtlinge abzuweisen. Und unser Haus lag einsam. Wer kontrollierte hier schon, ob wir uns an die Weisungen hielten? Aber die Flüchtlinge, die noch immer, wenn auch allmählich spärlicher, auf der Straße vorüberzogen, wurden selbst vorsichtiger. Auch sie hatten unterwegs erfahren, daß uns Einheimischen verboten worden war, ihnen zu helfen.

Nur die Embleme bereiteten der Mutter große Ängste. Unser Haus war ja voll von Hakenkreuzen! Während der Hitlerzeit hatte jede Zeitung, jede Zeitschrift Hakenkreuze getragen. Auf unserem Dachboden lagen noch ganze Stapel alter Zeitschriften, sauber nach Jahrgängen geordnet. Die Mutter pflegte sie nach und nach in handliche Formate zu zerschneiden und als Toilettenpapier in unserem Plumpsklo zu stapeln. Aber auf diese uns vertraute Weise hätten wir die Zeitschriften so schnell, wie es jetzt notwendig war, gar nicht verbrauchen können. Deshalb beauftragte die Mutter Herrn Ostermann, sie zu vergraben. Ein Loch ausheben, die Zeitungspacken hinein, zuschütten, fertig!

Jedoch Herr Ostermann, der ab und zu recht eigensinnig sein konnte, dachte sich eine andere Möglichkeit aus, die Hakenkreuzzeitungen verschwinden zu lassen. Ohne der Mutter etwas davon zu sagen, warf er die Packen in den Teich. Damit glaubte er sich die mühsame Lochgraberei erspart zu haben.

Aber das Papier tat ihm den Gefallen nicht, auf den Teichgrund zu sinken. Es geschah etwas Schreckliches: Die Verschnürung löste sich, die Packen drifteten auseinander, die einzelnen Zeitungen breiteten sich aus und bildeten einen breiten Saum am Teichufer. Erschrocken holte Herr Ostermann eine Stange und drückte damit die nassen Papierfetzen tief ins Wasser. Kaum ließ er sie los, stiegen sie wieder an die Oberfläche, ein Meer von großen und kleinen, weithin sichtbaren Hakenkreuzen und deutschen Adlern. Die Blätter lösten sich voneinander und bedeckten bald den ganzen Teich. Ich werde nie den

Anblick vergessen, wie Herr Ostermann in Panik am Ufer hin- und herhetzte und wütend die Spuren unserer Vergangenheit niederzuhalten versuchte!

Als die Mutter gewahr wurde, was sich da abspielte, befahl sie uns Kindern, mit Heurechen die Papiere vom Ufer her aus dem Wasser zu fischen. Die uns unerreichbaren Blätter trieben erst in der Nacht ans Ufer. Wir hielten den Atem an. Was, wenn ein tschechischer Ordnungshüter von der Straße zu uns herüberkäme? Müßte er beim Anblick des vielen schwimmenden Papiers nicht auf böse Verdachte kommen?

Alle deutschen Wichstadtler zwischen sechzehn und sechzig Jahren wurden nun gezwungen, Straße und Gelände zu entrümpeln. Auch ich war dabei. Auf den Wiesen und Feldern gab es nicht mehr viel einzusammeln. Dort lagen nur noch Waffen und Uniformteile und die Papiere der Schreibstube herum. Alles übrige hatten die Dorfbewohner längst fortgetragen. Aber an den Straßenrändern gab es noch viel zu räumen. Zu zehnt, zu zwölft zogen und schoben wir an den Geschützen, hängten uns an die Speichen, bis sich die Räder der Lafetten zu drehen begannen. Mit viel Mühe bugsierten wir ein Fahrzeug nach dem anderen auf die Sammelstelle. Bei diesen Aufräumungsarbeiten fand sich noch viel, was wir hätten gebrauchen können. Aber jetzt wagten wir nicht mehr, Fundsachen mitzunehmen, denn tschechische Aufpasser standen neben uns und sahen uns zu.

Ein ehemaliger Eisenbahner, Emil Pausewang, arbeitete in meiner Gruppe. Er war Rentner. Ob er mit uns verwandt war, bezweifle ich. Es gab mehrere Pausewang-Familien im Ort.

Emil Pausewang nahm die Lage mit Humor und schaffte es, uns soviel Abstand zu ihr zu vermitteln, daß auch wir sie komisch fanden und über sie lachen konnten. In einem Müllberg fand er einen Trachtenknopf, ein billiges, häßliches Gebilde. Er schenkte ihn mir mit alberner

Feierlichkeit »zum Andenken an diesen schönen Tag«. Ich steckte ihn in die Tasche meines Kleides. Später, während der ganzen langen Flucht, sollte ich diesen Knopf bei mir tragen.

Nach zwei oder drei Tagen war die Straße freigeräumt. Nichts mehr verriet, daß hier noch vor kurzem eine Massenflucht stattgefunden hatte.

Und schon kam eine neue Anordnung. Offenbar war sie aus der tschechischen Regierungszentrale in Prag an alle Ortsverwaltungen gerichtet, denn wie wir später merkten, betraf sie nicht nur Wichstadtl: Alle Nicht-Ortsansässigen hatten am Freitag vor Pfingsten den Ort zu verlassen! Das waren alle Bombengeschädigten, alle Evakuierten, alle Flüchtlinge aus Ost- und Westpreußen, Pommern und Schlesien, die bei uns im Adlergebirge untergekommen waren. Dazu gehörten auch alle Verwandten und Bekannten von Wichstadtlern, die hier Zuflucht gesucht hatten. Die neue tschechische Ortsverwaltung hatte Einsicht in die Einwohnerkartei, war also genau informiert. Da halfen keine Ausflüchte.

Und so mußte auch unser Herr Ostermann fort. Die Mutter gab ihm einen großen Beutel voll Proviant mit. Die Leute, hauptsächlich Frauen, Kinder und Greise, mußten zu Fuß über Deutsch-Petersdorf wandern, hinauf zur ehemaligen und jetzt wieder gültigen Grenze und von dort nach Mittelwalde, einem Städtchen im Tal mit einem Bahnhof – die frühere Zollstelle. Von hier aus, so hatte man ihnen gesagt, könnten sie ja mit dem Zug weiterfahren. Wohin? Das sei *ihre* Sache. Jedenfalls sei die Tschechoslowakei nicht für sie zuständig.

Herr Ostermann kam nur bis knapp hinter die Grenze. Am Wegrand ließ er sich nieder, um eine Eßpause zu machen. Er aß, dann fiel er tot um. Es muß wohl ein Herzschlag gewesen sein. Ein Arzt war nicht zur Stelle. Wichstadtler, die den Zug noch ein Stück begleitet hatten, um vor allem den Frauen mit den kleinen

Kindern behilflich zu sein, berichteten uns von Herrn Ostermanns Ende.

Von einem Tag zum anderen gab es nun in Wichstadtl keine Wohnungsnot mehr. Es wurde geräumt und geputzt. Und o Wunder: Der Bäcker backte wieder. Er traute sich. Es schien sich also alles zu normalisieren.

Gewiß, die Tschechen würden die Deutschen noch lange fühlen lassen, daß *sie* jetzt wieder die Herren waren und das Sagen hatten. Sie würden tschechische Schulklassen in den deutschen Ortschaften einrichten und die Deutschen bei der Arbeitsplatzvergabe benachteiligen. Sie würden tschechische Beamte mit der Verwaltung der deutschsprachigen Gebiete betrauen und die deutsche Bevölkerung allerlei Schikanen aussetzen. Aber das kannten wir ja alles aus der Zeit vor dem »Anschluß« ans »Reich«. Damals hatte ich als Grundschulkind miterlebt, wie sich meine Eltern und Großeltern und viele Leute aus unserem Bekanntenkreis für die Erhaltung und Pflege des Deutschtums eingesetzt hatten. Sie hatten sich gegen die Tschechisierung gewehrt, so gut es ging, und diesen Kampf hatten sie überaus wichtig genommen, bedeutsam genug für die Schlagzeilen aller Zeitungen der Welt!

Aber dieses deutsch-tschechische Tauziehen von damals erschien mir nun, nach dem Zweiten Weltkrieg, nur noch wie ein kleinliches Gezänk. Inzwischen hatten wir andere Dimensionen des Drucks, des Machtmißbrauchs, der Gewalt erlebt. Wir wollten ganz zufrieden sein, wenn wir zukünftig nur satt würden, nicht zu frieren brauchten und ein Dach über dem Kopf behielten. Alles übrige würde sich mit der Zeit schon irgendwie einrenken.

Ja, der Bäcker backte wieder. Alle rannten und kauften. Nur beim Bezahlen kam man in Verlegenheit. Es gab noch kein tschechisches Geld. Also tauschte man das Brot wie bisher gegen reichsdeutsche Münzen ein, auf denen Hakenkreuze prangten.

Dann war Pfingsten, der 19., 20. und 21. Mai, drei Tage zum Atemholen, drei friedliche Tage bei herrlichstem

Frühlingswetter. Ich kann mich nicht erinnern, je einen so wunderschönen Frühling erlebt zu haben wie diesen. Aber vielleicht entstand dieser Eindruck auch nur dadurch, daß wir alles, was um uns geschah, damals viel wacher sahen.

Wie immer zu Pfingsten, stellten wir Sträuße mit jungem Birkenlaub in die Wohnung. Wir hatten ja überlebt. Wir waren noch alle beisammen und hatten ein Zuhause: Grund genug zum Feiern. Meine drei jüngsten Geschwister karrten den Puppenwagen mit Puppen und Teddybären im Garten herum, und wir drei Großen räumten einen Klapptisch mit ein paar Stühlen vor das Haus und spielten Elfer-raus.

Die Mutter, die im Haus zu tun hatte, wurde bei einem Blick aus dem Fenster auf eine Flüchtlingsgruppe aufmerksam, die von der Straße zum Teich herübergekommen war und sich an dessen Ufern zu schaffen machte. Sie ging hinunter und kam mit den Leuten zurück. Es waren drei Frauen von einem schlesischen Gut mit ihren Kindern. Unter ihnen war die Frau des ehemaligen Gutsverwalters. Alle drei waren von Russen vergewaltigt worden, dazu das älteste der Kinder, ein sechzehnjähriges Mädchen. Ihre Kleider waren blutig, ihre Haare hingen ihnen zerzaust ins Gesicht. Erst vor einer Weile war es geschehen.

Die Mutter ließ sie sich bei uns in der Waschküche waschen und säubern, sie gab ihnen Handtücher und frische Wäsche und tischte ihnen und den Kindern Essen auf. Das Verbot, Flüchtlingen zu helfen, war für sie nicht befolgbar.

Aber weder die Frauen noch die Kinder hatten Hunger. Das Entsetzen stand noch in ihren Gesichtern. Und auch uns hatte wieder Entsetzen gepackt. Am Straßenrand war es geschehen: Der russische Lastwagen hatte angehalten, die Soldaten waren abgesprungen und hatten sich über die Wehrlosen hergemacht, nur zwei knappe Kilometer von uns entfernt! So nah war uns also noch die Gefahr!

In meiner Verstörtheit klammerte ich mich an die Elferraus-Karten. Ich schaute nicht auf. Nur nicht diesen Blicken begegnen müssen! Und so spielten wir weiter Karten, meine Schwestern und ich, und taten, als hörten und sähen wir nichts.

Als die Leute wieder fortgegangen waren, fuhr mich die Mutter zornig an: »Karten spielen – vor ihnen! Wie konntet ihr nur!«

Ach ja. Wie konnten wir nur? Vor der Ankunft dieser Frauen war ich noch ein Kind gewesen, war alles Entsetzliche immer nur »dort«, nicht »hier« sichtbar geworden, hatte ich alle Unmenschlichkeiten nur aus Berichten und Gerüchten erfahren, hatte ich tief innerlich immer noch die Gewißheit gehegt: *uns* kann so etwas *nicht* passieren.

Nicht die Begegnung mit den Russen hatte mich aus meiner Kindlichkeit geweckt. Der Anblick dieser Frauen war es, der mich in das Erwachsensein hinausschleuderte. Und es zeigte sich, daß wir von nun an im Angesicht menschlichen Elends vieles konnten, im verzweifelten Bemühen, nicht in Tränen auszubrechen oder vor Entsetzen zu schreien. Sogar Karten spielen. Sogar lachen.

Äußerstes Entsetzen

Am 22. Mai, am Dienstag nach Pfingsten, lief ich ins Dorf, um zu sehen, ob es wieder Brot gab. Vorsichtshalber ging ich nicht auf der Straße, sondern »hinten herum«: über einen Feldweg, der am Schulgarten und am Pietsch-Hof ins Dorf mündete. Ich schaute über den Zaun des Schulgartens. Wie oft hatte ich da meinen ehemaligen Lehrer hacken, jäten und umgraben sehen! Aber jetzt war der Garten leer. Ich huschte in den Hof, um mich bei Familie Pietsch, mit der wir befreundet waren, nach der Lage im Ort zu erkundigen. Draußen auf der Rosinkawiese lebten wir ja von allen Nachrichten abgeschnitten. Aber auch bei Pietschs rührte sich nichts. Keines der Kinder war zu sehen. Ich öffnete leise die Haustür und schlich in die Wohnstube.

Da fand ich sie: ohne Johann, den Vater, und ohne Heidelinde, die Jüngste, die noch ein Baby war. Sie sahen mich verstört an. Zwischen ihnen auf dem Tisch stand ein ganz kleiner Sarg.

»Ja hast du's denn noch nicht gewußt?« fragte die Pietsch-Mutter traurig, als sie sah, wie bestürzt ich war.

Die kleine Heidelinde war in den Tagen des Russeneinmarschs krank geworden. Es war wohl eine Lungenentzündung gewesen. Der Arzt hatte sich, wie es schien, in diesem Drunter und Drüber nicht zu kommen getraut. Und so war das Kind nach ein paar Tagen gestorben – das Mädchen, auf das sie sich, nach fünf Jungen, so gefreut hatten!

Sie rieten mir ab, durchs Dorf zu gehen. Sie berichteten mir, daß an diesem Vormittag die Männer des Dorfes auf den Platz vor der Kirche befohlen worden seien. Auch der Pietsch-Vater. Er war noch nicht zurück. Sie machten sich Sorgen. Was geschah dort auf dem Kirchplatz?

Ich schlich mich auf dem gleichen Weg zur Rosinkawiese zurück, auf dem ich gekommen war. Ich lauschte hinüber zum Kirchplatz. Es war ein windiger Tag, die Luft war voller Geräusche.

Als ich heimkam, fand ich die Mutter in heller Aufregung. Tschechen waren dagewesen, Männer in Zivil. Sie hatten unser Haus durchstürmt, hatten Schränke aufgerissen, waren auf den Dachboden gestiegen, hatten einen Koffer durchwühlt, den Herr Ostermann bei uns zurückgelassen hatte, und waren auf ein paar Fotos gestoßen, die Herrn Ostermann, erheblich jünger, in Bergmanns- oder Eisenbahner-Uniform zeigten. Nur mit Mühe hatte ihnen die Mutter klarmachen können, daß dieser Mann nicht mehr hier lebte, überhaupt nicht mehr am Leben war. Dann hatten sie eine Reisetruhe aufgeschossen, deren Schlüssel die Mutter nicht schnell genug finden konnte. Diese Truhe hatte uns Mutters Freundin Lene im letzten Kriegsjahr zugeschickt, weil sie überzeugt gewesen war, daß die feine Bettwäsche, die Tagebücher, Briefbündel, Fotoalben und Bücher bei uns im Adlergebirge sicherer seien als bei ihr in dem Wiener Vorort, in dem sie mit ihrer Familie lebte.

Auch diese Fotoalben hatten die Tschechen argwöhnisch durchgeblättert. Und schließlich hatten sie auch noch unsere eigenen Fotoalben entdeckt. Darin hatten sie ein Bild von unserem Vater in Majorsuniform gefunden: Anlaß zu einem Wutausbruch. Daß der Vater nicht als Offizier, sondern als hochrangiger Fachmann für die Verwaltung der Landwirtschaft in den von den deutschen Truppen besetzten Ostgebieten tätig gewesen war, hatte die Mutter den Männern nicht begreiflich machen können, weil sie die tschechische Sprache nicht beherrschte. Die Tschechen ihrerseits hatten nur ganz gebrochen Deutsch gesprochen.

Sie hatten sich also über das Foto erregt und der Mutter in Aussicht gestellt, daß sie als Frau eines deutschen Offiziers mit ihrer Erschießung zu rechnen habe. Zu Tode erschrocken hatte sie auf ihre sechs unmündigen Kinder hingewiesen. Dann waren die Tschechen abgezogen mit der Drohung, sie kämen am Abend wieder. Die feine Damastbettwäsche hatten sie mitgenommen.

War die Ankündigung ihrer Rückkehr eine leere Drohung gewesen? Ein Einschüchterungsversuch? Ein Schwelgen im ungewohnten Machtrausch? Wer konnte das wissen? Die Mutter wollte keinerlei Risiko eingehen. So beschloß sie, in dieser Nacht mit uns nicht auf der Rosinkawiese zu bleiben. Sie schickte mich hinauf nach Steinbach, dem Dörfchen, das bereits jenseits der Grenze lag. Dort sollte ich ein Nachtquartier für uns suchen.

Dieser Tag wurde für mich zu einem der längsten und wildbewegtesten meines Lebens. Die Ereignisse überstürzten sich.

Kaum lief ich hinter dem Haus hangaufwärts, wurde von der Straße her auf mich geschossen. Ich habe nie erfahren, ob es Tschechen oder Russen gewesen sind, die da eine fröhliche Hatz veranstalteten. Wahrscheinlich hatten sie mich laufen sehen und ballerten nun hinter mir her, um mir einen Schrecken einzujagen und mich wie einen Hasen Haken schlagen zu sehen. Denn ihre Chancen, mich zu treffen, waren ziemlich gering.

Aber das machte ich mir in dieser Lage nicht klar. Ich hörte nur die Schüsse und die Stimmen und sah, als ich mich einmal hastig umdrehte, die Männer, die zu mir herüberdeuteten. Einmal pfiff auch ein Geschoß an mir vorbei. Ich rannte um mein Leben. Nur das Gebüsch an den Feldrainen gab mir Deckung. Auch noch, als die Schüsse verstummt waren, rannte ich weiter. Ich mußte ja mit der Möglichkeit rechnen, daß sie mich verfolgten. Wahrscheinlich taten sie's nicht. Aber damals geschah soviel Unglaubliches, daß wir schnell lernten, nichts als unmöglich auszuschließen.

Erst in der Nähe des Grenzwaldes hielt ich an, keuchend, naßgeschwitzt, außer Atem, und drehte mich um. Die Landschaft lag ruhig da. Ein paar Schritte von mir entfernt rauschte der Wald. Nur noch zwei Felderbreiten, dann war ich auf der Kammhöhe, an der Grenze.

Gleich im ersten Bauernhof fragte ich nach einem Nachtquartier. Die Leute kannten meinen Vater gut. Ja, wir sollten nur kommen. Allerdings hätten sie das Haus schon voll Flüchtlinge. Aber eine leere Stallkammer könnten sie uns anbieten, mit frisch aufgeschüttetem Stroh. Und Brot und Milch hätten sie auch genug.

Erleichtert lief ich den gleichen Weg zurück.

Kaum hatte ich den Hügelkamm hinter mir, trat plötzlich ein Mann aus dem Wald und kam auf mich zu. Vor Schreck war ich nicht fähig zu flüchten. Mein einziger Gedanke war: Jetzt haben sie mich doch erwischt! Hier also, am Grenzwald, hatten sie mir aufgelauert!

Erst als er mich anredete, merkte ich, daß er ein Deutscher war, ein Offizier, wie ich später erfuhr. Er trug noch Militärkleidung. Nur hatte er statt der Uniformjacke einen dicken, zerschlissenen Pullover an. Er fragte mich, wo er hier sei und ob es gefährlich sei, den nächsten Ort zu betreten. Ich erzählte ihm, was ich von den Quartierleuten erfahren hatte: daß Russen das Dorf Steinbach besetzt hätten, aber wieder abgezogen seien. Er bedankte sich und wanderte auf das Dorf zu, während ich mit weichen Knien den diesseitigen Hang hinunterstolperte. Noch als ich unser Haus erreichte, saß mir der Schreck in den Gliedern.

Die Mutter molk noch schnell die Ziegen und füllte ihnen die Raufe voll Heu. Dann brachen wir auf, auch diesmal mit dem Handwagen. Noch bevor es dämmerte, erreichten wir den Kamm. Nun wagten wir aufzuatmen: Wenn die Tschechen an diesem Abend, in dieser Nacht wirklich kämen, würden sie uns nicht antreffen. Fürs erste waren wir gerettet.

Die Quartierleute nahmen uns mit großer Herzlichkeit auf. Den deutschen Offizier, der mir einen solchen Schrecken eingejagt hatte, sah ich in der Stube wieder. Auch er blieb die Nacht über auf dem gastlichen Hof, zusammen mit anderen, die so wie er den Kamm entlanggewandert waren, um unbeschadet in den Westen zu gelangen.

Am nächsten Tag ließ uns die Mutter in Steinbach und kehrte auf die Rosinkawiese zurück. Sie wollte sehen, ob jemand im Haus gewesen war. Außerdem mußten die Ziegen gefüttert und gemolken werden. Nein, sie entdeckte keine Spuren eines nächtlichen Besuchs. Die Tschechen hatten also geblufft. Auf dem Rückweg plante sie schon unsere Heimkehr. In zwei, drei Tagen, wenn sich alles ein bißchen beruhigt haben würde...

Aber gegen Mittag kam sie völlig verstört in Steinbach an. Sie hatte unterwegs eine Wichstadtler Frau getroffen, die ihr Entsetzliches berichtet hatte: Am Vortag, gerade, als ich im Ort gewesen war, hatte in Wichstadtl ein Massaker stattgefunden. Von den deutschen Männern, die sich vor der Kirche hatten versammeln müssen, waren zehn umgebracht worden. Ehemalige tschechische Partisanen, die sich jetzt in den deutschsprachigen Gebieten aufhielten, hatten sich ermächtigt, Gericht zu halten. Vier Männer hatten sie erschlagen, die übrigen sechs langsam zu Tode gequält und schließlich nackt an einem Baum vor der Kirche aufgehängt. (Wie wir später erfuhren, war in diesen Tagen ähnliches in vielen anderen Orten des Adlergebirges geschehen.)

Ich kannte die Toten. Manche von ihnen standen mir besonders nahe: der Bürgermeister von Wichstadtl, ein sehr besonnener Mann, Besitzer eines stattlichen Bauernhofs und Vater von sechs Kindern; der Oberlehrer, der mich die ersten vier Jahre meiner Schulzeit unterrichtet hatte; der tschechische Mechaniker, dessen Werkstatt mitten im Dorf lag und der mit allen Dorfbewohnern, obwohl sie deutsch waren, immer gute Freundschaft gepflogen hatte; der einarmige Kriegsinvalide, junger Ehemann unserer früheren Hausgehilfin; und schließlich Emil Pausewang, mit dem ich noch wenige Tage zuvor beim Freiräumen der Landstraße zusammengewesen war.

In all der Aufregung und der Angst war ihm ein winziges Mißgeschick passiert, das ihn das Leben kosten sollte: Die Tschechen hatten eine Liste jener Männer verlesen, die aus der Reihe vortreten sollten. Und aufgeregt, wie er war, hatte sich der alte Pausewang verhört, hatte statt »Siegfried« »Emil« verstanden und war vorgetreten. So war er irrtümlicherweise anstelle meines Vaters, der ja längst tot war, elend umgebracht worden. Ein paar Greise – es gab ja so gut wie keine jungen Männer mehr im Dorf – hatten dann die Toten wegkarren und verscharren müssen.

Schreiendes Unrecht? Gewiß. Keiner der ermordeten Wichstadtler hatte so einen Tod verdient, und die meisten von ihnen hatten ihr Leben lang keinem Tschechen etwas so Böses angetan, daß dies eine derart grausame Hinrichtung gerechtfertigt hätte. Aber sie waren Deutsche. Als Deutsche waren sie für die Grausamkeiten umgebracht worden, die andere Deutsche begangen hatten.

In dieser Nacht schlief die Mutter kaum. Wenn ich, aufgewühlt von dem grauenhaften Bericht, aus beklemmenden Träumen hochfuhr, hörte ich sie stöhnen und sich schlaflos herumwälzen. Am nächsten Morgen teilte sie mir ihren Entschluß mit: Sie wollte mit uns nicht auf die Rosinkawiese zurückkehren.

Im ersten Augenblick war ich bestürzt. Aber ihre Argumente überzeugten mich: Nachdem feststand, daß der Vater auf der Liste derjenigen verzeichnet gewesen war, die man aus tschechischer Sicht als Vaterlandsfeinde und politische Verbrecher bezeichnete, sah die Zukunft für uns, seine Familie, in Wichstadtl trostlos aus. Es stand zu befürchten, daß die Tschechen auch an der Mutter ihre Wut auslassen würden, und wir Kinder konnten unter diesen Voraussetzungen nicht auf ein Fortkommen hoffen. Und wovon hätten wir leben sollen? Die künftige Tschechoslowakei würde nie und nimmer eine Kriegshinterbliebenenrente an die Angehörigen deutscher Gefallener zahlen!

»Wenn nicht nach Hause, wohin wollen wir dann gehen?« fragte ich.

Auch darauf wußte die Mutter schon eine Antwort. Ihre einzige Schwester, Hilde, lebte damals in Winsen an der Luhe, nahe bei Hamburg-Harburg. Tante Hilde war in den Kriegsjahren oft monatelang bei uns auf der Rosinkawiese gewesen, während ihr Mann, Onkel Peter, Soldat gewesen war, und hatte der Mutter geholfen. Da sie selbst kinderlos war, hatte sie sich liebevoll vor allem um meine beiden jüngsten Geschwister Gothild und Volker gekümmert. Tante Hilde war immer sehr hilfsbereit gewesen. Sie würde uns ganz sicher auch jetzt weiterhelfen.

Später erwies sich, daß Mutters Entschluß der einzig richtige in unserer Lage gewesen war. Durch ihn wurde uns viel Not und ein Schrecken ohne Ende erspart. Aber so war sie, die Mutter: fähig, die jeweilige Lage von allen Seiten nüchtern zu bedenken, einsame Entschlüsse zu fassen und sie konsequent durchzuführen, auch wenn ihre Gefühle dagegen Sturm liefen.

Ihr Mann war tot. Ich war ihre Älteste, schon fast erwachsen. Und so machte mich die Mutter zu ihrer Vertrauten, ihrer Partnerin. Mit mir besprach sie alle Probleme, ihre Pläne und Entschlüsse. Diese Partnerschaft blieb über all die nächsten Jahre bestehen, bis meine Geschwister erwachsen waren. Wenn wir, die Mutter und ich, über sie sprachen, nannten wir sie »die Kinder«. Ich gehörte nicht zu ihnen, blieb ausgeklammert. Ich war ja sozusagen der Vaterersatz. So lernte ich Verantwortung tragen, lernte, bei allen Entschlüssen die Familie im Auge zu haben. Diese Bürde war schwer, sicher manchmal *zu* schwer für ein junges Mädchen.

Jetzt, nachdem der Plan einmal gefaßt war, lief alles wie am Schnürchen ab: Wir holten die Ziegen von der Rosinkawiese, trieben sie über den Berg zu unseren Quartierleuten und schenkten sie ihnen, nicht ahnend, daß Steinbach jetzt zu Polen gehörte und daß den Deutschen aus diesem Gebiet, genau wie den Sudetendeutschen, die Vertreibung bevorstand. Wir hingen an unseren Ziegen und wußten, daß sie es bei diesen freundlichen Leuten gut haben würden.

Noch am selben Tag wanderte die Mutter den nördlichen, ehemals reichsdeutschen Hang, auf dem Steinbach hingestreut lag, hinunter bis in das Städtchen Mittelwalde, die frühere Zollstation jenseits der Grenze. Dort erfuhr sie, daß vom Bahnhof fast noch planmäßig Züge abfuhren und mindestens den Glatzer Kessel – eine große Talmulde, die weit in die Tschechoslowakei hineinragt und vom Adlergebirge und mehreren anderen kleineren Gebirgen eingerahmt wird – durchqueren, der erst nach dem Waffenstillstand von den Russen besetzt worden und dadurch vor größeren Zerstörungen bewahrt geblieben war.

Als sie über den Marktplatz des Städtchens kam, sah sie, daß Leute vor dem Haus, in dem der russische Stadtkommandant sein Verwaltungsbüro hatte, Schlange standen. Hier wurden Passierscheine für Bombengeschädigte und Evakuierte ausgestellt, die während des Krieges in Mittelwalde und den umliegenden Dörfern untergebracht worden waren und nun heimkehren wollten. Die meisten von ihnen stammten aus Berlin und den westdeutschen Großstädten, vor allen aus dem Ruhrgebiet.

Die Mutter, eine einmalige Chance witternd, stellte sich mit in die Schlange – und kam mit einem Papier zurück, auf dem ihr die russische Kommandantur von Mittelwalde bescheinigt hatte, daß wir Bombengeschädigte aus Hamburg seien und die Erlaubnis besäßen, nach Hamburg zurückzukehren. Diesem Papier hatten wir später, auf unserer langen Reise nach Hamburg, viel zu verdanken.

Wie die Mutter diesen Passierschein bekommen konnte, ohne beweisen zu müssen, daß wir aus Hamburg stammten? An diesem Wunder haben wir auch oft herumgerätselt. Vielleicht ist es ganz einfach zu erklären:

Der Glatzer Kessel war mit Flüchtlingen und Evakuierten überfüllt. Es mußte im Interesse der Verwaltungsbehörde liegen, möglichst viele Menschen möglichst schnell loszuwerden.

Insgesamt fünf Tage blieben wir in unserem Steinbacher Quartier. Der Offizier und andere flüchtige Gäste waren längst wieder weitergezogen. Noch dreimal kehrten wir, die Mutter und ich, mit dem Handwagen auf die Rosinkawiese zurück. Ich versteckte mich vor dem Haus und paßte auf, ob jemand kam, während die Mutter nach einer umsichtig aufgestellten Liste aus Schränken und Speisekammer zusammensuchte, was auf die Reise mitgenommen werden sollte.

Nein, niemand kam, weder Dörfler noch Tschechen. Alle drei Male blieben wir ganz unbehelligt. Die Wichstadtler waren genug mit ihrer eigenen Not beschäftigt, und den Tschechen war unser einsam gelegenes Haus wohl aus dem Gedächtnis geraten. Und so brauchten wir nicht in Panik den erstbesten Kram zusammenzuraffen, sondern konnten, was wir für die Reise und die Zeit danach benötigten, besonnen auswählen: zwei Garnituren Wäsche und ein Paar Schuhe zum Wechseln, je zwei Sommer- und Winterkleider, eine Wolldecke und einen Mantel für jeden von uns, einen Koffer voll Proviant samt sieben Blechtellern und sieben Löffeln, zwei Küchenmesser, einen Kochtopf, eine Schöpfkelle, einen großen Pakken Streichhölzer in einer wasserdichten Wachstuchtasche, eine Taschenlampe, Landkarten von Deutschland, ein Heft für Mutters Tagebuchnotizen, Schreibzeug und Nähzeug, ein paar Medikamente, ein Federbett für die beiden Jüngsten, Zahnbürsten, Kamm und Seife, einen Koffer mit unseren Dokumenten, den Familienfotos und Vaters letzten Briefen, eine große Plane zum Schutz des Gepäcks vor Regen, ein Seil zum Festschnüren des Gepäcks – und dann die alte Geige, die die Mutter von ihrem Großvater geerbt hatte.

Diese Geige trug in ihrem Inneren ein STRADIVARI-

Etikett, und die Mutter, die das vergilbte und kaum mehr entzifferbare Etikett erst im vorletzten oder letzten Kriegsjahr entdeckt hatte, hoffte heimlich (allerdings vergeblich!), daß es sich bei ihrer Geige um eine echte Stradivari handle, die uns später, in ruhigeren Zeiten, genug Geld einbringen würde, daß wir uns eine neue Existenz aufbauen könnten.

Bei diesen drei Fahrten über den Berg packten wir auch vieles auf den Handwagen, was für unsere Quartierleute bestimmt war, vor allem Bettzeug und Lebensmittel. Besser, *sie* bekamen es, als daß es später uns Unbekannten beim Ausplündern des unbewohnten Hauses in die Hände fiel. Einen der wenigen Wertgegenstände, die sich je auf der Rosinkawiese befunden hatten, eine vergoldete Pendüle aus der Hinterlassenschaft meines Großvaters, nahmen wir mit, um sie im Garten unserer Quartierleute zu vergaben, in der Hoffnung, sie später einmal wieder ausgraben zu können. Dort ruht sie wahrscheinlich noch jetzt und wird Schatzsucher eines späteren Jahrhunderts beglücken.

Der Abschied von der Rosinkawiese geschah in Raten, sozusagen im Countdown. Noch zweimal, noch einmal würden wir mit dem Handwagen wiederkommen, und nun war es das allerletzte Mal. An dieses letzte Mal erinnere ich mich noch sehr klar. Immer wieder schaute ich mich um, bemüht, mir alles einzuprägen für die unbestimmte Dauer der Abwesenheit: die Pappelkette, den sonnenglitzernden Teich, die Reihen junger Obstbäume, die Gemüse- und Erdbeerbeete, das braune Holzhaus mit dem roten Dach, in dem ich Kind gewesen war. Ich sah die Mutter weinen. Aber stärker als alle Trauer um das, was wir verlieren sollten, spürte ich eine erwartungsvolle Bereitschaft zum Aufbruch in Unbekanntes, in einen mit aufregenden Ereignissen erfüllten neuen Lebensabschnitt. Ich empfand sogar Freude, für die ich mich gleichzeitig schämte. Daß ich alle Anlagen zu einer Nomadin in mir trug, begann ich damals schon zu ahnen. Herrliche weite Welt, voll von Abenteuern!

Ein letztes Mal drehte ich mich auf dem Hügelkamm um und sah tief unter mir unsere Rosinkawiese liegen, sonnenbeschienen, frühlingsgrün. Es war Sonntag, der 27. Mai. Erst neunzehn Jahre später, im Mai 1964, sollte ich sie wiedersehen.

Aufbruch – Schonzeit

Am Montag, dem 28. Mai 1945, verabschiedeten wir uns von unseren Quartierleuten und wanderten los. Freya und ich zogen den Handwagen. Mutter schob ihn von hinten. Rechts und links vom Wagen trotteten Linde und Siegfried. Linde trug einen Rucksack auf dem Rücken, Siegfried einen Schulranzen. Gotli und Volker durften, wenn es nicht gerade bergauf ging, auf dem Wagen sitzen. Auf dem festgezurrten Gepäck thronten sie wie auf einem Kamelrücken.

So zogen wir hinunter bis nach Mittelwalde. Winsen war etwa achthundert Kilometer von Wichstadtl entfernt. Wir rechneten mit fünf Wochen Reisedauer.

Auf dem Bahnhof von Mittelwalde hatten wir Glück. Wir kamen gerade rechtzeitig, um in einen Zug einzusteigen, der hier eingesetzt wurde. Wir luden das Gepäck vom Handwagen ab und verstauten alles, Gepäck und Wagen, in einem Abteil für Traglasten. Solche Abteile gibt es heutzutage bei der Bundesbahn nicht mehr. Sie hatten die Größe eines halben oder eines drittel Waggons. An ihren Wänden liefen einfache Holzbänke entlang. Die Innenfläche des Raumes war frei und stand für großes und sperriges Gepäck zur Verfügung: Körbe, Handwagen, Säcke und dergleichen. Eine praktische, aber für unsere heutigen Ansprüche recht unkomfortable Einrichtung.

Auf dem Bahnsteig hatten sich die Wartenden schon gestaut. Es gab ein Gedränge, aber es herrschte Ordnung. Und gültige Fahrausweise mußte man auch vorzeigen können.

Wir kamen nur bis Glatz. Dort kehrte der Zug wieder um. Hier war die fast noch heile Welt des Glatzer Kessels zu Ende.

Auf ihrer Landkarte suchte die Mutter die nächste Reiseroute aus, Richtung Nordwest. In einem lockeren

Strom von Flüchtlingen wanderten wir nun durch das Tal zwischen Heuscheuer- und Eulengebirge auf Neurode zu. Flüchtlinge kamen uns auch entgegen: Oberschlesier und Nordmährer, die vor den letzten Kampfhandlungen des Krieges geflohen waren und nun heimkehrten, ahnungslos, daß man sie von dort bald wieder vertreiben würde. Sie warfen uns im Vorüberwandern Fragen zu, wir antworteten und fragten zurück. Nein, wo wir herkamen, war so gut wie nichts zerstört. Ja, wo sie herkamen, verkehrten auf ein paar Kurzstrecken noch Züge. Dann gute Wünsche beiderseits und weiter.

Es gab so viel zu sehen: alte, zittrige Leute, die in Rollstühlen oder Kinderwagen geschoben wurden, junge Frauen, die sich hochschwanger über die Landstraße schleppten, ganze Dorfgemeinschaften, die in einem dichten Rudel dahinzogen, sich gegenseitig das Gepäck tragen halfen und die Alten und Schwachen stützten. Aber da waren auch Einzelwanderer, die oft mit stierem Blick vor sich hintrotteten. Und Kinder, so viele Kinder!

Immer wieder blieb mein Blick an den Schuhen hängen. Viele Schuhe waren vorn an den Zehen schon aufgeplatzt, manche wurden mit Schnüren zusammengehalten. Da gab es auch Füße zu sehen, die mit Lappen umwickelt waren. Und manche Flüchtlinge gingen barfuß.

Und was für Gepäck! Berge von Federbetten schwankten vorbei, das Kostbarste der ärmeren Leute unserer Gegend. Kinder trugen Vogelkäfige, auf Schubkarren waren Möbelstücke hochgetürmt, ein alter Mann schleppte ein Ölgemälde auf seinem Rücken, ein Paar hatte, unter anderem Gepäck, eine kostbare Standuhr auf seinem Bollerwagen. Fahrräder wurden, schwerbepackt, auf bloßen Felgen dahingeschoben.

Und immer wieder saßen Frauen am Wegrand und stillten ihre Säuglinge.

Alle diese Bilder waren uns nicht neu. Auch an der Rosinkawiese waren ja Flüchtlinge vorübergezogen. Damals hatten wir sie von unseren Fenstern, von unserem

Grund und Boden aus beobachtet. Jetzt gehörten wir selber zu ihnen, waren nicht besser dran als sie.

Die Ortschaften, die wir durchquerten, waren bewohnt. Auch hier hatten keine Kämpfe stattgefunden. Ab und zu mußten wir einem russischen Militärfahrzeug ausweichen. In jedem größeren Ort kamen wir an einer russischen Kommandantur vorüber, die durch das Hammer-und-Sichel-Emblem und die rote Fahne gekennzeichnet war. Das war alles, was wir hier, in dieser Gegend, als Nichtseßhafte von der russischen Besatzungsmacht zu sehen bekamen.

Irgendwo bei Neurode schenkte eine Bäuerin am Straßenrand Buttermilch aus, soviel man trinken konnte. Wir aßen die Butterbrote dazu, die uns unsere Quartierleute mitgegeben hatten. Die zwei Kleinen schliefen daraufhin ein. Bäuchlings lagen sie auf dem Gepäck, als wir weiterfuhren.

Gegen Abend hatten wir etwa zwanzig Kilometer zurückgelegt. Die Landstraße leerte sich. Wir begriffen, daß es Zeit zur Quartiersuche war und daß wir Glück haben mußten, wenn wir irgendwo noch eine leere Unterkunft finden wollten.

Der nächste Ort, in den wir kamen, hieß Ludwigsdorf. Dort wurden wir in den Pfarrhof gewiesen, denn der Gemeindesaal diente als Unterkunft für durchziehende Flüchtlinge. Wir waren noch keine geübten Obdachlosen. Nur zögernd betraten wir den Saal. Der war schon ziemlich voll. Lärm schallte uns entgegen. Erstaunt stellten wir fest, daß fast alle Leute im Raum schwarz-weiß gestreifte Kleidung anhatten und einen gelben Stern auf der Brust trugen. Wir errieten, daß das freigelassene KZ-Häftlinge waren, die nun heimwärts wanderten. Auch für sie gab es keine andere Möglichkeit, als die meisten Strecken zu Fuß zurückzulegen.

Als wir eintraten, wandten sich uns alle Köpfe zu, und für einen Augenblick wurde es still im Saal. Mitten in diese Stille hinein grüßte Gotli laut und deutlich mit den

Worten, die bisher in ihrem kurzen Leben als Gruß gegolten hatten: »Heil Hitler!«

Vor diesen Menschen hätte das Kind nichts Schlimmeres sagen können. Einer der Häftlinge, anscheinend ihr Sprecher, sprang auf und brüllte es an, und der Mutter fiel in ihrem Schrecken auch nichts Besseres ein, als es auszuschimpfen. Gotli begriff nicht, was sie falsch gemacht haben sollte. Sie brach in Tränen aus und weinte laut, bis die Mutter sie in den Arm nahm und tröstete. Wir wagten nicht, uns von der Stelle zu rühren, denn der Mann geriet außer sich. Aber da mischte sich eine ältere Frau ein, auch sie in Häftlingskleidung.

»Mein Gott«, sagte sie, »es ist doch ein kleines Kind!«

Sie zeigte uns ein paar Strohsäcke, die, auf dem Fußboden aneinandergereiht, noch frei waren, und sorgte dafür, daß auch wir aus dem Gemeinschaftskessel Suppe bekamen.

Diese beklemmende Szene war uns eine Lehre. Keinem von uns unterlief mehr ein so verhängnisvoller Fehler, trotz jahrelanger Gewohnheit. Von einem Tag zum anderen gewöhnten wir uns um auf das uns so unvertraut klingende »Guten Tag«. Und den Kindern mußten wir erklären, warum diese Leute so merkwürdige Kleidung trugen.

Die Begegnung mit den ehemaligen KZ-Häftlingen beschwor bei mir eine alptraumhafte Erinnerung herauf: Im Jahr 1941, als ich in Mährisch-Schönberg das Gymnasium besucht und dort, außer über die Wochenenden, auch gewohnt hatte, war in meiner nächsten Nähe etwas geschehen, was mich zutiefst berührt hatte. In derselben Straße, in der ich bei einer Familie untergebracht war, hatte ein altes Ehepaar gewohnt. Sie war Halbjüdin gewesen, er »Dreivierteljude«; so nannte man damals Menschen, deren einer Elternteil Jude und deren anderer Elternteil Halbjude war. Sie hatten den Judenstern tragen müssen. Aber sie hatten sich kaum auf der Straße gezeigt. Ihre Tochter, etwa fünfunddreißig Jahre alt, war abgeholt worden, bevor ich schräg gegenüber als Kostgängerin einzog. Es hieß, sie sei jetzt in einem Arbeitslager für Juden. Die beiden Töchter der Familie, bei der ich wohnte, erzählten mit großer Liebe von dieser jungen Frau, die sich sehr für die Pflege des Deutschtums eingesetzt hatte, bevor die Deutschen das Sudetenland besetzten. Dann erhielten die Eltern die knappe, nüchtern formulierte Nachricht, daß die Tochter an Lungenentzündung gestorben sei.

Ich erinnerte mich und erinnere mich noch heute genau, wie die Nachbarn in der Straße einander vielsagend zugenickt hatten. Niemand hatte an die Lungenentzündung geglaubt! Kurz danach wurden auch die beiden Alten abgeholt, und in ihr kleines Einfamilienhaus zogen andere Leute ein. Hinter geschlossenen Türen wurde Mitleid mit der verschwundenen Familie geäußert, zu der man vor dem Einmarsch der Deutschen freund-nachbarschaftliche Beziehungen gehabt hatte. Aber in der Öffentlichkeit wußte man von nichts, und niemand tat einem leid.

Man wußte also schon damals sehr wohl, daß ein Judenleben in jenen Lagern nicht viel wert war. Ab Ende 1942 war allen klar, die Augen und Ohren offenhielten, daß für einen Juden die Chancen gleich null waren, lebendig aus einem Konzentrationslager zurückzukehren. Wie oft aber begegne ich Menschen, die damals, in der Zeit der Naziherrschaft, bereits erwachsen waren und doch steif und fest behaupten, sie hätten bis zum Kriegsende nichts von den Judentötungen gewußt! Wer nichts davon erfahren haben will, nichts munkeln gehört, nichts hinter vorgehaltener Hand zugeflüstert bekommen haben will, der muß in jener Zeit in einem elfenbeinernen Turm gelebt haben! Allerdings erfuhr ich, wie die meisten anderen, erst nach dem Krieg, *wie* die Tötungen vor sich gegangen waren. Diese Massentötungsverfahren zu erraten oder auch nur zu erahnen, dazu hatte meine Phantasie nicht ausgereicht.

Am Dienstag, dem 29. Mai, erreichten wir wieder eine intakte Bahnlinie. An den Namen des Bahnhofs, von dem wir abfuhren, kann ich mich nicht mehr erinnern, wohl aber an den Zug. Es war ein Güterzug, und wir mußten auf eine Art Pritschenwagen klettern, der seitlich keine Wände hatte und wahrscheinlich zum Langholztransport diente. Wir hatten alle Mühe, unseren Handwagen davor zu bewahren, von der Plattform herunterzurollen. Gott sei Dank saßen viele Menschen auf dem Waggon, und dementsprechend viel Gepäck türmte sich rund um unseren Wagen und andere Wagen auf.

Es war eine wunderschöne, waldreiche und gebirgige Landschaft, durch die wir fuhren, und unter anderen Voraussetzungen hätten wir eine solche Reise sicher sehr genossen. Aber auch die Freude darüber, daß wir so schnell vorankamen, versetzte uns in eine Art Hochstimmung.

Nur die Tunnel machten uns zu schaffen. Einen Tunnel auf offenem Pritschenwagen zu durchfahren, ist eine Erfahrung, die Nerven kostet. Unsere beiden Kleinen – und auch andere Kinder – schrien in der Dunkelheit und dem Rauch, und die Mutter und ich versuchten verzweifelt, sie zu beruhigen. Aber was waren diese Fahrten schon gegen jene, ein oder zwei Jahre später, wenn ich – außen an überfüllten westdeutschen Personenzügen hängend – schwindelnd hohe Brücken überquerte? Man gewöhnt sich an alles.

Der Zug fuhr etwa dreißig Kilometer weit, vielleicht auch vierzig – quer durch das Waldenburger Kohlebergbaugebiet bis nach Landeshut. Auf einem Bauernhof fanden wir ein geradezu luxuriöses Quartier: Jeder von uns erhielt ein eigenes Bett, bis auf die zwei Kleinen, von denen eines am Kopfende, das andere am Fußende eines Bettes schlief. Und reichlich zu essen bekamen wir auch. Diese Quartierleute waren gegenüber dem Flüchtlingselend noch nicht abgestumpft.

Nur zögernd verließen wir am nächsten Tag das gastliche Haus. Wir hätten nach dieser hektischen und nervenaufreibenden Woche einen Ruhetag nötig gehabt. Aber wir entschlossen uns doch, weiterzuwandern. Wir wollten so schnell wie möglich Winsen erreichen.

Mittwoch, den 30. Mai. Wir trafen auf dem Weitermarsch zwei Frauen und zwei Kinder, die uns für vierzehn Tage Weggefährten werden sollten: Frau Müller, vierundzwanzig Jahre alt, eine schöne, dunkelhaarige junge Frau, mit ihren beiden Söhnen, zwei und vier Jahre alt, die sie in einem Klappkinderwagen vor sich herschob, und ihre Mutter, Frau Volland, die einen Korbkinderwagen mit Gepäck karrte. Die Familie Müller-Volland stammte aus Berlin, war aber wegen der Bombenangriffe in das Innere von Böhmen evakuiert worden. Frau Volland war Witwe. Frau Müller war es auch, nur wußte sie das damals noch nicht. Sie hatte schon seit mehreren Wochen keine Post mehr von ihrem Mann erhalten, der als Soldat an der Ostfront eingesetzt worden war. Während der letzten Kämpfe war er umgekommen. Das schrieb sie uns später. Jetzt waren die beiden Frauen, aus Böhmen ausgewiesen, auf dem Heimweg nach Berlin, obwohl sie nicht wußten, ob dort ihre Wohnung noch existierte und, wenn ja, ob sie überhaupt noch frei war.
Frau Müller war ein sehr stiller Mensch. Ihre Gelassenheit imponierte mir ungemein. Nie verlor sie die Nerven. Ihre Gedanken, Gefühle, Wünsche hielt sie verborgen. Aber sie war alles andere als eine Träumerin. In schwierigen Situationen konnte sie blitzschnell handeln. An Proben ihrer Geistesgegenwart mangelte es nicht. Sie kam auch uns oft zugute.
Ganz anders war ihre Mutter, Frau Volland, geartet. Bei ihr wußte man genau, was sie dachte und fühlte. Ihre Freude, ihre Verzweiflung versuchte sie nicht zu verstecken. Sie ließ uns an ihren Ängsten teilnehmen und identifizierte sich mit unseren Ängsten. Sie konnte sich furchtbar aufregen, und plötzlich eintretende Ereignisse mach-

ten sie konfus. Etwa fünfzig Jahre alt, war sie die Älteste von uns. Aber sie verfügte über eine erstaunliche körperliche Zähigkeit, mit der sie unermüdlich den Kinderwagen die Hügel hinauf- und hinunterschob.

Die Mutter schloß sofort Freundschaft mit den beiden. Sie war sehr daran interessiert, gemeinsam mit ihnen weiterzuziehen. Und auch die Müller-Vollands waren darauf aus. Gemeinsam fühlte man sich stärker. Aber waren die Wanderrouten vereinbar? Müller-Vollands wollten über Liegnitz nach Berlin, denn in Liegnitz hatten sie gute Freunde und wollten feststellen, ob jene das Kriegsende überlebt hatten. Der Mutter erschien die Tatsache problematisch, daß Liegnitz östlich unserer Reiserichtung lag. Aber Müller-Vollands meinten, dieser Nachteil gleiche sich dadurch aus, daß man im niederschlesischen Tiefland schneller vorankomme als im Gebirge. Das leuchtete der Mutter ein, und so wanderten wir mit nach Liegnitz, um von dort wieder die nordwestliche Richtung einzuschlagen.

Dieser Kurswechsel stellte sich bald als Fehler heraus. Denn in den nördlichen Hängen der Gebirge, die Deutschland von der Tschechoslowakei trennten, hatten keine Kämpfe stattgefunden. Da waren die Dörfer nicht zerstört und ihre Bewohner nicht geflohen. Im niederschlesischen Flachland aber säumten Ruinen die Wege, und die Häuser, die verschont geblieben waren, standen leer. Da waren die Flüchtlinge sich selbst überlassen.

Wir lernten bald, daß nicht nur die Russen, sondern inzwischen auch die Polen die schlesischen Provinzen besetzt hatten. *Zwei* Besatzungsmächte – das machte sich fatal spürbar. Der Anfang unserer Flucht hatte unter guten Vorzeichen gestanden. Das sollte sich ändern.

Gemeinsam eine Art Mini-Treck bildend, trotteten wir weiter, kochten über einem Lagerfeuer am Straßenrand oder im nahegelegenen Gelände für alle elf, und was wir unterwegs an Eßbarem auftrieben, teilten wir miteinander. Bei Altröhrsdorf gerieten wir in ein schlimmes Gewitter. Tropfnaß erreichten wir eine Domäne, wo uns die deutschen Verwalter erlaubten, im Heu zu übernachten.

Gleich in dieser ersten Nacht erwies sich unser Reisebündnis als überaus nützlich. Denn hätte mir Frau Müller nicht beigestanden, wäre es mir übel ergangen.

Wir ahnten nicht, daß sich polnische Offiziere in dieser Domäne eine Art Casino eingerichtet hatten. Während der ganzen Nacht hörten wir, versteckt im Heu, den Lärm ihrer fröhlichen Zecherei. Wir ahnten nichts Gutes. Schon in aller Frühe machten wir uns zur Abfahrt bereit. Nur fort, solange sie noch schliefen!

Aber ein Soldat, wohl einer der Offiziersburschen, kam in die Scheune, gerade, als wir unser Gepäck auf den Handwagen luden. Er grinste mich an, nahm mich an der Hand und redete polnisch auf mich ein. Dabei deutete er unmißverständlich auf den Heuboden. Die Mutter hielt mich an der anderen Hand und versuchte dem Soldaten weiszumachen, daß ich noch ein Kind sei. Er nahm aber keine Notiz von ihr und versuchte mich in Richtung Heuboden zu zerren. Ich roch seinen Schnapsatem und fing an zu weinen.

Frau Müller bewies unerhörten Mut. Sie lief zum Casino hinüber, um auf das aufmerksam zu machen, was hier in der Scheune zu geschehen drohte. Sie riskierte, selbst in die Situation zu geraten, in der ich mich befand. Aber sie hatte Glück: Ein junger Offizier folgte ihr und erschien in der Scheune. Er redete auf den Soldaten ein, bis der mich losließ. Dann machte er uns Zeichen, daß wir so schnell wie möglich verschwinden sollten. Das taten wir. Kaum waren wir auf der Landstraße, erschien der Soldat noch einmal am Tor, wutschnaubend, und schoß hinter uns her. Aber wir waren schon zu weit weg, als daß er uns hätte treffen können.

An den polnischen Offizier und Frau Müller, die mich aus meiner gefährlichen Lage befreiten, erinnere ich mich noch jetzt, zweiundvierzig Jahre danach, in Dankbarkeit.

Von diesem Tag an wurden wir sehr viel vorsichtiger. Wir taten gut daran.

Durch verlassenes Land

Ab diesem Tag veränderte sich vieles für uns. Die Schonzeit war vorbei. Wir verließen die Ausläufer des Riesengebirges und erreichten das niederschlesische Tiefland. Damit gerieten wir in Gegenden, die in den letzten Kriegswochen evakuiert worden waren. Unser Handwagen ratterte über das Kopfsteinpflaster verlassener Dörfer. Außer ein paar streunenden Hunden, die uns um die Füße kläfften, und den Angehörigen der polnischen und russischen Besatzung rührte sich nichts in den leeren Ortschaften. Nicht einmal Hühner scharrten und gackerten um die Höfe. Denn alle Tiere, die die Flüchtenden zurückgelassen hatten, waren längst von neuen Flüchtlingsscharen und den Besetzern eingefangen und verzehrt worden.

Da half es nichts, an die Haustüren zu klopfen. Die meisten standen sowieso weit offen: mit Absicht von den Besitzern unverschlossen gelassen – oder von den Besatzungssoldaten eingetreten. Warf man einen beklommenen Blick in die Wohnräume, sah man noch sauber ausgerichtete Sofakissen, den gutbürgerlichen Knick in der Mitte, auf den verstaubten Sofas liegen. Aber je weiter wir ins Flachland vorstießen, desto öfter entdeckten wir Spuren ungebetener Gäste, die in den schlesischen Bauernstuben gehaust hatten. Da waren die Spiegel zerschlagen, Teller und Tassen von den Wandborden gefegt, Ölgemälde zerstochen und zerhackt, Puppen aufgespießt, Federbetten aufgeschlitzt, Fußböden verschmutzt. Als ob hier mit Genuß zerstört worden wäre! Während der ersten Tage schlug uns so ein Anblick noch auf den Magen. Aber wir gewöhnten uns bald daran. Uns blieb nichts anderes übrig.

Ja, bis auf ein paar Familien, die, Hals über Kopf, schon wieder heimgekehrt waren, wirkten die Dörfer tot. Um so bewußter wurde uns die Lebendigkeit der Natur: Die Dorfkastanien, die Fliederbüsche, die Gärten und Wiesen blühten, Unkraut überwucherte alle Beete, kroch über die Wege hin, in die Häuser und Scheunen und leeren Ställe hinein. Hier holte sich die Natur zurück, was ihr seit Jahrhunderten abgetrotzt worden war.

Auch auf den Landstraßen ging es sehr lebendig zu. Flüchtlinge und Heimkehrer wanderten an den beiden Straßenseiten dahin. Wenn sich ein russisches oder polnisches Fahrzeug näherte, sprangen sie beiseite. Da hieß es fix sein! Die Militärs wichen nicht gern aus. Regnete es, spritzte der Schlamm auf die Fußgänger, war es trocken, wurden sie in Staubwolken gehüllt. Und von morgens bis abends hörte man die stereotypen Ermahnungen der Mütter, die mit jüngeren Kindern wanderten: »Bleib auf der Seite! Geh am Rand!«

Auch unsere beiden Kleinen mußten ab und zu vom Wagen herunter, um ihre Beine zu bewegen. Dann ließ die Mutter sie nicht aus den Augen. Sie mußten sich rechts und links am Handwagen festhalten, daß sie mitkamen. Auch auf Siegfried und Linde hatte die Mutter zu achten. Sie trödelten so gern hinterher, und ihr Abstand zu uns wurde immer größer. Da half kein Tadeln. Wir mußten oft stehenbleiben und warten, bis sie uns eingeholt hatten.

Auch Frau Müller nahm Wolfram, den jüngeren ihrer beiden Söhne, manchmal aus dem Sportwagen und ließ ihn laufen. Er durfte das Laufen nicht verlernen. Aber dann kamen wir nur sehr, sehr langsam vorwärts, und so setzte sie ihn nach einer Weile doch wieder in seinen Wagen. Dann gab's ein jämmerliches Geschrei: Wölfchen wollte nicht gefahren werden! Ein Zweijähriges, von morgens bis abends immerzu im Wagen, fast bewegungslos – eine Qual!

Die Mutter, Kindergärtnerin und Jugendleiterin von Beruf, ließ sich am Anfang der Reise immer wieder allerlei einfallen, um die Kinder bei Laune zu halten und sie ihre Müdigkeit vergessen zu lassen. Vor allem erzählte sie Märchen. Dann liefen die Kleinen neben ihr her, wenn sie nicht auf dem Wagen saßen, und auch Siegfried und Linde hörten zu, und Ulrich, der ältere Müller-Sohn. Sie ließ Rätsel raten und reimen, sie wußte Auszählverse und berichtete Selbsterlebtes aus ihrer Kindheit. Nur singen – das tat sie nie, obwohl wir daheim von morgens bis abends gesungen hatten. Das Entsetzen hatte uns das Singen verschlagen.

Wenn Mutter nicht mehr konnte, sprang Frau Müller oder Frau Volland ein, oder ich. Aber manchmal konnte sich keiner von uns mehr zu solch anstrengender Tätigkeit aufraffen. Und dann weinten die Kinder und klagten über schmerzende Füße und Mückenstiche, über Durst und Hunger. Wir putzten den Kleinen die Nasen und wischten ihnen die tränennassen Gesichter ab und versuchten sie bis zum Abend zu vertrösten. Ja, bald rasten wir, dann gibt's zu essen, dann kannst du schlafen – obwohl wir weder wußten, ob wir zum Schlafen kommen, noch ob wir etwas zu essen haben würden. Manchmal aber waren wir selber so erschöpft, daß wir sie anschrien.

Die Schuhe brachten uns zur Verzweiflung. Die Schuhbänder rissen. Wir knoteten sie immer wieder aneinander, zogen schließlich Bindfäden durch die Ösen. Die Kinder, wir alle hatten Blasen an den Füßen und kein Heftpflaster zur Hand. Nähte platzten auf, Sohlen liefen sich durch, Riemen rissen. Durch das viele Marschieren wurden unsere Füße größer. Die Schuhe drückten und kniffen vorn an den Zehen. Und Volker, der Jüngste, kippte im Halbschlaf vom Wagen und schlug sich das Knie auf.

Weiter, weiter!

Manchmal marschierten Armee-Einheiten, russische wie polnische, singend an uns vorbei. Ihre Lieder wiederholten sich. Wir behielten die Melodien im Kopf. Ich kann sie noch heute.

Ab und zu mußten wir riesigen Viehherden Platz machen, die von Soldaten ostwärts getrieben wurden. Ihre Spuren waren nicht zu übersehen: Kuhfladen neben Kuhfladen, Kuhmist an den Schuhen, an den Wagenrädern, Rinderkadaver im Straßengraben. Wie das stank!

Ganze Konvois von Lastwagen kamen uns entgegen, hüllten uns in Staub. Sie waren mit Hausrat, mit Möbeln und Bettzeug beladen. Beutegut? Die Fahrer hatten russische oder polnische Uniformen an. Andere Wagen transportierten Maschinenteile, Getreidesäcke, Kartoffeln. Wir träumten davon, einen der Säcke platzen zu sehen. Wie die Kartoffeln über die Ladeklappen kollern würden!

Am Anfang der Reise hatten wir uns noch gegenseitig auf die Schönheit der Landschaft aufmerksam gemacht. Nun wurde sie uns zunehmend gleichgültiger. Es zählte nur noch, was nützte. Darum hatten wir auch allen Grund, als Fußwanderer dankbar zu sein für das warme trockene Wetter dieses Frühsommers, das nur selten von kurzen Regen oder Gewittern unterbrochen wurde. Dauerregen – wie hätten wir den in unserer Lage bewältigen können? Unser Gepäck wäre durchweicht, die Kinder wären uns krank geworden. Nein, es war ein Traumfrühling, wie ich schon sagte. Wir hatten Glück im Unglück.

Am Abend des 31. Mai quartierten wir uns zum ersten Mal in einem verlassenen Haus ein. Es stand am Ortsrand der Stadt Jauer. Ich erinnere mich sehr genau daran, daß wir uns gar nicht wohl fühlten. Unerlaubt waren wir in die Privatsphäre einer uns unbekannten Familie eingedrungen, schliefen in ihren Betten, kochten auf ihrem Herd, aßen von ihrem Tisch. Obwohl wir nicht die ersten Eindringlinge waren, fühlten wir uns im Unrecht.

Aber es gab noch andere Gründe, unruhig zu schlafen: Kein Hausbesitzer, kein Gastgeber beschützte unseren Schlaf. Wir mußten selber unsere Wächter sein. Die Mutter mit den jüngeren Kindern schlief näher an der Haustür, zusammen mit Frau Volland. Frau Müller, Freya und ich, wir verkrochen uns in die hinteren Räume, nachdem wir uns den Weg zum rückwärtigen Ausgang eingeprägt hatten.

Der dritte Grund machte vor allem Mutters Schlaf unruhig: Unser Proviant war sehr zusammengeschmolzen. Was wir noch besaßen, mußte als eiserne Reserve geschont werden. Wir mußten unterwegs unbedingt mehr Eßbares auftreiben. Aber woher, wenn es hier keine Bauern mehr gab, die uns mal eine Schüssel voll Suppe, mal eine Kanne voll Milch oder ein paar Scheiben Brot abgeben konnten?

Am nächsten Morgen schickte uns die Mutter in den Keller. Dort fanden wir in einer Kiste ein paar Kilo ausgekeimte, schon ziemlich verschrumpelte Kartoffeln. Wir nahmen sie mit, kochten sie unterwegs auf einem kleinen Feuer am Wegrand und aßen sie mit Salz, das wir im Küchenschrank entdeckt hatten.

An diesem Tag, Freitag, dem 1. Juni, erreichten wir Liegnitz, eine der größten schlesischen Städte. Ich kannte wunderschöne Fotos von ihr, die aus der Zeit vor dem Krieg stammten. Jetzt war sie in weiten Teilen zerstört. Wir karrten durch die Ruinenfelder bis zum Haus der Schönfelds, Müller-Vollands Freunden. Wunderbarerweise stand es noch, und ein noch größeres Wunder war's, daß es nicht leerstand. Schönfelds waren da! Ich kann mich nicht mehr erinnern, ob sie nie fort gewesen oder gerade erst wieder angekommen waren. Jedenfalls waren sie daheim und gerade dabei, das Haus wieder einigermaßen wohnlich zu machen. Müller-Vollands wurden wie Totgeglaubte begrüßt, und auch wir bekamen für eine Nacht Unterkunft und Essen. Alle zusammen löffelten wir genüßlich die dünne Suppe, die Frau Schönfeld auf den Tisch brachte, und wir freuten uns, Gast sein zu dürfen. Die Nacht verbrachten wir auf dem weißgekalkten, gegen Brandbomben präparierten Dachboden, zum ersten Mal ganz ohne Matratzen- oder Strohunterlage. Es gab kein elektrisches Licht. Wir stießen uns Beulen an den Dachbalken. Am nächsten Morgen taten uns alle Knochen weh. Aber wir hatten tief geschlafen, in der Annahme, daß uns hier oben kein Pole, kein Russe vermutet hätte.

Müller-Vollands beschlossen, schon am nächsten Tag, dem 2. Juni, wieder weiterzuziehen. Denn sie wollten mit uns zusammenbleiben. Elf Gäste waren für die Schönfelds, die ja selber Mühe hatten, sich über Wasser zu halten, unter den gegebenen Umständen eine zu große Belastung. Wehmütig nahmen die beiden Familien voneinander Abschied, nicht wissend, ob sie sich jemals wiedersehen würden, ja nicht einmal, ob sie einander würden schreiben können. Denn noch konnte man sich nicht vorstellen, daß sich all dieses Elend, diese Atmosphäre der Recht- und Gesetzlosigkeit jemals wieder in ein menschenwürdiges Dasein würde umwandeln lassen.

Froh, die deprimierenden Ruinen von Liegnitz hinter uns zu haben, zogen wir bei herrlichem Wetter nordwestwärts, durch ländliche Gegenden. Siegfried und Linde streiften neben der Straße durch verwilderte Gärten und entdeckten Stachelbeersträucher mit halbreifen Früchten. Wir pflückten sie und kochten einen Topf voll Kompott. Es kostete uns ein paar Löffel Zucker aus unserem Proviant. Trotzdem blieb es quietschsauer, und nach einer oder zwei Stunden hatten wir alle Durchfall. Abwechselnd hockten wir hinter Gebüsch und anderer Deckung, die sich uns am Straßenrand anbot. Klopapier? Wo hätten wir das her haben sollen? Wir nahmen Gras und Blätter.

Unter diesen Umständen kamen wir nur noch sehr langsam vorwärts. Schon am Nachmittag suchten wir uns ein Quartier. In Arnsdorf richteten wir uns in einem verlassenen Haus ein. Ziemlich geschwächt von den Verdauungsbeschwerden, hatten wir keinen anderen Wunsch, als zu schlafen.

Aber nur die kleineren Kinder sollten schlafen dürfen.

Denn kaum hatten wir unsere Schlafdecken vom Handwagen geladen, erschien ein Russe mit eindeutigen Absichten. Freya und ich fanden die Hintertür nicht und konnten nur noch auf den Dachboden entkommen, wo wir uns unter einem Stapel muffig riechender, feuchter Matratzen und einem Haufen alter Lumpen verkrochen. Es war eine regnerische Nacht, durch das Dach tropfte es, der Fußboden war steinhart, und unter dem stinkigen Zeug bekamen wir kaum Luft. Diese Ungewißheit! Was geschah unten in der Wohnung?

Wir erfuhren es am nächsten Morgen: Der Russe, ein blutjunger Mensch, war an Frau Müller sehr interessiert gewesen, hatte sich aber nicht mit Gewalt über sie hergemacht, sondern hatte sich neben sie gesetzt, vielleicht, um sie freundlich zu stimmen. Er sprach ein paar Brocken Deutsch, und so war ein mühseliges Gespräch zustande gekommen. Frau Volland und die Mutter hatten bald begriffen, daß der Junge eigentlich viel mehr nach einer Mutter als nach einer Sexpartnerin suchte. Die Frauen zeigten ihm unser Familienalbum, und das Gespräch wurde so herzlich, daß die unmittelbare Gefahr vorerst gebannt schien. Und doch gab es noch mal einen mächtigen Schreck: Der junge Russe zog sich plötzlich das Hemd aus. Hatte er sich an sein ursprüngliches Anliegen erinnert? Aber nein – er wollte den drei Frauen nur seine Kriegsnarben zeigen.

Tief in der Nacht boten ihm die Frauen einen Teller Suppe an – eifrig bemüht, ihn, wenn er schon nicht fortgehen wollte, so doch bei Laune zu halten. Aber die dünne Suppe, in die sie allerlei unterwegs gepflücktes Küchengemüse hineingeschnitten hatten, machte ihm wohl deutlich, wie wenig wir zu essen hatten. Er erbot sich, in sein Quartier zu gehen und am nächsten Morgen mit Brot und Fleisch zurückzukommen. Allerdings, so machte er Frau Müller unmißverständlich klar, wolle er dann auch mit ihr schlafen.

Im Morgengrauen des 3. Juni holte die Mutter Freya und mich vom Dachboden herunter. Sehr viel später berichtete sie mir von einer Grundsatzdiskussion, die in dieser Nacht zwischen den drei Frauen geführt worden war: Frau Volland hatte zu einer Abreise vor der Rückkehr des Russen gedrängt. Frau Müller aber hatte gezögert. Sie war der Meinung gewesen, daß die Kinder unbedingt etwas Kräftiges in den Magen brauchten, wenn sie nicht krank werden sollten. Ob sie nicht doch auf den Handel eingehen solle? Dieser junge Bursche sei schließlich keiner, der mit roher Gewalt vorgehe. Und wahrscheinlich könne man noch mehr Eßbares heraushandeln. Aber die Mutter und Frau Volland waren ganz und gar dagegen gewesen. Um auf so einen Handel einzugehen, müsse einem das Wasser bis zum Hals stehen, hatten sie gemeint. Und so weit sei es noch nicht. Aber die Kinder, die Kinder! hatte Frau Müller eingeworfen. Das könne man immer noch in Erwägung ziehen, wenn es uns noch dreckiger gehen sollte, hatte Frau Volland darauf erwidert.

Nein, so dreckig ging es uns noch nicht, obwohl wir alle miteinander während der letzten Tage schmaler geworden waren. Aber wir waren braungebrannt und noch kräftig. Zwanzig bis fünfundzwanzig Kilometer Fußmarsch pro Tag schafften wir noch. Das war die Hauptsache. In aller Eile brachen wir auf, um fort zu sein, wenn der Russe zurückkam.

An diesem Tag, einem Sonntag, kamen wir an einem Gutshof vorbei, der nun unter polnischer Verwaltung stand. Wir hörten Rinder brüllen, fragten nach Milch und bekamen unseren Kochtopf vollgefüllt. Es war ein Glückssonntag, denn eine Polin, die auf dem Hof arbeitete, schenkte uns ein halbes Brot. Einen Becher Milch und eine Scheibe Brot für jeden – was für ein fürstliches Essen!

Aber wir blieben hungrig. Unser Hunger war so gut wie gar nicht mehr zu stillen. Er schärfte unseren Blick.

Unbewußt suchten unsere Augen die Umgebung nach Eßbarem ab. Von Tag zu Tag beherrschte der Hunger unsere Gedanken, unsere Wünsche und Träume mehr.

Aber es war schwierig, etwas zu essen zu finden, denn alle Flüchtlinge, die gleichzeitig mit uns auf den Straßen dahinzogen, waren in derselben Lage wie wir, durchsuchten also ebenfalls die Gärten und verlassenen Häuser nach Nahrung. Aber an diesem Sonntag, dem zweiten fern der Rosinkawiese, hatten wir noch einmal Glück: In einem verlassenen Haus in Samitz, in dem wir übernachteten, fanden wir drei Gläser eingemachtes Obst im Keller. Das war nicht viel für elf heißhungrige Menschen nach einem langen Marsch. Aber die liebevoll eingeweckten Kirschen und Erdbeeren schmeckten so wunderbar, so nach Friedenszeit! Und wir waren inzwischen so abgestumpft gegen alle Skrupel, daß wir eine Milchkanne mitgehen ließen, als wir weiterzogen.

Erst eine Woche waren wir unterwegs, und doch kam uns diese Zeit wie eine Ewigkeit vor. So vieles hatten wir auf der bisherigen Reise schon gesehen, empfunden und erlebt.

Die Mutter führte ein Tagebuch. Das hatte sie schon seit ihrer Jugend getan. Es war ihre Art, alles in Ordnung zu haben, auch die Vergangenheit, jederzeit griffbereit, nachschlagbar aufs Datum genau. Und so notierte sie auch jetzt in Stichworten das wichtigste Tagesgeschehen und die Orte, durch die wir wanderten und in denen wir übernachteten, in ihr Heft. Ich sah es während der ganzen langen Reise morgens, wenn es hell wurde, immer neben ihrem Bett oder Lager liegen, zusammen mit einem Bleistift und ihrer Brille. Viele Jahre später hat sie es jemandem zu lesen gegeben, der Interesse an unseren Fluchterlebnissen zeigte, und bekam es nie wieder zurück. Gott sei Dank hatte ich ihre Notizen nach der Flucht in mein Tagebuch abgeschrieben.

Am Montag, dem 4. Juni, zogen wir wieder die Landstraße entlang, als wir von weitem ein Päckchen auf der Straße liegen sahen, an dem Krähen herumpickten. Sobald wir näherkamen, flatterten sie widerwillig an den Straßenrand. Das Päckchen entpuppte sich als ein russisches Kastenbrot, eingewickelt in eine Landkarte, die zwar schon etwas zerfleddert war, aber noch immer deutlich die Gegend zeigte, durch die wir gerade zogen. Diese Landkarte kam uns wie gerufen. Denn jene Karte, die die Mutter von daheim mitgenommen hatte, war viel zu ungenau für einen Fußmarsch. Frau Vollands Landkarte war auch nicht besser. Und das Brot kam wie vom Himmel. Der Russe, der es verloren hatte, brauchte deswegen keinen Hunger zu leiden. Er konnte sich jederzeit ein neues besorgen. Für uns aber bedeutete es Hilfe in Not.

Die Krähen hatten schon ein großes Loch herausgehackt. Die Mutter und Frau Volland hatten Bedenken: Was, wenn die Krähen vorher an Aas herumgepickt hatten? Aber deswegen das Brot aufgeben? Nein – das war zuviel verlangt. Sie schnitten ein tiefes Stück rund um das Loch heraus und gaben uns den Laib zu essen.

Im nächsten Ort schenkte eine Frau vor der russischen Kommandantur Milch für Kinder aus. Was für eine Überraschung!

Gegen Abend erreichten wir Jakobsdorf. Dieser Ort hatte durch Kämpfe schwer gelitten. Wir fanden noch einen Unterschlupf in einem halbzerschossenen, verlassenen Haus. Es war das einzige Haus, das noch nicht mit Flüchtlingen überfüllt war. Das hatte seine Gründe: Besetzer oder Besucher hatten Flur und Wohnzimmer beschmutzt. Überall lagen Exkremente verstreut, sogar auf den Tischen, und man konnte noch die Ränder getrockneter Urinpfützen erkennen. Natürlich stank es widerlich, und Fliegen schwirrten. Da es nach Regen aussah, wagten wir aber nicht, draußen zu übernachten. Wir fanden einen Nebenraum, der leidlich sauber war. Dort legten wir uns eng nebeneinander zum Schlafen, nicht ohne vorher einen Fluchtweg ausgespäht zu haben – für alle Fälle. Damals, in Schlesien, gewöhnte ich mir an, mir gleich, wenn wir ein Haus betraten, den Weg zum rückwärtigen Eingang einzuprägen. Noch heute, nach zweiundvierzig Jahren, ertappe ich mich manchmal dabei, wie ich beim Betreten fremder Häuser nach Hintertüren Ausschau halte.

Am nächsten Morgen machten wir, daß wir davonkamen, und frühstückten draußen im Freien: Wir tranken Kräutertee und aßen den Rest des sorgfältig eingeteilten Russenbrotes.

Wenn wir nur hätten baden können! Wir kamen ja Tag und Nacht nicht aus den Kleidern. In vielen Häusern floß kein Wasser mehr. Wir mußten schon froh sein, wenn wenigstens eine Katzenwäsche möglich war. Und es gab auch so gut wie keine Gelegenheit, Wäsche zu waschen. Dazu hätten wir mindestens einen Tag Pause einlegen müssen. Aber wir hatten in diesem menschenleeren Gebiet noch keine Unterkunft gefunden, wo wir alle Voraussetzungen für eine Tagespause angetroffen hätten. Nur weiter, nur fort aus dieser Gegend, wo man sich ausgeliefert fühlte!

Hunger und Angst

Dieser 5. Juni, ein Dienstag, wurde mir zum Alptraum. Dabei hatte er so gut angefangen: Ein Russe schenkte Linde ein halbes Brot! Sie war außer sich vor Freude. Sie, ausgerechnet sie, die sich immer wie ein häßliches Entlein vorkam und in Gedanken versunken hinter dem Handwagen herzockelte, hatte das Brot geschenkt bekommen!

Aber zwischen Jakobsdorf und Sprottau gerieten wir mit einer Schar anderer Flüchtlinge plötzlich in eine russische Straßensperre. Alle mußten an den Straßenrand zurücktreten. Aus der Gruppe von Frauen, Greisen und Kindern wurden junge, kräftige Frauen herausgewinkt. Frau Müller war nicht darunter, wohl deshalb, weil sie ihre beiden Kinder an sich drückte. Aber ich.

»Mitkommen!« hieß es.

Wir ahnten Schlimmes. Die Mutter wollte mich nicht allein gehen lassen. Sie vertraute Frau Volland meine Geschwister an und ging mit. Ich hatte furchtbare Angst, und ich sah auch der Mutter an, wie sehr sie Angst um mich hatte. Wir wurden in den Kiefernwald hineingeführt. Vor einem mächtigen Benzintank, der nur mit seiner obersten Krümmung aus dem Boden schaute, machten wir halt. Dann bekamen wir Schaufeln in die Hand gedrückt und wurden angewiesen, die Erde rund um den Tank wegzuschaufeln, den Tank also freizulegen.

Es war eine lange und mühselige Arbeit. Aber ich hätte schreien können vor Freude. Wenn es nur *das* war, was man von uns verlangte! Wir arbeiteten wie die Wilden, denn wir alle, die wir hier schaufelten, hatten Angehörige, die am Waldrand voller Angst auf uns warteten. Vor allem die Kinder!

Nach etwa zwei Stunden lag der Benzintank frei da, und wir wurden entlassen. Wir waren benutzt worden, ja. Irgendein Offizier oder Unteroffizier hatte mit dieser

Maßnahme sich und seinen Leuten das Leben bequemer gemacht. Aber wir hätten schlimmer benutzt werden können. *Wir* waren jetzt die Rechtlosen, mit denen man alles machen konnte, was man wollte. Ich war noch einmal davongekommen.

Als die Mutter und ich auf die Straße zurückkehrten, sahen uns die Kinder und die Müller-Vollands schon von weitem an, daß mir nichts passiert war. Erleichtert – und hungrig – zogen wir weiter, auf Sprottau zu.

Von dem Schrecken bekam ich eine starke Blutung. Ich war froh, als wir eine verlassene Wohnung in Sprottau fanden. An diesem Tag war ich zu nichts mehr fähig, nicht einmal dazu, Essen aufzutreiben. Die Mutter kochte eine sehr dünne Suppe aus Graupen oder Grieß aus dem eisernen Vorrat, und Frau Volland gab eine Portion von ihren Reserven dazu. Die Suppe sättigte nicht. Sie füllte nur die Mägen für eine halbe Stunde.

Aber Frau Müller leistete sich wieder einen Bravourakt: Mit beiden Kindern im Wagen fuhr sie zur russischen Kommandantur und kam mit einem Brot zurück.

Am Mittwoch, dem 6. Juni, trotteten wir ziemlich mut- und kraftlos dahin. Unsere Mittagsmahlzeit hatte hauptsächlich aus Rhabarber bestanden, den wir in verlassenen Gärten gefunden hatten. Wir hatten ihn kaum süßen können, denn wir mußten mit unserem Zuckervorrat haushalten. Dieses Mittagessen machte nicht satt. Wir hätten ebensogut darauf verzichten können. Aber es gab wenigstens die Illusion, etwas gegessen zu haben. Und sogar in dieser Ausnahmesituation legte die Mutter großen Wert auf regelmäßige Mahlzeiten. Frühstück, Mittagessen, Abendessen – dabei blieb's. Und sie hätte wahrscheinlich diese strenge Ordnung auch eingehalten, wenn wir nur noch Steine gehabt hätten, an denen wir hätten lutschen können.

Am Nachmittag erreichten wir den Bober. Es war ein heißer Tag. Wir waren verschwitzt und müde, und unsere

Kleider waren sehr schmutzig. Als wir das Wasser herüberglitzern sahen, bogen wir kurzerhand in einen Feldweg ein, der am Ufer entlangführte, suchten uns einen sichtgeschützten Platz und badeten. Was für ein wunderbares Gefühl, wieder Wasser an der Haut zu spüren!

Ja, die Mutter hatte unser Gepäck umsichtig zusammengestellt. Sogar an die Badeanzüge hatte sie gedacht. Ob auch die Müller-Vollands ihre Badesachen mithatten? Ich weiß es nicht mehr. Aber ich erinnere mich, daß ich dieses Bad im Bober wie ein Fest der Freiheit empfand: Weit und breit war niemand zu sehen, wir kamen aus den Kleidern und hatten für eine Weile keine Angst. Die Kleinen planschten im Wasser herum und lärmten, und wir brauchten sie nicht zu ermahnen, leise zu sein. Wir Großen wuschen uns und schwammen ins Tiefe. Dann seiften wir die Kleinen von Kopf bis Fuß ab und schweiften schnell noch ein paar Kinderhöschen aus, bevor wir mit sauberem, wehendem Haar weiterzogen. Gewiß, wir fühlten uns schlapp vor Hunger. Aber das Bad hatte uns wieder belebt.

Über den heiteren Badetag fiel aber doch noch ein Schatten: Gegen Abend kamen wir an einem Gefangenenlager für deutsche Soldaten vorbei. Hinter dem hohen Stacheldrahtzaun standen sie mit hoffnungslosen Gesichtern und starrten zu uns, den vorüberziehenden Flüchtlingsscharen, herüber. Ein schon älterer Mann rief uns an: Wo wir hinwollten? Als die Mutter Winsen an der Luhe nannte, bat er uns, einen Brief an seine Angehörigen mitzunehmen. Er war in der Lüneburger Heide zu Hause. Freya lief hinüber zum Zaun, nahm den Brief und steckte ihn in die Jackentasche. Die Mutter fragte den Mann, was denn mit den Gefangenen dieses Lagers geschehen werde. Achselzuckend antwortete er: »Was schon? Wahrscheinlich Sibirien.« Er sah uns nach, als wir weiterzogen.

Es existierte ja noch kein Postverkehr. Vielleicht gab der Mann am Lagerzaun einem Dutzend westwärts ziehender Flüchtlinge Briefe mit, um sicherzugehen, daß wenigstens einer davon ankam. Möglicherweise warfen manche der Boten die Briefe wieder weg, sobald ihnen der Auftrag zu riskant erschien. Es war uns Deutschen damals so vieles verboten, wahrscheinlich auch der Transport solcher Soldatenbriefe.

Die Nacht verbrachten wir in Sagan.

7. Juni. Ein Donnerstag. Frisch aufgehäufte Grabhügel neben dem Weg, in deren Nähe es nach Aas stank, erschreckten und deprimierten uns. Lagen hier Flüchtlinge begraben, die am Straßenrand gestorben waren? Oder deutsche Soldaten, die in den letzten Kämpfen ihr Leben verloren hatten? Ab und zu kamen wir auch an blumengeschmückten Gräbern russischer Gefallener vorüber. Der Frieden war ja erst einen knappen Monat alt. Und am Straßenrand wurde weiterhin gestorben.

Auch Frau Müllers jüngerer Sohn Wolfram machte uns Sorgen: Schlapp lag er im Kinderwagen und hatte keinen Appetit. Wie vielen kranken Säuglingen und Kleinkindern waren wir unterwegs begegnet! Manchen hatte man schon ansehen können, daß sie nicht mehr zu retten waren. Frau Müller, die schon von sich aus schweigsam war, wurde noch stiller. Und wir alle bemühten uns, Wölfchen, unseren Jüngsten, aufzumuntern, und versuchten, uns und seiner Mutter einzureden, daß diese Apathie nur eine vorübergehende Sache sei, kein Grund zur Aufregung.

Daß in dieser Gegend Kämpfe stattgefunden haben mußten, war deutlich zu erkennen: In den Straßengräben lagen Gasmasken, Uniformteile, Kriegsschrott, schon halb zugedeckt von Abfällen der Flüchtlingszüge: leere, aufgeplatzte Koffer, durchgelaufene Schuhe, kaputte Handwagen und Kinderwagen. Und immer wieder verendete Rinder, die die Luft verpesteten.

Siegfried war es, der Achtjährige, der in den Gräben allerlei Brauchbares fand. Mal war es ein Blechteller, mal ein Bleistift. Mit gesenktem Blick trabte er dahin, daß man manchmal den Eindruck hatte, er schlafe im Gehen. Aber seinem Blick entging nichts. In seinem Ranzen hatte er schon allerlei Funde gesammelt, die für uns, die wir so gut wie nichts mehr besaßen, allemal brauchbar waren: eine Brillenhülle, eine Garnrolle, Schnüre und Schuhbänder.

Einmal bewirkte er fast ein Wunder: Plötzlich ging an Frau Müllers Kindersportwagen ein Rad kaputt. Es war nicht mehr reparierbar. Erstaunlich war, daß der Wagen überhaupt so lange ohne Reparaturen durchgehalten hatte. Denn meistens hatte er auch das Gewicht von Ulrich, dem Vierjährigen, mittragen müssen, wenn das Kind, müde vom langen Marsch, nicht mehr hatte laufen wollen. Dazu kam noch ein kleiner, aber schwerer Koffer, der hinter Wölfchen an den Haltestangen lehnte. Er enthielt Dokumente, Schmuck und die letzten Briefe Herrn Müllers, dazu ein paar Kleider von Frau Volland.

Entsetzt betrachteten wir den Wagen, der, nun nur noch dreirädrig, schief am Straßenrand stand. Was jetzt? Wölfchen war zwei Jahre alt – zu jung, um schon zu Fuß mitzulaufen, zu schwer, als daß man ihn stundenlang hätte tragen können. Wo, um alles in der Welt, sollte man jetzt ein Ersatzrad herbekommen?

Während wir Großen noch berieten, montierte Siegfried das kaputte Rad ab. Es war gummibereift und eine Handspanne breit. Er lief damit ein paar Schritte in die Richtung, aus der wir gekommen waren, und wühlte dann im Straßengraben. Nach einer Weile kam er zurück, in der einen Hand das kaputte, in der anderen ein fremdes Rad mit noch guter Gummibereifung, genormt für die gleiche Achsenbreite. Es paßte wie bestellt, ließ sich ohne Schwierigkeiten an die Achse des Müllerschen Kinderwagens montieren, und wir konnten weiterfahren. Siegfried war der Held des Tages, und von da ab neckte ihn niemand mehr, wenn er wie ein Schlafwandler dahinstolperte.

In Sagan hatten wir ein paar Kartoffeln aufgetrieben. Das war für diesen Tag aber auch alles. Ein Hungertag. Aber er klang sozusagen mit einem Posaunenstoß aus: Gegen Abend fanden wir in der Nähe von Sorau auf einem Gutshof Unterkunft. Uns wurde ein Raum neben den Stallgebäuden zugewiesen, in dem ein paar Strohsäcke lagen. Und ein Herd stand da! Wahrscheinlich war der Raum in normalen Zeiten eine Futterküche gewesen. Wir fanden diese Unterkunft großartig, vor allem auch deswegen, weil der Hof bewohnt war. Eine Familie Habermann schien ihn zu verwalten. In den Ställen muhten Rinder, und aus dem Haupthaus tönten Stimmen. Das gab uns Hoffnung auf Eßbares.

Wir waren nicht die einzigen Flüchtlinge, die hier ein Nachtquartier bekamen. Der Gutshof war groß, und die Habermanns schienen ein Herz für die Leute auf der Straße zu haben.

Kaum hatten wir unser Gepäck abgeladen, die zwei Kinderwagen in unsere Futterküche und den Handwagen auf die Tenne geschoben, wurde es auf dem Hof lebendig: Durch das Hoftor wurde eine riesige Herde von Rindern hereingescheucht, Milchkühe fast alle, eine der Beuteherden, die in den Osten getrieben wurden. Die Mutter spähte hinaus und schüttelte den Kopf. Den Kühen platzten fast die Euter.

Und schon erschien ein aufgeregter Pole und brüllte in gebrochenem Deutsch auf dem Hof herum: »Alle her, die melken können!«

Von uns elf Leuten konnte nur die Mutter melken, und sie hatte bisher auch nur Ziegen gemolken. Aber das war jetzt gleichgültig. Hauptsache, daß sie von der Milch, die sie melkte, auch etwas abbekam! Es war immerhin eine kleine Chance. Sie lief davon und kam wieder zurückgehastet. Es gab nicht genug Gefäße. Dem Herdenführer war es egal, ob man in ein Gefäß oder auf das Hofpflaster melkte – wenn nur die Euter geleert wurden.

Die Mutter nahm unseren Kochtopf mit. Und dann

melkte und melkte und melkte sie, und als der Topf voll war, brachte ihr eines der Kinder Müller-Vollands Kochtopf, dann unsere Milchkanne. Ja, wir konnten die Milch behalten, konnten trinken, soviel wir wollten! Und so war unser Kochtopf wieder leer, als die Milchkanne voll war.

Der Pole hatte nur neun oder zehn Leute aufgetrieben, die melken konnten. Er sorgte dafür, daß sich keiner von ihnen davonstahl, bis alle Kühe gemolken waren. Ein Wachtposten stand vor dem Hoftor und ließ niemanden hinaus, und auch die Flüchtlingsfrauen, die auf dem Hof untergekommen waren, konnten nicht heimlich verschwinden.

Töpfe und Kanne wechselten einander ab. Frau Volland kochte aus Weizenschrot, den sie auf der Tenne zwischen Säcken zusammengefegt hatte, einen wunderbaren, dicken Brei für uns alle. Und sogar Wölfchen aß wieder.

In einem Nachbarraum hatte eine junge Frau mit zwei Kleinkindern Unterkunft gefunden. Wir gaben ihr auch von unserer Milch ab – nach langem Zögern. Eigentlich tat es uns um jeden Tropfen leid, der uns nicht selber zugute kam. Aber diese junge Frau war ja noch viel schlechter dran als wir: Niemand half ihr, niemand löste sie in der Betreuung der beiden kleinen Kinder ab. Sie mußte jeden Augenblick präsent sein. Da hätte man schon sehr abgestumpft sein müssen, wenn man nicht Mitleid mit ihr empfunden hätte.

Die allmähliche Verhärtung der Gefühle aber war uns im Lauf der Reise immer bewußter geworden. Wie selbstsüchtig, wie mißgünstig waren wir geworden! Wie schielten wir Geschwister uns gegenseitig auf die Teller, wenn die Mutter Suppe austeilte! Wie freuten wir uns, wenn wir etwas Eßbares ergattert hatten, wo andere leer ausgingen! Ich ertappte mich manchmal sogar dabei, daß ich den Müller-Vollands grollte: Ohne ihre Anwesenheit hätte jeder von uns mehr auf dem Teller gehabt. Wir hatten Schuldgefühle deswegen und begegneten zuweilen Blicken, die ähnliche Empfindungen signalisierten.

Die Mutter melkte bis um Mitternacht. Zuletzt war sie kaum mehr in der Lage, sich aufrecht zu halten. Nur noch gegen den Kuhbauch gelehnt konnte sie melken. Als sie endlich gehen durfte, hatte sie sechsundzwanzig Liter Milch gemolken – zwei Liter für jeden von uns. Aber sie war nicht mehr imstande, selbst noch vom Brei zu essen, der für sie bereitstand. Sie fiel auf ihren Strohsack und schlief erschöpft ein.

Die Dramatik dieses Abends, dieser Nacht war damit noch nicht zu Ende: Kaum schlief die Mutter, klopfte Herr Habermann an die Tür, reichte uns einen alten Eimer herein und eröffnete uns, daß sich eben Russen auf dem Hof einquartiert hätten. Zu unserer Sicherheit werde er uns bis zum Morgen einschließen. Wir sollten uns bemühen, leise zu sein.

Und schon schloß er von außen zu. Wozu er uns den Eimer hereingereicht hatte, begriffen wir erst, als eines der Kinder »mußte«. Bald ging es im Haupthaus sehr geräuschvoll zu. Es wurde gesungen und getanzt. Lachsalven dröhnten. Einmal lärmten die Männer auch auf dem Hof. Wir lauschten beklommen. Aber der ernüchternde Anblick der schlafenden Rinderherde bewog wohl die Feiernden, sich wieder ins Haupthaus zurückzuziehen.

Erst am nächsten Morgen, als Rinder und Russen den Hof verlassen hatten, sperrte Herr Habermann unsere Tür wieder auf. Wir schnappten nach frischer Luft. Aber der Hof stank auch. Der Kuhmist lag in Bergen. Frauen waren dabei, ihn zusammenzuschaufeln.

Wir fühlten uns zwar satt, aber nicht ausgeschlafen. Und so beschlossen wir, einen Rasttag einzulegen. Besser als hier würden wir es anderswo so schnell nicht finden. Und vor allem konnten wir hier endlich einmal unsere Wäsche waschen. Wir wuschen fast den ganzen Tag. Die Weißwäsche durften wir sogar in Frau Habermanns Waschkessel kochen. Und dann flatterten unsere kostbaren Stücke an Frau Habermanns Wäscheleine. Daß eine

Polin, die irgendeinen Funktionärsposten im Ort innehatte, sich vor unseren Augen ein Paar von Mutters Strümpfen von der Leine nahm und lachend damit im Haus verschwand, mußten wir schweigend hinnehmen.

Frau Habermann gab uns Milch von den Kühen des Gutshofes und besorgte uns Brot aus der Küche der Polen. Sogar ein paar Tüten Puddingpulver steckte sie uns zu! Was für eine Rolle diese Habermanns spielten und wie es möglich war, daß sie als Deutsche auf diesem Hof bleiben durften – wenn es überhaupt *ihr* Hof gewesen ist? –, wurde uns nie klar. Und wir fragten auch nicht.

Noch einmal schliefen wir auf den Strohsäcken, bevor wir am 9. Juni, satt und ausgeschlafen, in Richtung Pförten weiterwanderten.

Menschliches und Unmenschliches

Auch die junge Frau brach auf. Wir wollten unseren Augen nicht trauen: Sie fuhr mit zwei Wagen! Den einen Kinderwagen schob sie mit einer Hand, den anderen Wagen zog sie hinter sich her. Im einen lag das erst ein paar Wochen alte Baby, im anderen saß ein etwa eineinhalbjähriges Kleinkind, umtürmt von Gepäck. Sie kam nur sehr langsam vorwärts. Aber sie wirkte ruhig, war keinesfalls am Verzweifeln, lächelte uns zu, als wir sie überholten. Wie klein kamen wir uns da vor! Wieviel besser waren wir dran als sie! Wenn *sie* schon nicht die Flinte ins Korn warf – wie konnten *wir* uns dann hängen lassen? Viele Jahre später schrieb mir Frau Müller einmal zu dieser Frau: »Sie blieb mir unvergeßlich, weil sie das Unmögliche versuchte, während mir schon das Mögliche undurchführbar erschien...«

Diese junge Frau bewirkte also, daß wir für eine Weile unsere Lage gelassener sahen und wieder Abstand von der Alltagsmisere gewannen.

Aber schon begann uns eine neue Sorge zu beschweren: Wir konnten uns nicht mehr darüber hinwegtäuschen, daß Wölfchen ernstlich krank war. Er hatte Durchfall, weinte stundenlang vor sich hin und hing apathisch im Kinderwagen. Wäre dieser Kummer nicht gewesen, wie hätten wir uns gefreut, als plötzlich, auf einsamer Landstraße, ein russischer Lastwagen neben uns hielt und der Fahrer uns freundlich anbot, uns elf samt Wagen ein Stück mitzunehmen. Unser anfängliches Mißtrauen war unbegründet. Der Fahrer und der Beifahrer waren ältere Männer, denen es unsere Kinder angetan hatten. Sie scherzten mit ihnen, wuchteten die Wagen samt Gepäck auf die Ladefläche, hoben erst die Kinder, dann uns hinauf und erwiesen sich als überaus höflich. Aber nach zehn Kilometern war die Fahrt zu Ende. Die Russen halfen uns wieder auf die Landstraße herunter. Wir bedankten uns, zutiefst erstaunt. Diese Menschenfreundlichkeit paßte so gar nicht in unser Russenbild!

Während wir weiterzogen, entspann sich zwischen uns ein Gespräch über die Frage, ob die Polen oder die Russen schwerer zu ertragen seien. Die Russen hatten den Ruf, wie Tiere über Frauen herzufallen, aber kinderlieb zu sein. Den Polen sagte man Unberechenbarkeit nach – und eine boshafte Freude am Ausspielen und Auskosten ihrer neugewonnenen Macht.

Wir hatten auf unserer bisherigen Wanderung Kostproben der verschiedenen Verhaltensweisen und Reaktionen von Russen und Polen kennengelernt, menschliche und unmenschliche. Wir konnten uns zu keinem endgültigen Urteil entschließen. Schon allein deswegen nicht, weil wir wußten, wie eng nebeneinander auch in unserem eigenen Volk Menschlichkeit und Unmenschlichkeit gediehen.

Schon damals, zwischen Sorau und Pförten, empfand ich, wie mein Haß, meine Voreingenommenheit gegen Russen und Polen abnahm. Dank langer Gespräche mit den sehr kritischen und gutinformierten Müller-Vollands erkannte ich die Schuld meines eigenen Volkes an den jetzt herrschenden Zuständen immer deutlicher. Und die Hilfsbereitschaft, die wir und unsere Reisegefährten unterwegs von russischen und polnischen Menschen erfahren hatten, revidierte das Horrorbild, das uns die nazistische Propaganda von ihnen gezeichnet hatte.

Aber noch an diesem Tag stand uns ein Erlebnis bevor, das unsere versöhnlichen Gefühle wieder für eine Weile mit ohnmächtiger Wut überlagern sollte: Während die Mutter mit meinen Geschwistern, Frau Volland und den Müller-Kindern wegen einer neuen Durchfallwelle, die uns erwischt hatte, ein Stück weit in die Felder hineingegangen war, warteten Frau Müller und ich am Straßenrand neben den beiden Kinderwagen und dem Handwagen. Wir waren zufällig allein auf der Straße. Nirgends waren andere Flüchtlinge zu sehen. Plötzlich hörten wir

Pferdegetrappel. Aus der Kurve kam eine Kutsche, offen, zweispännig, herangerollt. Ein Pole in Uniform und eine junge Frau saßen darin, eng aneinandergeschmiegt. Kaum sah uns der Pole, brachte er die Pferde neben uns zum Stehen, sprang ab, lief auf Frau Müller zu und verlangte eine Uhr. Sie schüttelte den Kopf. Sie hatte schon längst keine mehr. Da packte der Pole den Koffer, der auf dem Kindersportwagen lag, sprang auf die Kutsche zurück, warf ihn der jungen Frau auf den Schoß, griff nach den Zügeln, schnalzte und brachte die Pferde auf Trab. Als sich die Kutsche schon ein Stück entfernt hatte, drehte sich die Polin noch einmal um und winkte uns zu. Dann verschwand sie in einer Staubwolke.

Ich war wie versteinert. Frau Müller aber hob seelenruhig einen unreifen Frühapfel auf, der von einem der Chaussee-Apfelbäume gefallen und auf die Straße gerollt war, biß hinein und kaute stumm. In diesem Augenblick bewunderte ich sie maßlos. So über den Dingen stehen zu können!

Als die anderen zu uns zurückkehrten, erzählte sie ihnen gelassen, was in ihrer Abwesenheit geschehen war. Frau Volland nahm den Verlust längst nicht so gelassen auf. Der Schmuck! Die Briefe! Die Dokumente! Und sie besaß jetzt nur noch das Kleid, das sie auf dem Leib trug.

In gedrückter Stimmung fuhren wir weiter. Meine Mutter bot Frau Volland eines ihrer Kleider an, aber es paßte ihr nicht.

Wir näherten uns jetzt der Görlitzer Neiße. Es hieß, daß es am anderen Ufer keine polnische Besatzung gebe, nur russische. Und schon machte uns ein neues Gerücht Angst: Es sei sehr schwierig, über den Fluß zu kommen. Auf den Brücken herrsche strenge Kontrolle. Die Lausitz sei von Flüchtlingen überflutet, deshalb wehre man sich dort gegen weiteren Zuzug. Wir fragten alle, die uns entgegenkamen, nach den Möglichkeiten, über den Fluß zu kommen. Fast alle wollten ganz genau Bescheid wissen: Auf dieser Brücke sei es günstig, hinüberzukommen, auf jener nicht, und am risikolosesten sei es, wenn man nachts hinüberschwimme.

Ach ja, die Landstraßengerüchte. Sie wanderten von Flüchtlingsgruppe zu Flüchtlingsgruppe, verzweigten sich an den Kreuzungen, multiplizierten sich, veränderten sich. Manche waren so unglaublich, daß man sie nur mit einem Kopfschütteln abtun konnte. Polen reiche ab nun bis an die Görlitzer Neiße? Unmöglich. Aber dieses Gerücht hielt sich hartnäckig.

Noch unglaublicher: Die Deutschen, die gegen Ende des Krieges vor den Kampfhandlungen und den heranrückenden Russen in den Westen geflüchtet seien und nun wieder in ihre schlesische oder pommersche Heimat zurückzukehren versuchten, würden neuerdings daran gehindert. Der polnische Staat wolle Schlesien und Pommern mit Polen besiedeln.

Ich kannte Schlesien. Wir hatten von 1937 bis 1938 in Schlesien gelebt. Ich hatte nur rein deutsche Ortschaften kennengelernt. Millionen von Schlesiern sollten nicht mehr heimkehren dürfen? Lächerlich.

Und das absurdeste aller Gerüchte: Eine Flut von sudetendeutschen Flüchtlingen komme im Abstand von etwa einer Woche hinter uns hergewandert, eine wahre Völkerwanderung, zahllose Dorfbewohner aus den Grenzgebieten, innerhalb einiger Stunden aus ihren Häusern gejagt und über die Grenze ins »Altreich« getrieben. Frauen, Kinder und alte Leute.

Wir versuchten uns die Wichstadtler auf der Landstraße vorzustellen. Nein, wir *konnten* sie uns nicht vorstellen! Dieses Gerücht war wohl genauso aus der Luft gegriffen wie jenes, das besagt hatte, in Sagan werde Zucker, Mehl und Butter an Flüchtlinge ausgegeben. Als wir erwartungsvoll in Sagan angekommen waren, hatte dort niemand etwas von diesen Verheißungen gewußt. Ausgelacht hatte man uns!

Mit bangen Gefühlen verbrachten wir die letzte Nacht vor der Neiße in einem verlassenen Haus. Russen – oder

Polen, ich weiß es nicht mehr – kamen herein, musterten die Kinder. Freya, die Zwölfjährige, war schon immer klein und schmal gewesen, und nun, unterwegs, war sie noch magerer geworden. Mit ihren langen Zöpfen wirkte sie wie eine Zehn- oder Elfjährige. Die Männer taxierten auch Frau Müller, die, wie immer in solchen Situationen, die beiden Kinder an sich preßte. Daß Wölfchen sehr krank war, mußte jeder erkennen. Da nicht vorhanden zu sein schien, was die Männer suchten, zogen sie wieder ab.

Mich hatten sie nicht zu Gesicht bekommen. Ich war im letzten Augenblick aus dem Küchenfenster in den Garten gesprungen, nicht ahnend, daß unter dem Fenster eine verendete Kuh lag. Ich sprang mitten hinein. Sie mußte schon wochenlang da gelegen haben, denn sie stank nicht mehr. Ihre Überreste waren ganz ausgetrocknet. Da kauerte ich nun, dicht an die Hauswand gedrückt, hörte durch das offene Fenster die Stimmen der Männer und hatte dicht vor mir den gehörnten Totenschädel der Kuh, auf dem Ameisen und andere Insekten herumwimmelten. Noch jetzt erscheint mir manchmal dieser Kuhschädel überlebensgroß im Traum.

Am nächsten Tag, dem 10. Juni, einem Sonntag, erreichten wir die Görlitzer Neiße. Wir nahmen uns keine Zeit, in ihr zu baden. Man hätte uns das, da sie ja ein Grenzfluß war, sicher auch nicht erlaubt. Nur hinüber, hinüber!

Aber kurz vor dem Brückenkopf gab es wieder einen unfreiwilligen Aufenthalt: Aus einem Gebäude, das als Kommandantur oder eine ähnliche Schaltstelle der Besatzungsmacht gekennzeichnet war, kamen zwei Soldaten und nahmen die Mutter und Frau Volland mit. »Arbeit, Arbeit!« bekamen sie auf ihre erschrockenen Fragen zu hören. Und schon waren sie verschwunden.

Was blieb uns anderes übrig, als zu warten? Vom Bürgersteig vor der Kommandantur wurden wir von einem Wachsoldaten unfreundlich weggescheucht. Also warteten wir auf dem gegenüberliegenden Trottoir. Wir hockten am Bordstein, an die Wagen gelehnt, und wenn einer von uns mal mußte, verschwand er in einer Ruine um die nächste Ecke. Nach einer Stunde wurden wir unruhig. Was, wenn sie hier bis zum Abend festgehalten wurden? Sollten wir uns inzwischen eine Unterkunft suchen? Wölfchen weinte vor sich hin.

Frau Müller schlug vor, in die Kommandantur hineinzugehen und nach den beiden zu fragen. Aber ich zögerte. Möglicherweise forderte so ein Drängen dazu heraus, die Frauen noch länger dazubehalten. Und uns noch dazu! Dann wären die Kinder allein gewesen.

Wir beobachteten die Flüchtlinge, die vorüberzogen. Alle wanderten in Richtung Brücke, viele kamen wieder zurück. Manche hockten sich so wie wir auf den Bordstein und hielten mit verstörten Gesichtern Rat. Diese wollten den Übergang noch einmal versuchen, jene gaben resigniert auf. Manchen, die besonders auffielen, waren wir schon irgendwo begegnet, zum Beispiel den drei Frauen, die, wohl um sich vor Zugriffen zu schützen, ein großes Schild an ihren Bollerwagen gebunden hatten mit der Aufschrift: ACHTUNG – TYPHUSKRANK! Und auch die blonde, kinderreiche Familie mit den großen gelben Judensternen auf Brust und Rücken kannten wir schon. Wir bezweifelten, daß sie wirklich Juden waren. Aber die Idee war gut. Wer in KZ-Kleidung oder mit dem Judenstern über die Landstraßen wanderte, wurde von Russen und Polen mit großer Hochachtung behandelt und konnte überall mit Unterstützung rechnen. Die Idee war gut – aber skrupellos und makaber.

Wir kannten sie inzwischen zur Genüge, die verschiedenen, oft phantasievollen Tarnideen. Wie viele der alten, gebückten Frauen unter den weit ins Gesicht gezogenen Kopftüchern waren gar nicht alt, wenn man näher hinsah! Wie viele junge Frauen und Mädchen hatten ihre Gesichter mit Schmutz, mit Ruß beschmiert, um unbehelligt durchzukommen!

Und immer wieder trotteten Kinder an uns vorbei, Kinder, die keine Eltern mehr hatten oder unterwegs durch kleine Zufälle, durch verhängnisvolle Umstände von ihren Eltern oder erwachsenen Begleitern getrennt worden waren.

Gotli und Volker schliefen. Als sie aufwachten und merkten, daß die Mutter noch immer nicht zurückgekommen war, weinten auch sie. Wir Großen versuchten sie zu trösten. Und ich begann nun doch die Möglichkeit in Betracht zu ziehen, eines meiner Geschwister auf unserem Warteplatz als Wache aufzustellen und mit den anderen ein Quartier für die Nacht zu suchen. Aber ein Kind hier allein stehenlassen? Das war zu riskant. Und was, wenn die Mutter überhaupt nicht wiederkäme? Dann würden wir genauso wie diese Rudel verlassener Kinder weiterwandern.

Nein. So sah ich das nicht. Meine Geschwister würden nicht verlassen sein. Ich rechnete mich ja schon zu den Erwachsenen.

Nach zweieinhalb Stunden tauchten die Mutter und Frau Volland wieder auf und wurden stürmisch begrüßt. Die ganze Zeit hatten sie vor einer Kasernen-Küchentür warten müssen. Und am Ende hatte man sie wieder fortgeschickt: »Keine Arbeit!«

Ein Sich-Wehren gegen solche Schikanen war unmöglich. Wir waren rechtlos, mußten kuschen und Demütigungen ertragen, durften nicht wagen, Ansprüche zu stellen, wenn uns das Leben lieb war. Das Leben eines Deutschen war wenig wert, und es gab keine Richter. Ich weiß es zu schätzen, daß ich jetzt als Staatsbürger mit verbrieften Rechten in einem funktionierenden demokratischen System leben darf. Denn ich habe erlebt, daß das nicht selbstverständlich ist.

Hastig brachen wir auf. Schnell zur Brücke, bevor uns wieder etwas in die Quere kam!

Bisher hatte man uns so gut wie nirgends nach Ausweispapieren gefragt. Man hatte uns, die Flüchtlinge auf den Landstraßen, wie eine Art streunende Hunde behandelt, nicht der Mühe wert, uns zu kontrollieren oder zu registrieren. Unseren russischen Passierschein aus Mittelwalde hatten wir noch nie vorzuzeigen brauchen. Jetzt sollte sich zeigen, was er wert war.

Er war unbezahlbar. Anstandslos ließ man uns die Brücke bei Forst passieren. Und auch Müller-Vollands kamen durch. Auch sie waren ja Evakuierte aus Berlin und wollten das Gebiet links der Neiße nur durchqueren.

Kaum waren wir am jenseitigen Ufer, merkten wir, daß wir unser kostbares Küchenmesser im letzten Quartier vergessen hatten. Das zweite Messer war uns schon vorher unterwegs irgendwo abhanden gekommen. Herrje, wie hatte das nur passieren können? Aber noch einmal zurückkehren, um es zu holen, das war zu riskant. Wir wollten das Glück nicht auf die Probe stellen.

Abschied von den Weggefährten

Wir übernachteten in Noßdorf bei Forst. An die Art der Unterkunft kann ich mich nicht mehr erinnern. Die Freude, daß wir den Übergang über die Grenze geschafft hatten, überdeckte wohl alle anderen Eindrücke.

Ich erinnere mich aber noch gut daran, daß es eine qualvolle Nacht wurde, vor allem für Frau Müller. Wölfchen hatte starken Husten bekommen, und sein Durchfall hielt an. Sein kleiner Körper kam nicht zur Ruhe. Immer wieder gab ihm Frau Müller Tee zu trinken. Er brauchte Flüssigkeit, viel Flüssigkeit. Sie ging mit ihm auf und ab, selber am Ende ihrer Kräfte, und sprach leise mit ihm, beruhigte ihn, brachte ihn zum Einschlafen. Aber jedesmal, wenn er eingenickt war, riß ihn der Husten wieder aus dem Schlummer.

Schon am nächsten Tag, dem 11. Juni, einem Montag, merkten wir, daß hier, westlich der Neiße, eine andere Atmosphäre herrschte. Der Zustand eines absoluten Chaos war hier bereits überwunden. Von Einheimischen, die wir um Brot baten, wurden wir darauf hingewiesen, daß wir uns auf dem Bürgermeisteramt einen Bezugschein für Brot geben lassen konnten. Das wollten wir zuerst nicht glauben. Aber die Auskunft entsprach der Wahrheit. Für diesen Schein erhielten wir in einer Bäckerei gegen Geld eine Tagesmenge Brot. *Jeder* durchziehende Flüchtling bekam einen Bezugschein für eine Tagesration Brot.

Wieviel das war? Ich kann mich an die Grammzahl nicht mehr erinnern. Etwa zwei Scheiben pro Tag. Aber diese lächerliche Menge bedeutete für uns eine feste Nahrungsbasis, mit der wir rechnen konnten. Sie bedeutete, daß wir einen Anspruch, daß wir ein Recht auf etwas hatten. Daß uns etwas zustand! Damit spürten wir wieder Grund unter den Füßen. Das gab Mut.

Wir erfuhren, daß wir in jedem Ort nur *einmal* einen Brotschein erhielten. Das hieß, daß wir uns nur einen Tag lang in jedem Ort aufhalten durften. Auch die Flüchtlingsmassenunterkünfte, die manche Ortsverwaltungen eingerichtet hatten, standen uns nur für je eine Nacht zur Verfügung. Es war uns also nicht mehr freigestellt, wo und wie lange wir uns irgendwo aufhielten. Die Verwaltung (eine russisch-deutsche) begann sich wieder zu regen, Ordnungssysteme aufzubauen, Verbote und Gebote aufzustellen. So war es hier, wie wir erfuhren, russischen Soldaten streng verboten, deutsche Frauen zu belästigen. Mit anderen Worten: Das Leben normalisierte sich.

Ein Plakat fiel uns ins Auge, das an der russischen Kommandantur eines Städtchens hing. Ungläubig lasen wir: DIE HITLER KOMMEN UND GEHEN – DAS DEUTSCHE VOLK BLEIBT BESTEHEN. Wir atmeten tief durch. Klang dieser Text nicht so, als machten uns die bisherigen Feinde Mut, an uns zu glauben? Hörte er sich nicht so an, als vergäben sie uns auch unsere Schuld? Aber in unserer brennenden Sehnsucht nach Frieden lasen wir wohl zuviel in den Text hinein. Diesem Plakat begegneten wir, wenn ich mich richtig erinnere, noch mehrmals.

Wir kamen auf dem Weiterweg aus dem Staunen nicht heraus: Wieviel normaler war hier die Welt schon wieder, wenn man sie mit der Welt östlich der Neiße verglich! Wir kamen zwar auch hier noch an einigen leerstehenden Häusern vorbei, aber die meisten Einwohner der Ortschaften waren längst zurückgekehrt, sofern sie überhaupt je ihre Häuser, ihre Wohnungen verlassen hatten. In den sauberen Straßen spielten Kinder, auf den Höfen gackerten Hühner, und es gab Läden, in denen man auf Lebensmittelmarken die Hauptnahrungsmittel einkaufen konnte. In Cottbus, wo wir am Spätnachmittag dieses Montags ankamen, begegneten wir sogar schon wieder einem kleinen, bescheidenen Gemüsemarkt, beschickt von Bauernhöfen der umliegenden Dörfer. Und Frau Müller gelang es, einen Arzt aufzutreiben. Der empfahl geschlagenes Eiweiß für Wölfchen. Das gab ein trauriges Gelächter! Wo hätten wir in diesen Zeiten Eier auftreiben sollen? Wer so glücklich war, Hühner zu besitzen, aß die Eier selber oder tauschte sie gegen Mangelware ein.

Die schöne alte Stadt an der Spree hatte durch den Krieg auch sehr gelitten. Aber der gröbste Schutt war bereits beiseite geräumt. In der Sielower Landstraße bei Frau Kretschmer, einer alten Freundin von Frau Volland, wurden wir herzlich aufgenommen. Wie freute sich die alte Dame, daß Frau Volland, deren Tochter und deren Enkel noch lebten!

Frau Kretschmer kannte eine Krankenschwester. Die sah sich das Wölfchen nachdenklich an und schickte Frau Müller zu einem Apotheker, der zwar keine eigene Apotheke mehr besaß, aber doch in der Lage war, ihr aus Beständen, die er in seine Privatwohnung gerettet hatte, eine Mixtur gegen Wölfchens Husten herzustellen. Die linderte wenigstens den bösen Hustenreiz, so daß Wölfchen nachts wieder durchschlafen konnte – und seine Mutter auch.

Am nächsten Morgen holte die Mutter auf dem Rathaus wieder einen Brotschein ab. Sie kam sogar mit einem Kürbis und allerlei Gewürzen heim, die sie irgendwo ohne Bezugschein bekommen hatte. Gewürze – was für ein ungewohnter Luxus! Zwar verfügten wir noch über keine Speisen, die wir hätten würzen können, aber diese lächerlichen Gewürze wirkten auf uns wie Symbole der Hoffnung: Wo Gewürze waren, würde sich auch bald das zu würzende Mahl einstellen –!

Frau Kretschmer überredete uns, noch eine Nacht zu bleiben. Sie kochte Kartoffeln, trieb Gemüse auf. Wir verhungerten nicht, auch wenn wir keinen zweiten Brotschein mehr bekamen. Wie gemütlich war es in Frau Kretschmers Wohnung! Und wir brauchten auch nicht auf dem blanken Fußboden zu schlafen.

Zwischen Cottbus und Berlin verkehrten seit zwei oder

drei Tagen wieder Personenzüge. Aber es gab noch keinen Fahrplan. Man mußte auf dem Bahnhof warten, bis irgendwann ein Zug abfuhr. Müller-Vollands waren wie elektrisiert, als sie von den Zügen nach Berlin hörten. Nur heim nach Berlin! Dort würde Wölfchen die Ruhe und Pflege bekommen, die er brauchte, um wieder gesund zu werden, dort würden sie sich mit Hilfe vieler Freunde und guter Bekannter über Wasser halten können, dorthin würde Ulrichs und Wölfchens Vater schreiben – vielleicht sogar schon heimgekehrt sein!

Gleich am Morgen des 13. Juni zogen wir alle zusammen auf den Bahnhof. Auch wir wollten ein Stück in Richtung Berlin mit dem Zug fahren – bis Lübbenau. Von dort wollten wir westwärts wandern, um Berlin nicht zu nahe zu kommen. Nein, durch Berlin wollten wir nicht ziehen, wenn uns Müller-Vollands auch herzlich dazu einluden. Aber sie wußten ja nicht, ob ihre Wohnung noch existierte. Und Berlin war ein einziger Trümmerhaufen. Frau Kretschmer erzählte von den entsetzlichen Zuständen, die dort herrschen sollten: kein Wasser, keine Unterkünfte, keine Lebensmittel – und auch dort wütete der Typhus. Sie versuchte, die Müller-Vollands zu überreden, noch ein paar Tage bei ihr zu bleiben, bis sich auch in Berlin die Lage etwas normalisiert habe. Aber die beiden Frauen waren nicht mehr zu halten. Und so begleitete uns Frau Kretschmer auf den Bahnhof und wartete mit uns. Voller Sorge und Mitleid hielt sie Wölfchen in den Armen, dessen Gesicht wir am Anfang unserer gemeinsamen Reise noch rund und gesund kennengelernt hatten. Jetzt, nach zwei Wochen Hunger, Schmutz und Angst, wirkte es merkwürdig vergreist.

Wir warteten auf dem Bahnhof zwei, drei Stunden. Kein Zug kam. Immer mehr Leute, die abreisen wollten, drängten sich vor der Sperre. Nach und nach kamen da viel mehr Menschen zusammen, als der Zug überhaupt hätte aufnehmen können. Aber er kam nicht.

Nach sechs Stunden gaben wir auf und zogen zu Fuß weiter, nachdem wir uns von Frau Kretschmer verabschiedet hatten. Zu allem Unglück fing es an zu regnen. Wir kamen bis nach Limberg, einem kleinen Dorf am Rand des Spreewalds, nahe der Bahnstrecke. Dort übernachteten wir in einer Baracke, die als Durchgangsquartier für Flüchtlinge eingerichtet war. Unterwegs hatten wir in einem Dorf Milch bekommen. Die Mutter zögerte nicht, nun die letzten Reserven anzugreifen: ein bißchen Grieß, ein bißchen Graupen, ein Säckchen voll Zucker. Außer uns übernachtete an diesem Tag niemand in der Baracke. Um so mehr deprimierte uns der bevorstehende Abschied. Wir hatten uns so aneinander gewöhnt, hatten uns aufeinander eingespielt, hatten uns gegenseitig gestützt und getröstet. Und die zwei Wochen waren wie ein Jahr gewesen.

Wir tauschten unsere Adressen aus, die Berliner und die Winsener, ohne sicher zu wissen, ob uns die Briefe dort auch erreichen würden. Vielleicht würden wir nie wieder etwas voneinander hören!

Am Donnerstag, dem 14. Juni, zogen wir noch gemeinsam bis Lübbenau. Dort auf dem Bahnhof trennten wir uns. Müller-Vollands wollten hier so lange auf einen Zug warten, bis einer kam. Wir aber mußten spätestens hier von der Bahnlinie westwärts abbiegen, um nicht schon in die Berliner Vororte hineinzugeraten.

Erst ein knappes Jahr später erfuhren wir von Frau Müller, daß sie mit Mutter und Kindern auf dem Lübbenauer Bahnhof die ganze Nacht auf den angekündigten Zug gewartet hatte. Erst im Morgengrauen war er gekommen, ein mit Weizensäcken vollbeladener Güterzug. Kaum hatte er gehalten, war die ganze wartende Menge auf die Waggons geklettert. Auch sie. Jemand hatte ihnen beim Hochhieven der beiden Kinderwagen geholfen. Als sie glücklich oben waren, brüllten Bahnbeamte zu den Passagieren hinauf, sie müßten wieder herunter von den Waggons. Es sei Weizen gestohlen worden. Aber niemand stieg ab oder aus, alle warteten, was nun geschehen würde. Es geschah nichts – außer daß es zu nieseln anfing. Die auf dem Bahnhof das Sagen hatten, waren sich wohl darüber klar, daß sie die reisebegierige Menge – es waren fast nur Frauen und Kinder – nur mit Gewalt wieder von den Waggons hätten herunterholen können. Und so fuhr der Zug schließlich ab.

»Bei all den Strapazen dieses Marsches«, schrieb mir Frau Müller vor kurzem, »hatte ich manchmal das Gefühl, als schwebe mein Bewußtsein über mir, als wäre ich nicht mehr ganz mit meinem Körper verbunden...«

Wir ahnten nichts von der qualvollen Warterei der Müller-Vollands auf dem Lübbenauer Bahnhof. Wir zogen weiter, übernachteten in einem Massenquartier und erhielten ein warmes Abendessen. Nach den Maßstäben unserer Wohlstandsgesellschaft hätte man es als »Fraß« bezeichnen müssen: eine Steckrübensuppe mit einigen wenigen Fettaugen, natürlich ohne Fleisch. Aber uns, die wir ausgehungert waren, schmeckte sie wunderbar.

Mit Kohlrabi und Gurken im Gepäck, die wir in Lübbenau in der Nähe des Bahnhofs erstanden hatten, karrten wir am nächsten Morgen weiter. Es war Freitag, der 15. Juni. Wieder nahm uns ein russisches Auto mit. Und dann saßen wir an der Landstraße, hatten unsere Tagesration Brot vom Vortag längst aufgegessen und stillten nun unseren Hunger mit Gurken und Kohlrabi. Hier gab es keine leerstehenden Häuser, deren Speisekammern und Vorratskeller man durchsuchen konnte, und alle Gärten wurden von ihren Besitzern im Auge behalten. Aber wir hatten Hunger.

Von den Flüchtlingen, die die gleiche Route wie wir zogen, lernten wir, daß man an den Türen betteln mußte, um zu überleben. Gewiß, auch die Menschen, die in dieser Zone lebten, hatten Mühe, satt zu werden, aber sie besaßen den Vorteil, daheim zu sein. Da ließ sich Gemüse im Gärtchen ziehen, ließen sich Kaninchen und Hühner halten, ließen sich Beziehungen zu Bauern nutzbringend pflegen.

Wir lernten also betteln. Und die meisten Türen öffneten sich wirklich, wenn man daran klopfte. Wir hatten bald heraus, daß die beiden Kleinen am erfolgreichsten waren. Und so schwärmten wir in jedem Ort, den wir durchzogen, in alle Richtungen aus. Nur einer blieb beim Wagen, um das Gepäck zu bewachen. Wenn wir zurückkehrten, hatten meistens zwei oder drei von uns sechs etwas vorzuweisen. Mal war es eine Schnitte Brot, mal ein Apfel, auch mal eine Tüte voll Mehl oder ein paar Speckschwarten zum Auskochen. Und zuweilen kam einer von uns mit einer Einladung zurück: In der Hausnummer 5 bekämen wir einen Teller Suppe. Dann gingen wir hin und aßen und waren dankbar. Eine ganz neue Erfahrung. Zuerst schämten wir uns. Vor jeder Tür mußten wir eine innere Schwelle überwinden. Aber dann gewöhnten wir uns daran. Wir konnten uns jetzt keine Luxusgefühle leisten.

In einem Dorf bekamen wir ein Mittagessen. Zu Pellkartoffeln gab es Griebenschmalz. Wann hatten wir zum letzten Mal – außer Milch – fetthaltige Nahrung bekommen? Aber kaum hatten wir den gastlichen Bauernhof verlassen, übergab sich Linde.

Wir erreichten das Städtchen Dahme um die Abendessenszeit. Es war ein Tag glücklicher Zufälle, denn noch einmal wurden wir von Privatleuten verköstigt: Bauern holten uns von der Straße herein. Die Suppe hatte dicke Fettaugen, und es gab sogar Fleisch. Aber das war für die Mägen von uns allen des Guten zuviel. Nur die Mutter kam glimpflich davon. Sie hatte sich nicht so viel von dem Schlaraffenmahl hineingestopft wie wir. Und die Nacht auf einem Heuboden stand ganz im Zeichen der Trennung von den Müller-Vollands. Hatten wir die Nacht zuvor wie betäubt im Massenquartier verbracht, abgelenkt von all dem Trubel um uns herum, stellte sich hier in dieser stillen Scheune, wo nichts und niemand nagende Gedanken verscheuchte, quälende Traurigkeit ein.

Nomaden-Alltag

Am 16. Juni, einem Samstag, erreichten wir Jüterbog. Der Name dieser Stadt war mir bekannt. In meinem Grundschul-Lesebuch hatte die Sage des Schmieds von Jüterbog gestanden. Hatte er nicht den Tod auf einen Apfelbaum gebannt? Ich kam nicht mehr darauf, wie er das fertiggebracht hatte. Ich konnte mich nur noch an meine eigene Reaktion auf diese Sage erinnern: daß ich den Schmied, der sich beim Erscheinen des Todes nicht benommen hatte wie ein Kaninchen vor der Schlange, sondern ziemlich respektlos mit dem Sensenmann umgegangen war, grenzenlos bewundert hatte.

Alles, was meine Erinnerung jetzt noch von Jüterbog herausgibt, ist ein Massenlager in einer ehemaligen Wehrmachtskaserne. In Mutters Heft, beziehungsweise meiner Abschrift, steht, daß es erst um Mitternacht Verpflegung gab. Wir mußten die Kinder aus dem Schlaf rütteln, damit sie nicht versäumten, sich mit ihren Tellern in die Schlange vor der Gulaschkanone zu stellen.

Am Sonntag, dem 17. Juni, wanderten wir weiter in Richtung Treuenbrietzen. Als ich diesen Namen auf einem Wegweiser las, kam mir das Bänkelsängerlied von Sabinchen in den Sinn, das wir daheim oft und mit großem Spaß gesungen hatten:

> »Sabinchen war ein Frauenzimmer
> gar hold und tugendhaft,
> es diente treu und redlich immer
> bei seiner Dienstherrschaft.
> Da kam von Treuenbrietzen
> ein junger Mann daher...«

Ich hatte mir damals nicht träumen lassen, daß wir je – und noch dazu in so elender Verfassung – nach Treuenbrietzen kommen würden. Ich hatte nicht einmal gewußt, daß es einen Ort dieses Namens wirklich gab.

Unterwegs pflückten wir Walderdbeeren vom Straßenrand. In diesem Jahr waren sie früh reif geworden. Daheim waren uns viele Walderdbeerstellen vertraut gewesen, geheime Plätze, die niemand anderer kannte. In diesem Sommer würden dort die Beeren ungepflückt bleiben. Vielleicht pickten Vögel die roten Früchte von den Stielen. Wir fuhren durch Kiefernwälder. Sie waren uns ungewohnt. Daheim hatten wir nur Fichtenwälder gekannt. Kiefern war man nur selten begegnet. Aber ich gewöhnte mich schnell an den intensiven Kiefernharzgeruch und mochte ihn. Und ich mochte den märkischen Sand. Auch hier kamen wir immer wieder an Gräbern vorüber, Sandhügeln, geschmückten und ungeschmückten.

Eine Kolonne russischer Soldaten kam uns entgegen. Sie gingen ziemlich auseinandergezogen und ohne Tritt. Sie wirkten müde. Plötzlich löste sich einer aus der Gruppe und kam auf uns zu, ein blonder Mann, dreißig bis fünfunddreißig Jahre alt. Was wollte er? Wir waren seit der Neiße-Grenze von Russen unbehelligt geblieben – so unbehelligt, daß wir uns schon in Sicherheit gewiegt hatten, zumal wir inzwischen ja wußten, daß es den russischen Soldaten streng verboten war, deutsche Frauen zu belästigen. Trotzdem hörten wir noch immer von Übergriffen. Vor allem Flüchtlingsfrauen in Notunterkünften waren gefährdet. Deshalb waren wir bei der Quartiersuche immer darauf aus, möglichst in der Nähe der Kommandanturen unterzukommen. Dort hatte man Ruhe.

Was wollte dieser Russe von uns, hier im Wald?

»Stoj«, sagte er. Mit einem mulmigen Gefühl in den Knien blieben wir stehen. Aber der Mann starrte nicht mich oder Freya an, sondern Volker, unseren Jüngsten, der rittlings auf dem Gepäck saß.

»Ab!« sagte er.

Die Mutter hob das Kind vom Wagen, mit einem Gesicht, das nicht nur Angst verriet, sondern auch die gespannte Bereitschaft, sich auf den Mann zu stürzen, sollte er dem Kind etwas antun wollen.

»Geh!« sagte der Russe zu Volker und deutete mit dem Arm. Volker schaute zur Mutter hinüber. Die nickte ihm zu und ließ ihn ein paar Schritte hin- und hergehen. Hinter uns stauten sich andere Flüchtlingsgruppen, zögerten, überholten uns hastig. Niemand stand uns bei, als der Soldat den Kleinen an der Hand nahm. Was, um alles in der Welt, hatte er mit dem Kind vor?

Volker sah zu dem Russen auf, der ihm zulächelte. Zu unserer Verblüffung fing er nicht an zu weinen, sondern ging mit – zögernd nur, aber keinesfalls in Panik. Wir waren wie erstarrt. Ich warf einen Blick zur Mutter hinüber. Blaß und vornübergebeugt, sozusagen sprungbereit, beobachtete sie die beiden, die sich langsam vom Wagen entfernten. Nein, jetzt drehten sie um, kehrten zu uns zurück. Der Russe hob Volker wieder auf das Gepäck. Dann sprach er die Mutter an. In sehr gebrochenem Deutsch machte er ihr klar, daß Volker seinem Sohn sehr ähnlich sehe: »so klein, so blond«, seinem Sohn in Rostow am Don. Aber sein Junge lebte nicht mehr. »Bomben. Frau tot. Kind tot.« In Mariupol, nicht weit von Rostow am Don, war unser Vater gefallen.

Der Russe öffnete seinen Brotbeutel und schüttete ihn in Volkers Arme aus: Brot, Zwieback, Eier und Wurst. Dann strich er Volker übers Haar, bevor er seiner Kolonne nachrannte.

Nach einer Nacht in Treuenbrietzen wanderten wir am 18. Juni in Richtung Belzig weiter. Als wir in Gömnigk am Bahnhof vorbeikamen, sahen wir dort eine Menschenmenge auf einen Zug warten, der bis nach Belzig fahren sollte. Belzig lag nur knappe zehn Kilometer von Gömnigk entfernt. Immerhin konnten wir uns mit dieser Zugfahrt einen halben Tagesmarsch ersparen. Also entschlossen wir uns, mit der Menge auf dem Bahnhof zu warten.

Der Zug ließ diesmal nicht lange auf sich warten. Es war sogar ein Personenzug. Kaum stand er, wurde er geradezu gestürmt. Mit unserem Handwagen hatten wir gar keine Chance, für uns sieben Platz in einem Abteil zu ergattern. Die Passagiere hingen an den Türen, standen auf den Trittbrettern, saßen auf den Dächern und Puffern. Ratlos und deprimiert gingen wir am Zug entlang, auf ein Wunder hoffend.

Es ereignete sich: Die Gepäckwagentür ging auf. Ein Eisenbahner beugte sich heraus und bot uns Platz im fast leeren Gepäckwagen an. Wir willigten freudig ein. Aber als wir die Kleinen gleich hinaufheben wollten, dämpfte er unsere hektische Betriebsamkeit, indem er uns zu bedenken gab, daß im Gepäckraum ein Sarg mitfahre. Ein voller. Er schließe offenbar nicht ganz dicht.

Wir sahen ihn betroffen an und versuchten, hinter ihm im Dunkeln den Sarg zu erspähen. Ja, dort stand er, und er stank. Wir atmeten tief durch und kletterten trotzdem hinein. Wir wären auch mit tausend Teufeln gefahren! In der Tat, im Gepäckraum stank es ekelhaft süßlich. Aber dieser Gestank war uns vertraut. Wir kannten ihn von der Landstraße. Während der Fahrt erfuhren wir, daß es sich um einen prominenten Toten handeln mußte, um jemanden, der auf amerikanischen oder englischen Wunsch nach dem Westen geschafft werden sollte.

In Belzig angekommen, machten wir, daß wir aus dem Gepäckwagen herauskamen. Wir schnappten nach Luft. Und dann erreichten wir zu Fuß noch das Dorf Lübnitz, wo wir für die Nacht in einem Bauernhof unterkamen und viel Milch tranken. Der Bauer, ein Witwer mittleren Alters, gab uns beim Abschied am nächsten Morgen für den weiteren Weg eine Tüte Grieß mit.

Dienstag, 19. Juni. Auf der Weiterfahrt – die schmale Landstraße war sehr holprig – stellten wir erschrocken fest, daß sich die Holzräder unseres Handwagens in einem bedenklichen Zustand befanden. Die hölzernen Felgen hatten sich durch die sommerliche Trockenheit und die pausenlose Beanspruchung zusammengezogen und drohten sich nun aus den eisernen Reifen zu lösen. Wir mußten unbedingt einen Schmied finden. Aber bis dahin konnten noch Tage vergehen! Um sie glimpflich zu überstehen, brauchten wir ein Gewässer, in dem wir die Räder wieder aufquellen lassen konnten. Als wir durch das Dorf Görzke kamen, glitzerte uns ein Teich entgegen, halb bedeckt von Entengrütze. Hocherfreut luden wir das Gepäck ab, richteten uns auf ein paar Stunden Rast ein und schoben den Wagen so tief in den Teich, bis seine Räder vom Wasser bedeckt waren.

Das half fürs erste. Die verlorene Zeit holten wir wieder ein, denn ein Lastwagen, diesmal einer der wenigen, die sich in deutschem Besitz befanden, nahm uns bis Wusterwitz mit. Es war ein Wagen, der Wusterwitz mit Lebensmitteln versorgte. Er war mit Gemüse beladen. Unser Handwagen hatte zwischen Kisten, Körben und Säcken Platz gefunden. Die Mutter durfte mit den beiden Kleinen auf dem Beifahrersitz mitfahren. Was für ein riesengroßes Stück waren wir an diesem Tag vorangekommen!

In Wusterwitz wurden wir in eine leere Scheune gewiesen. Noch am Abend badeten wir in einem See, der ganz nahe lag. Ich habe seinen Namen vergessen. Es war ein wunderschöner, friedlicher Abend. Freya und ich schwammen tief in den See hinein, während die Mutter die Kleinen wusch und Siegfried und Linde, die im Uferwasser spielten, nicht aus den Augen ließ. Als wir ans Ufer zurückkehrten, standen schon die ersten Sterne am Himmel. Nach einer Zeit, die uns unendlich lang erschien, empfanden wir zum ersten Mal wieder die Schönheit einer Landschaft.

Am Mittwoch, dem 20. Juni, zogen wir in fast nördlicher Richtung weiter. Milow war unser Tagesziel. Es war ein ziemlich ereignisloser Tag. Es nieselte, und wir hatten noch immer keinen Schmied gefunden, der unseren Wagen reparieren konnte oder wollte.

Jetzt, da wir aus der unmittelbaren Gefahrenzone heraus waren und nicht mehr ständig auf dem Sprung sein mußten, uns in Sicherheit zu bringen, versank ich immer öfter in tiefe Gedanken. Ich dachte an meine bisherigen Ideale, die ich nach dem, was geschehen war, in Frage gestellt sah. Alle diese Parolen wie *Wer auf die deutsche Fahne schwört, hat nichts mehr, was ihm selbst gehört* oder *Führer, befiehl, wir folgen dir!* und alle die Lieder, die wir begeistert gesungen hatten, weil sie von Kampf und Sieg, Heldentum und Opferbereitschaft, Sonnenaufgang und leuchtender Zukunft handelten, erfüllten mich jetzt mit tiefem Mißtrauen. Ich versuchte sie zu durchdenken, hinter ihre Absicht zu kommen.

Und mein Vater – hätte er seine Meinung, seine Überzeugung jetzt noch aufrechterhalten, noch verteidigen können? Wäre nicht, wenn er noch lebte, seine ganze Weltanschauung zusammengebrochen? Ich dachte mit Zärtlichkeit an ihn. Er war ein verantwortungsbewußter und liebevoller Vater gewesen. Mir dämmerte: Er hatte einer falschen Sache gedient. Hatte er damit Schuld auf sich geladen? War er etwa ganz sinnlos umgekommen?

Immer wieder wurde ich aus meinen Gedankengängen herausgerissen: Volker mußte mal und brauchte Papier – unterwegs und in den Quartieren sammelten wir jede alte Zeitung, jeden Papierfetzen, rissen sie in handliche Stücke und nahmen sie für diesen Zweck mit – oder, wenn wir allen Papiervorrat aufgebraucht hatten, große Blätter. Da hieß es Ausschau halten nach Breitwegerich- oder Huflattichstauden, deren Blätter für diesen Zweck besonders geeignet waren. Oder Flüchtlinge überholten uns und sprachen uns an. Oder die Mutter zog an einer Wegkreuzung die Landkarte heraus und wollte sich mit mir besprechen. Es war nicht möglich, sich zurückzuziehen, um ungestört denken zu können.

In den Dörfern, die wir an diesem Tag durchquerten, waren die Leute nicht sehr gebefreudig. Mit anderen Worten: Wir blieben hungrig. Und nun begannen sich allmählich auch die gesundheitlichen Folgen wochenlangen Nahrungsmangels und des unregelmäßigen Lebens zu zeigen: Die Abwehrmechanismen unserer Körper versagten. Jede kleinste Wunde, jeder Kratzer entzündete sich, schmerzte, eiterte. An den Beinen und Füßen bekamen Freya und ich große Furunkel, die sich wie Vulkane kegelförmig wölbten und dann aufbrachen und tagelang eiterten. An dieser Mangelkrankheit sollten wir über ein Jahr leiden.

Aber zurück zu diesem Tag. Die einzige Abwechslung sollte uns der »Mann mit dem Gong« bringen. Unter dieser Beschreibung erschien er in Mutters Heft. Er war einer der Flüchtlinge, die in die gleiche Richtung wie wir zogen, etwa vierzig Jahre alt, kräftig – und dunkelhaarig wie ein Zigeuner. Er fiel uns deswegen auf, weil er eine riesige Kupferscheibe auf dem Rücken trug, die wie ein gewaltiges Becken aussah. Ein Becken, auf dem ein Schlag mit einem Schlegel einen tiefen, hallenden Ton erzeugt. Von hinten gesehen, verdeckte die Scheibe auch den Kopf des Mannes. Man sah nichts von ihm als seine Beine.

Der Mann hatte an dieser kupfernen Last schwer zu schleppen. Wir überholten ihn, und er legte einen Schritt zu und blieb neben uns. Wir kamen mit ihm ins Gespräch und erfuhren, daß er, ein Südtiroler, an der Rußlandfront gekämpft hatte, aus einem Gefangenenlager geflüchtet war und nun nichts als heim wollte. Schon an ein paar Stellen hatte er vergeblich versucht, die Grenze zur »englischen Zone«, also zum Westen hin, zu überschreiten. Er besaß keinerlei Ausweispapiere mehr, und eine Entlassungsbescheinigung aus dem Gefangenenlager konnte er auch nicht vorweisen. Jemand hatte ihm einen Tip für einen illegalen Grenzübergang in der Nähe des Schaalsees gegeben. Der lag noch weiter nördlich als der Grenzübergang, den wir anpeilten. Die Kupferscheibe, so erzählte er uns bereitwillig, sei der Deckel von irgendeinem großen Behälter.

»Die ist eine Menge wert«, erklärte er. »Deshalb schinde ich mich mit ihr ab. Mit der gründe ich eine neue Existenz, wenn ich daheim bin.«

Er war voller Hoffnung. Seine Gedanken drehten sich schon um den Aufbau. Er dachte vorwärts.

Diese Einstellung zur Gegenwart machte auch uns Mut. Nur: Womit wollten *wir* eine neue Existenz aufbauen, wenn wir einmal wieder seßhaft werden würden? Diese Frage machte der Mutter wenig Sorgen. Sie konnte arbeiten und organisieren. Und sie hatte keine Angst davor, sich die Finger schmutzig zu machen. Sie würde schon etwas finden, womit sie uns und sich über Wasser halten konnte, falls sich die Hoffnung auf die alte Geige als trügerisch erweisen sollte.

Ich aber, die ich die Schule gehaßt hatte, seit ich ins Gymnasium eingetreten war, ich spürte plötzlich, daß ich mich nach der Schule zu sehnen begann. Ich wünschte mich in den altvertrauten Mitschülerkreis zurück, in die Klassenräume, an deren Geruch ich gewöhnt war, in die Welt der kleinen, überschaubaren Pflichten, in ein ruhig dahinfließendes, ereignisarmes, aber sicheres Leben. Wieder Kind sein können!

In Milow, wo wir uns vergeblich nach einem Schmied umsahen, an den Türen ein Abendessen zusammenbettelten und einen guten Schlafplatz fanden, verloren wir den Südtiroler aus den Augen. Manchmal erinnere ich mich an ihn. Ob er je daheim angekommen ist? Wenn ja – ob es ihm gelungen ist, den »Gong« den weiten Weg von Brandenburg über die Alpen bis in seine Heimat zu schleppen? Und wenn ihm auch das gelungen sein sollte – ob ihm der »Gong« wirklich den Aufbau einer neuen Existenz ermöglichte?

Am 21. Juni zogen wir in Richtung Neue Schleuse weiter. Seit Treuenbrietzen hatten wir es vorgezogen, auf kleinen

Landstraßen zu bleiben. In den Orten, die nicht an Hauptverkehrsstrecken lagen, hatten wir mehr Chancen, satt zu werden und auf menschliches Entgegenkommen zu stoßen. Hier kamen nicht so viele Flüchtlinge durch, und es gab keine Massenunterkünfte. Die Bürgermeister, bei denen man den Brotschein abholte, gaben auf Anfrage Adressen von Privatunterkünften aus. Trotz der quälenden Wohnungsknappheit wurden in dieser Gegend von den Kommunalbehörden geeignete Räumlichkeiten für durchziehende Flüchtlinge freigehalten.

Wir wurden satt: In Böhne bekamen wir dicke Erbsensuppe. Und dann hatten wir Glück: Russen schlachteten ein Pferd und gaben das Fleisch – es war eine Notschlachtung gewesen – an die deutsche Bevölkerung aus. Eine endlose Schlange wartender Menschen hatte sich vor der improvisierten Theke aufgereiht. Wir stellten uns dazu und bekamen ein großes Stück Rippenfleisch. Es mußte ein magerer Gaul gewesen sein. Aber wir karrten das Fleisch voller Freude davon. Wir konnten es nicht einpacken. Es gab ja weder Tüten noch Einwickelpapier. Linde und Siegfried liefen mit Zweigen neben dem Wagen her und wedelten die Fliegen weg, die immer wieder versuchten, sich auf dem Fleisch niederzulassen. Am Abend kochten wir es in unserer Unterkunft in Neue Schleuse. Daß es bereits zu stinken begann – was machte uns das schon aus?

Endlich fanden wir auch einen Schmied, der uns den Wagen reparieren wollte. Wir mußten allerdings einen Tag Rast einschieben. Aber auch ohne die Reparatur wären wir dazu gezwungen gewesen. Als wir den Wagen abluden, ahnten wir das noch nicht. Wohl aber ahnten wir, daß jetzt die gnädigen Tage des Atemholens und Wieder-zu-sich-Kommens zu Ende gingen. Denn wir näherten uns der Grenze zur englischen Besatzungszone, die wir passieren mußten, wenn wir Winsen erreichen wollten. An der Grenze würde sich unser weiteres Schicksal entscheiden: Würde man uns durchlassen?

Hoffnung und Verzweiflung

Im Tagebuch der Mutter stand sogar die Adresse dieser Unterkunft in Neue Schleuse, in der wir zwei Nächte verbrachten: bei Eberbeck, Genthinerstraße 34. Ich kann mich noch dunkel an die Wohnung erinnern. Sie hatte einer verstorbenen Verwandten der Quartierleute gehört, der Tante oder Großmutter, und war kleinbürgerlich-liebevoll eingerichtet. Sehr genau aber blieb mir die Ecke, in der die Mutter schlief, im Gedächtnis.

Das hatte seine Gründe: Am nächsten Morgen – die Kinder schliefen noch – hörte ich, wie die Mutter aufstand. Sie wollte den Rasttag zum Wäschewaschen benutzen. Plötzlich stöhnte sie laut auf und begann verzweifelt zu weinen. Erschrocken lief ich zu ihr. Es war schon hell. Sie saß auf der Bettkante und beugte sich über ihre Schuhe, die sie am Abend vor dem Bett abgestellt hatte. Im rechten Schuh lag ihre Brille – in Scherben!

Da ihr Bett gleich neben der Zimmertür stand und am Abend vorauszusehen gewesen war, daß einige der Kinder in der Nacht an ihr vorbei hinaus auf die Toilette würden gehen müssen, hatte sie die Brille, die sie sonst griffbereit auf den Boden neben das Kopfende ihres jeweiligen Lagers zu legen pflegte, in ihren Schuh gelegt. Daran hatte sie am Morgen nicht mehr gedacht, war in die Schuhe geschlüpft und hatte dabei die Brillengläser zertreten.

Das war ein wirkliches Unglück für uns, denn die Mutter war sehr kurzsichtig und trug dicke Brillengläser. Ohne die Brille sah sie alles so verschwommen, daß sie sich nur ganz unsicher bewegen konnte. Gesichter waren dann für sie nur helle Flecken. Ohne Brille war sie nicht einmal imstande, *unsere* Gesichter auseinanderzuhalten! Wie sollte sie die Reise so behindert fortsetzen? Eine neue Brille kaufen? Nach *diesem* Kriegsende gab es nirgends mehr Brillen zu kaufen.

Vergeblich versuchte ich die Mutter zu trösten. Aber meine unbeholfenen »Wein-doch-nicht-es-wird-schon-wieder-alles-gut-werden«-Litaneien griffen nicht. Mir fehlten stichhaltige Argumente, die sie wieder hätten aufrichten können.

Natürlich waren jetzt auch die Kinder aufgewacht und standen erschrocken um sie herum, und die beiden Kleinen weinten vor Schrecken und Verzweiflung mit. Ich bezweifle, ob sie je zuvor die Mutter hatten weinen sehen. Denn sie weinte fast nie, und wenn sie es tat, dann im verborgenen. Nach ihrer Meinung hatte man sich zu beherrschen, hatte vor anderen seine Gefühle, sobald sie ein »normales« Maß überschritten, zu verbergen, vor allem aber vor den Kindern. Wenn die Mutter also vor ihnen weinte, war das ein untrügliches Zeichen für eine Katastrophe.

Sobald die Quartierleute wach waren, erzählten wir ihnen unser Mißgeschick. Sie lachten und meinten, die Mutter habe gut daran getan, ihre Brille ausgerechnet hier, so nahe bei Rathenow, zu zerbrechen. Denn wenn sie überhaupt eine Chance habe, wieder zu einer neuen Brille zu kommen, so habe sie die in Rathenow.

Rathenow? Neue Schleuse lag an der Havel. Gleich gegenüber lag Rathenow. Aus dem Fenster konnten wir die Stadt am anderen Ufer sehen. Was hatte sie mit Mutters Brille zu tun?

Wir erfuhren, daß Rathenow für seine optische Industrie bekannt war. Das hatten wir nicht gewußt. Mit ein paar Adressen von Optikern zogen wir los, sie und ich, über die Brücke, während die Kinder in der Wohnung bei Eberbecks blieben. Nein, es gab keine Optikerläden mehr in Rathenow, und die Fabriken standen spätestens seit dem Kriegsende still. Die Adressen, die uns Eberbecks mitgegeben hatten, waren die von Privatwohnungen. Und so gerieten wir – nach ein paar vergeblichen Versuchen – tatsächlich an einen Optiker, der in seiner Werkstatt noch eine Schublade voller Brillen aufziehen und der Mutter einige von ihnen zum Probieren anbieten konnte. Zwar fand sie nicht haargenau die Gläserstärke ihrer alten Brille, aber es waren doch zwei Gläser darunter, die ihr annähernd die gleiche Sehfähigkeit wiedergaben. Sie mußten nur noch in Mutters Brillengestell eingesetzt werden. Wir sollten die Brille am nächsten Tag abholen.

Vielleicht war dieser Optiker, so kurz nach dem Kriegsende, noch nicht darauf gekommen, daß sich Mangelware ausgezeichnet als Tauschobjekt eignete, wenn man auf der Suche nach Lebensmitteln war. Mit seinen Brillen hätte er sich jahrelang eine für damalige Zeiten üppige Küche leisten können. Wahrscheinlich war er aber ein so gutherziger Mann, daß er einer Witwe, die mit sechs Kindern über die Straßen zog, für die Brille, die für sie lebensnotwendig war, keine Tauschgüter abverlangen wollte. Als die Mutter ihm eröffnete, daß sie nichts als Geld habe, womit sie die Brille bezahlen könne, protestierte er jedenfalls nicht, obwohl Geld damals zu fast gar nichts nütze war, und verlangte einen so geringen Preis, daß man ihn eigentlich nur als symbolisch betrachten konnte.

Überglücklich kamen wir zu den Kindern zurück. Die Mutter und ich wuschen nun den Rest des Tages Wäsche. Während des Waschens tunkte die Mutter ihr Gesicht fast in die Wanne, um zu erkennen, was sie wusch. Wir durften die Wäsche auf Eberbecks Leine hängen, und sie war im Nu trocken.

Die Kinder hatten einen freien Tag. Aber sie spielten kaum. Sie waren ja gar nicht mehr gewohnt zu spielen, und sicher waren sie auch zu müde dazu. Die meiste Zeit schliefen sie. Und Linde hatte Fieber. Das brachte der Mutter neue Sorgen.

Gegen Abend holte ich den Handwagen vom Schmied ab. Er hatte ihn so gewissenhaft repariert, daß er der starken Beanspruchung wieder eine gute Weile standhielt.

Am nächsten Vormittag – es war Samstag, der 23. Juni – war die Brille fertig. Wir bezahlten sie, bedankten uns und liefen »heim«, um aufzubrechen. Es wurde höchste Zeit für uns, fortzukommen, denn wir brauchten einen neuen Brotschein, den wir in Neue Schleuse für den zweiten Tag nicht mehr bekommen hatten. Am frühen Nachmittag zogen wir los, nicht ohne uns auch bei den freundlichen Quartierleuten bedankt zu haben.

Hätte ich diese Fluchtgeschichte erfunden, so hätte ich nicht gewagt, Mutters Brille ausgerechnet bei einer Stadt kaputtgehen zu lassen, die für ihre optische Industrie bekannt war. Aber da mein Bericht wahres Erleben schildert, lasse ich die Brillengeschichte so, wie sie wirklich gewesen ist.

Es war eine wunderschöne Gegend, durch die wir jetzt zogen. Aber bald verging uns die Lust, sie zu genießen, denn ein paar Kilometer hinter Neue Schleuse merkten wir, daß wir unseren so wichtigen Aluminiumkochtopf in der Eberbeckschen Wohnung vergessen hatten. Wir überlegten, ob einer von uns nach Neue Schleuse zurückkehren solle. Das war der Mutter zu riskant. Also den Wagen umwenden und allesamt zurück? Nein, das wagte die Mutter auch nicht, denn Linde hatte noch immer Fieber, es stieg sogar. Die Mutter erlaubte ihr, sich auf den Wagen zu setzen. Die Kleinen mußten nebenherlaufen. Für Linde brauchten wir so schnell wie möglich ein Quartier. Es blieb uns nichts anderes übrig, als den Topf aufzugeben. Siegfried bekam den Auftrag, den Straßengraben im Auge zu behalten. Vielleicht fand sich dort ein anderer Kochtopf für uns?

In der Nähe eines großen Sees bei Schollene mußten wir eine russische Ausweiskontrolle passieren. Wir konnten einen ganzen Stapel von Passierscheinen vorweisen, ausgestellt von den Bürgermeistereien der Orte, in denen wir übernachtet hatten. Vor allem aber hatten wir den Trumpf des russischen Passierscheines in der Hand, der uns als heimkehrende Hamburger Bombengeschädigte auswies. Anstandslos kamen wir durch. Diese Kontrolle, mitten auf der Landstraße, machte uns wieder bewußt, daß wir uns der Grenze näherten. Und noch etwas anderes, das mit der nahen Grenze zusammenhing, fiel uns auf: Der Flüchtlingsstrom floß wieder stärker.

Dieser 23. Juni war einer unserer dramatischsten Reisetage. Er bot ein einziges Wechselbad an guten und bösen Erlebnissen. Gewiß, die Mutter hatte wieder eine Brille, aber der Kochtopf war weg. Wir waren gut durch die Paßkontrolle gekommen. Aber Linde fieberte. Hinter Schollene bekam ich plötzlich einen heftigen Durchfall. Ich hatte Mühe, immer schnell die nötige Deckung zu finden, und die anderen mußten wieder und wieder stehenbleiben und warten, bis ich imstande war, für eine Weile das Gebüsch zu verlassen. Die Knie wurden mir weich. Ich konnte mich kaum auf den Beinen halten. Freya mußte den Wagen allein ziehen. Die Mutter schob ihn kräftig von hinten, während ich hinter ihr herwankte. Neben mir stolperten die beiden Kleinen dahin und quengelten.

Dann kam's wieder andersherum: Ein russischer Lastwagen fuhr an uns vorbei, vollbeladen mit Militär. Die Soldaten sangen und lärmten und warfen uns zwei große Kastenbrote zu. Eins davon traf fast Linde, die auf dem Wagen schlief. Die Kleinen hoben die Brote auf und schrien vor Freude. Mir aber lief beim Anblick des frischen Brotes nicht, wie sonst, das Wasser im Mund zusammen. Mir war hundeelend, und ich wünschte mir, so klein zu sein, daß ich auf dem Gepäck hätte sitzen dürfen. Aber ich galt der Mutter als erwachsen, und ich hielt mich auch dafür. Außerdem ging es Linde schlimmer als mir. Ich mußte die Zähne zusammenbeißen und weitertrotten.

Sogar der Abend dieses Tages verlief dramatisch: Aufgehalten durch meinen Durchfall, trafen wir in Rehberg, dem nächsten größeren Ort, so spät ein, daß alle Flüchtlingsunterkünfte schon besetzt waren. Nach langem Suchen und Fragen wurde uns auf einem Bauernhof ein etwa neun Quadratmeter großer Schweinestall angeboten, der mit Stroh ausgelegt war. Seine Wände waren noch mit Schweinekot bespritzt, und er wimmelte von Fliegen. Aber so kaputt, wie Linde und ich waren, konnten wir uns nicht leisten, noch weiterzuwandern. Wir waren froh, einen Platz zu haben, wo wir uns hinlegen und schlafen konnten.

Wir hatten damals alle einen sehr leichten Schlaf. Wir waren sozusagen darauf programmiert, noch im Schlaf wachsam zu sein. Und so wurde ich sofort hellwach, als ich die Stalltür knarren hörte. Ein Streichholz flammte auf, flackerte, erlosch. Und da fuhr auch schon die Mutter hoch, griff nach ihrer Taschenlampe und richtete sie gegen die Tür. Die Lampe gab nur noch einen trüben Schein, der aber doch ausreichte, um den Russen erkennen zu lassen, der in der offenen Tür stand. Er trug eine eingerollte Decke unter dem Arm.

»Pst«, flüsterte er. »Kinder schleichen. Komm, Frau...«

Er hatte wohl die Vokabel »schlafen« mit »schleichen« verwechselt. Offenbar wollte er vermeiden, daß die Kinder wach wurden. Er hatte guten Grund, daran interessiert zu sein, die von ihm geplante Aktion so leise wie möglich abzuwickeln, denn wie wir am nächsten Morgen erfuhren, war die russische Kommandantur nur ein paar Schritte von diesem Bauernhof entfernt.

Die Mutter begriff sofort, daß er nur zu überreden versuchte, nicht aber Anstalten machte, mit Gewalt vorzugehen. Darin lag unsere Chance.

»Nein!« rief sie laut. »Gehen Sie fort! Raus mit Ihnen!«

Er erschrak sichtlich. Er machte beruhigende Zeichen, schwenkte seine Decke, zeigte hinaus und wiederholte: »Kinder schleichen, Kinder schleichen...«

Noch heute bin ich allergisch gegen das Wort »schleichen«!

Er gab nicht auf. Er war zäh. Er flüsterte und flüsterte –

halb deutsch, halb russisch. Wahrscheinlich hatte er uns beobachtet, als wir in den Bauernhof eingebogen und dann, geführt und eingewiesen vom Hofbesitzer, im Schweinestall verschwunden waren.

Freya, Linde und Siegfried schliefen nicht mehr, das hörte ich an ihrem Atem. Und nun wurden auch die beiden Kleinen wach und fingen vor Angst an zu weinen. Der Russe wurde wütend. Da ging die Mutter aufs Ganze. Sie wußte ja, daß der Hof mitten im Ort lag.

»Ruft um Hilfe!« rief sie uns zu. »Schreit!«

Wir schrien. Wir brüllten. Sechs Kinder. Das gab schon einen gehörigen Radau. Zornig knallte der Russe die Decke auf den Boden und verschwand. Als der russische Kommandanturposten vor dem Stall auftauchte, war er nicht mehr zu sehen. Nur die Decke war zurückgeblieben. Die nahm der Posten mit. Der Hofbesitzer aber ließ sich erst am nächsten Morgen sehen und tat so, als hätte er nichts gehört.

Wir waren an diesem Sonntag, dem 24. Juni, so geschwächt, daß wir nur acht Kilometer vorankamen, bis nach Kuhlhausen. Lindes Fieber war zwar etwas gesunken, und ich hatte keinen Durchfall mehr. Aber durch die nächtliche Störung hatten wir zuwenig geschlafen.

Eine Frau aus Gelsenkirchen, eine Bombengeschädigte, die während des Krieges in diese Gegend evakuiert worden war, hielt uns im Dorf Warnow an, fragte uns aus, holte uns in ihre kleine Wohnung und gab uns eine kräftige Suppe. Aber obwohl ich schon wieder Hunger hatte, wagte ich nicht mitzuessen, um mir nicht eine neue Darmstörung einzuhandeln.

Von dieser Gelsenkirchenerin erfuhren wir, daß es keinen Zweck habe zu versuchen, westlich von Wittenberge über die Grenze zu kommen. Dort sei alles dicht. Aber weiter nördlich, bei Grabow, solle es einen durchlässigen Grenzübergang geben, wo man hinübergelassen werde, wenn man hinübergehöre. Die Mutter betrachtete mit ihr zusammen unsere Karte und beschloß, bei Grabow die Grenze zu überqueren.

Damals lag die Grenze noch viel näher bei Grabow. Erst ein paar Wochen oder Monate später wurde sie im Einvernehmen mit den Engländern, aber zum Entsetzen der deutschen Bevölkerung, nach Westen zu verschoben – bis an die Elbe.

An der Grenze

In Kuhlhausen, wo wir den Brotschein holten und nach einem Quartier fragten, stießen wir auf einen sehr unfreundlichen Bürgermeister. Er behandelte uns wie lästiges Pack, wie fahrendes Volk, wie Zigeuner. Er schickte uns ins Pfarrhaus. Dort aber trafen wir sehr nette Leute an, bekamen zu essen und hatten Gelegenheit, in einem kleinen Teich zu baden. Dieses Bad hatten wir nach der Übernachtung im Schweinestall dringend nötig. Und dann schliefen wir bis in den späten Morgen. Diese Nacht war die Johannisnacht gewesen, die kürzeste Nacht im Jahr.

Die Pfarrersleute machten es möglich, daß wir am Montag, dem 25. Juni, von einem Milchtraktor nach Havelberg mitgenommen wurden. Auf einer Fähre überquerten wir die Havel, und dann rumpelten wir durch die wunderschönen Gassen des alten, malerischen Städtchens. Der Traktor setzte uns ab, und wir wanderten wieder zu Fuß weiter, die Tore, Türme, Giebel bewundernd.

Reisen – das hatte ich mir schon immer gewünscht, schon als kleines Kind. Neues, Fremdes, Unerhörtes sehen, immer wieder anderes erleben, davon hatte ich daheim oft geträumt. Jetzt hatte sich mir dieser Wunsch, dieser Traum erfüllt: Unsere Reise war bisher eine endlose Aneinanderreihung von Neuem, Fremdem, Unerhörtem, von Unerwartetem und immer wieder anderem gewesen. Von sehr viel Not und Sorgen und Anlässen zu Angst und Trauer.

Aber allmählich hatte ich es satt bis zum Überdruß, mit meinen Gefühlen immer nur im Elend zu waten. Nicht, daß es uns unterwegs an Freude gemangelt hätte – so unglaubwürdig das auch klingen mag. Aber wir waren ja so anspruchslos geworden, was die Anlässe zu positiven

Gefühlswallungen betraf: Wenn uns jemand unverhofft ein halbes Brot schenkte, hätten wir am liebsten Luftsprünge gemacht. Fanden wir nach langer, demütigender Suche doch noch irgendwo ein menschenwürdiges Nachtquartier, fielen wir einander fast in die Arme.

Aber diese Art von Freude war es nicht, nach der ich mich jetzt sehnte, wenn ich zur Mutter sagte: »Ich möcht' mich mal so gern wieder freuen.« Ich glaube, ich wünschte mir, wieder Schönheit genießen zu können. Denn unterwegs waren wir lange nicht einmal mehr dazu fähig gewesen.

Hier in Havelberg – daran erinnere ich mich genau – berauschte ich mich zum ersten Mal wieder bewußt an der Schönheit unzerstörter historischer Häuserzeilen, an der Silhouette einer mittelalterlichen Stadt. Und ich fühlte mich so, als sei ich jetzt wieder zu mir gekommen.

Wir blieben nicht lange in Havelberg. Die Mutter trieb uns an. Jetzt, da die Grenze nur noch drei, vier Tage entfernt war, wurde sie von einer fieberhaften Unrast getrieben. Das lag wohl daran, daß es nicht ihre Art war, Entscheidungen hinauszuzögern. Sie wollte wissen, woran sie war. Das würde sich an der Grenze entscheiden. Davon, ob es uns gelingen würde, in den Westen zu kommen, würde ja unser ganzes weiteres Schicksal abhängen.

Ja, es war höchste Zeit für uns, anzukommen. Wir waren allesamt schmal geworden und hatten Ringe unter den Augen. Die Kleinen schraken bei jeder Gelegenheit zusammen und fingen an zu weinen. Siegfried blinzelte nervös, Linde wurde noch schweigsamer, als sie in normaleren Zeiten war, die Mutter schimpfte mit mir herum, und ich schimpfte mit den Kindern. Nur Freya behielt ihr ausgeglichenes Wesen. Aber ich wußte genau: Auch ihr taten die Furunkel höllisch weh.

Wir fuhren jetzt auf einer Hauptverkehrsstraße, die fast genau in Süd-Nord-Richtung die Städte Genthin und Pritzwalk miteinander verbindet. Lastwagen, Militärkonvois, Kolonnen marschierender Russen zogen in beiden

Richtungen an uns vorüber. Wir aber bewegten uns wieder in einem kaum abreißenden Strom von Flüchtlingen mit schwerbepackten Handkarren und Kinderwagen. In den Orten, die wir durchquerten, blieben die meisten Türen zu. Hier hatten die Einheimischen das ständige Klopfen, das Bitten und Betteln der Flüchtlinge satt. Nachdem wir nach einem vergeblichen Streifzug durch Glöwen ohne ein Stück Brot, ohne eine einzige Kartoffel wieder beim Wagen zusammengekommen waren, entschloß sich die Mutter, doch wieder auf eine Landstraße auszuweichen, auch wenn der Weg dadurch etwas länger wurde. Also schwenkten wir nach rechts ab.

In Kunow, wo wir gegen Abend ankamen, erhielten wir wenig Brot, aber eine Riesenportion Quark. Wir aßen, bis wir fast platzten. Ein baltendeutscher Bürgermeister verschaffte uns ein Zimmer mit drei Betten und einem Sofa, und in unsere Quarkmägen kam noch die Suppe der Bauersfrau, auf deren Hof wir übernachteten.

Am Dienstag, dem 26. Juni, blieb uns nichts anderes übrig, als wieder auf einer Hauptverkehrsstraße zu wandern. Diesmal war es die große Verbindungsstraße Berlin-Hamburg. Allein schon die Tatsache, daß diese Straße direkt auf Hamburg zulief, beflügelte uns. Ein Bauernwagen nahm uns ein gutes Stück mit. Wir konnten unsere Kräfte schonen. Und ab Perleberg hatten wir noch einmal Glück: Ein Zug fuhr bis Karstädt. Etwa vierunddreißig Kilometer legten wir an diesem Tag zurück. Uns schwindelte, wenn wir uns vorstellten, wie nahe wir der Grenze waren. Noch höchstens zwei Tage brauchten wir, um sie zu erreichen.

Auf einem großen Hof bei Karstädt fanden wir ein Nachtquartier. Der Bauer – Nagel hieß er – schüttelte den Kopf, als er sah, wie hoffnungsvoll wir waren. Nein, seit kurzem komme fast niemand mehr über die Grenze, meinte er, weder hin noch her. Es lohne sich gar nicht, an den Schlagbaum zu marschieren.

Aber ähnliche Gerüchte hatten wir auch vor der Neißer Grenze gehört, und dann waren wir doch über die Brücke gelassen worden. Wir versuchten uns gegenseitig zu überzeugen, daß wir doch Chancen hatten – mit unserem Trumpf, dem russischen Passierschein.

Am Mittwoch, dem 27. Juni, brachen wir früh auf. Es war ein blauer, vielverheißender Sommermorgen. Der Tag fing gut an: Siegfried fand einen schwarzen Emailletopf im Straßengraben, der zwar schon ziemlich ramponiert aussah, aber keine Löcher aufwies. Er war etwas klein für uns sieben, aber besser als keiner. Wir fanden noch mehr: herrliche Steinpilze an einem Waldsaum. Die Mutter schnitt sie in Scheiben, und wir aßen sie roh.

In Warnow, einem Dorf neben der Straße, hatten wir noch einmal großes Glück: Ein Viehhändler hielt uns an, fragte nach unserem Woher und Wohin und lud uns in sein Haus zum Essen ein, an eine mit Tischtuch und Servietten gedeckte Tafel. Weiß der Himmel, über welche sagenhaften Beziehungen er verfügte. Das Essen war jedenfalls so, als wäre der Krieg von uns Deutschen gewonnen worden.

Die zweite Tageshälfte hielt nicht, was die erste versprochen hatte. Als wir weitertrotteten, regnete es. Bald waren wir klatschnaß. Die beiden Kleinen mußten vom Wagen herunter und laufen, weil sie sonst im Nassen gesessen hätten. Die Mutter mußte sie antreiben, denn wir gingen schnell. Es gab Tränen.

Allmählich fiel uns auf, daß nicht nur ein Strom von Flüchtlingen mit uns zog, sondern daß uns auch Flüchtlinge entgegenkamen – auf der anderen Straßenseite. Einem Gegenstrom waren wir schon seit vielen Tagen nicht begegnet.

»Kommt ihr von der Grenze?« rief die Mutter hinüber.

Ja, dort kamen sie her. Die Mutter frohlockte. Also war die Grenze doch durchlässig, denn diese Leute hatten sie ja von der westlichen Seite her passiert.

Erst nach ein paar Hin-und Herrufen begriff die Mutter, daß sie einem Irrtum erlegen war: Diese Leute hatten nicht die Grenze überschritten, sondern waren gezwungen worden, vor ihr umzukehren!

Es sei ganz hoffnungslos, bekamen wir immer wieder zu hören. So gut wie niemand werde durchgelassen. Und das Massenlager in Grabow sei überfüllt. Dort staue sich alles.

Daß das stimmte, davon konnten wir uns bald selber überzeugen: Im Massenlager von Grabow, nur ein paar Kilometer von der Grenze entfernt, bekamen wir kaum einen Fuß auf den Boden. Wir schliefen dicht an dicht auf Strohsäcken. Die ganze Nacht über herrschte Lärm, brannte Licht. Dazu kamen die trüben Ahnungen, die uns quälten. Was, wenn man uns nicht hinüberließe?

Am Donnerstag, dem 28. Juni, regnete es noch immer. Wir waren sehr früh aus dem Lager aufgebrochen und kamen daher ganz allein am Schlagbaum an. Während wir dort standen und warteten, versammelten sich hinter uns immer mehr Flüchtlinge. Die Mutter hielt den russischen Passierschein in der Hand. Aber der zuständige russische Offizier warf nur einen flüchtigen Blick auf ihn.

»Haben Sie Briefe von deutschen Soldaten bei sich?« fragte er.

Die Mutter verneinte. Aber ich merkte, wie sehr sie erschrak. Freya trug ja den Brief in der Manteltasche! Ich hielt den Atem an. Hoffentlich sagte Freya jetzt nicht arglos: »Aber ich hab' ihn doch!«

Nein, sie schwieg. Sie hatte wohl begriffen, daß wir etwas Verbotenes taten.

Der Russe ließ uns das gesamte Gepäck abladen und öffnen. Lange blätterte er in unseren verschiedenen Dokumenten, in den Fotoalben, aus denen wir vorsichtshalber alle Fotos, auf denen der Vater in Uniform zu sehen war, entfernt hatten, und in Vaters Briefen. Dann konzentrierte sich sein Interesse auf unsere Geige. Er nahm sie vorsichtig aus dem Kasten, klemmte sie sich unters Kinn, spielte eine Melodie. Dann legte er sie behutsam wieder in den Kasten zurück. Und nun wurde er wieder dienstlich.

»Einpacken! Aufladen! Schnell, schnell!«

Klang das nicht so, als würde sich der Schlagbaum für uns öffnen? Hastig packten wir ein und luden auf.

»Landkarten?«

Die Mutter nickte. Aus ihrer Umhängetasche kramte sie die beiden Karten, die von daheim und die, in die das russische Brot eingewickelt gewesen war, und reichte sie ihm. Er legte sie irgendwo ab. Dann zeigte er mit einer lässigen Geste in die Richtung, aus der wir gekommen waren. »Fort! Zurück!«

»Aber wir wollen doch hinüber!« rief die Mutter verzweifelt. »Wir sind aus Hamburg! Wir wollen heim!«

Aber der Offizier war schon bei der nächsten Flüchtlingsgruppe und kümmerte sich nicht mehr um uns. Als wir stehenblieben, wurde er ärgerlich. »Zurück, zurück!«

»Aber wohin denn?« rief die Mutter.

»Zurück, zurück!«

Auch die Landkarten bekamen wir nicht wieder. Wie betäubt karrten wir zurück, ostwärts, unfähig, den Flüchtlingen, die uns mit Fragen bestürmten, vernünftige Antworten zu geben. Wir wußten nicht, wohin wir jetzt fuhren. Die Wegweiser sagten uns nichts. Wir hatten keine Karten mehr, anhand derer wir uns orientieren konnten. Und es war ja jetzt auch gleichgültig, wohin wir fuhren.

Ein Bauer, der auf einem Pferdewagen saß, blieb neben uns stehen, begriff unser Elend, lud uns samt unserem Handwagen auf und brachte uns bis zum Lager in Grabow. Aber das war inzwischen so überfüllt, daß man niemanden mehr einließ. Da lud uns der Bauer – Lendt hieß er – noch einmal auf und nahm uns mit bis Herzfeld. Uns war's egal. Während der ganzen Fahrt von siebzehn Kilometern saßen wir wie vor den Kopf geschlagen, und der Bauer gab sich vergeblich Mühe, uns aufzumuntern.

Diese Rechtlosigkeit! Dieses Ausgeliefertsein! Noch vor einem Vierteljahr waren wir stolze Staatsbürger, waren wir »Herrenmenschen« gewesen!

Herzfeld war voll mit russischem Militär. Bauer Lendt konnte uns auch nicht aufnehmen, er hatte jeden freien Winkel seines Hofes mit Flüchtlingen belegt. Aber er machte einen Heuboden für uns ausfindig, auf dem wir übernachten durften.

Ich weiß nicht mehr, was wir an diesem Abend aßen und woher wir das Essen hatten. Wir werden wohl, nach diesem Schock, nicht viel Appetit gehabt haben. Ich weiß nur noch genau – und es steht auch in Mutters Heft –, daß unser guter alter Wecker stehenblieb, die einzige Uhr, die wir noch besaßen. Er ließ sich nicht mehr aufziehen, sosehr wir auch an seinen Schrauben drehten und ihn schüttelten. Seine Feder war gebrochen.

Ohne Landkarte, ohne Ziel

Ich war jung, ich schlief trotz der Enttäuschung an der Grenze. Gegen Morgen wurde ich geweckt vom Lärm der russischen Einquartierung und vom Tageslicht, das durch die Dachritzen fiel. Ich hörte an Mutters Atem, daß sie nicht schlief. Ich wußte, daß sie jetzt grübelte, und ich wußte auch, worüber sie grübelte: Unterwegs hatte uns jemand erzählt, daß weiter im Süden angeblich noch Möglichkeiten bestünden, illegal über die Grenze nach drüben zu gelangen, nachts durch den Wald oder durch Flüsse, gegen Entgelt für die ortskundigen Führer. Aber darüber hatten wir uns schon längst ein Urteil gebildet: Für uns zu riskant. Denn wir würden die Kleinen nicht leise genug halten können. Und was, wenn die Mutter erwischt würde und ins Gefängnis käme oder in irgendein Lager – vielleicht auch ich? Nein, das war zu gewagt. Unser oberstes Gebot hieß: zusammenbleiben!

Sie sah auf die Uhr. Die stand.

Die Kleinen wachten auf und klagten über Hunger. Daran konnte die Mutter ungefähr die Zeit abschätzen. Sie mußte aufhören mit dem Gegrübel. Die Kinder hatten Hunger, also mußten sie erst einmal satt werden, vor allem anderen.

In Herzfeld war an diesem Morgen nichts Eßbares zu bekommen. Die russische Einquartierung hatte alles requiriert. Man empfahl uns, zum Flüchtlingslager Grabow zurückzufahren.

Das wollten wir tun. Es war ja jetzt gleichgültig, in welche Richtung wir fuhren. Wir packten also auf und zogen los, hungrig, wie wir waren.

Aber nach sechs Kilometern hieß uns die Mutter stehenbleiben. Sie schien jetzt wieder fähig zu sein, Entschlüsse zu fassen. Das Lager in Grabow, meinte sie, sei keine Lösung. Wenn wir überhaupt Glück haben sollten, aufgenommen zu werden, würden wir nach einer Nacht sicher wieder fortgewiesen. Nein, der einzige vorläufige Ausweg aus unserer Misere sei, so schnell wie möglich das Grenzgebiet zu verlassen. Im Landesinneren konnte es nur besser sein. Und da wir uns nach dem Verlust unserer Landkarten nur noch nach den Wegweisern richten konnten, orientierten wir uns am Namen der nächstbesten größeren Stadt. Das war Parchim, in der Richtung gelegen, wo wir gerade herkamen. Da wir nicht noch einmal nach Herzfeld wollten, nahmen wir den kleinen Umweg über Möllenbeck und Ziegendorf.

Wir zogen jetzt also nach Mecklenburg hinein, durch flaches Sand- und Kiefernland mit schönen, großen Höfen. Es war Freitag, der 29. Juni, ein windiger, wolkiger Tag mit Fetzen blauen Himmels. In Möllenbeck bekamen wir auf einem Hof heiße Pellkartoffeln, soviel wir wollten, und wurden satt. Es waren Kartoffeln für die Schweine. Wir aßen sie mit der Schale. Und in Ziegendorf, fünf oder sechs Kilometer weiter, wo wir wegen des später einsetzenden Regens ein Quartier suchten, wies man uns für die Nacht eine kleine Ausgedingewohnung zu. Sie bestand aus einer Wohnküche und einer Schlafkammer. Frau Rambow, eine dicke, gemütliche Mecklenburgerin, war die Hausbesitzerin. Sie schenkte uns vier Eier, und einen Brotschein bekamen wir auch.

Die kleinen Tagesprobleme waren also erst einmal gelöst. Aber was unsere Zukunft betraf, standen wir vor dem Nichts. Und in der Nacht hörte ich wieder, wie sich die Mutter schlaflos wälzte.

30. Juni. Samstag. Wozu sollten wir uns jetzt noch beeilen? Wir versäumten ja nichts. Und hier in Ziegendorf hatten wir eine gute Unterkunft. Außerdem hatte Volker leichtes Fieber, das er sich wohl im Regen des Vortages geholt hatte. Deshalb blieben wir erst einmal da.

»Bis sie uns hinauswerfen«, sagte die Mutter.

Volker blieb im Bett, die Mutter wusch Wäsche, wir

anderen gingen in den Wald, Blaubeeren pflücken, bis uns ein Gewitter heimtrieb. Volkers Fieber stieg, den Rest des Tages regnete es wieder, und Mutter und ich waren so niedergeschlagen, daß wir nur mit Mühe unsere Verzweiflung vor den Kindern verbergen konnten. In welche Richtung wir auch dachten, nichts richtete uns auf. Und so pendelten wir zwischen Heimweh und Hoffnungslosigkeit hin und her und stopften und flickten und zogen neue Bindfaden-Schnürsenkel in die Schuhe und suchten heftig nach anderer Arbeit – nur, um nicht loszuheulen.

Sonntag, den 1. Juli. Hochsommer. Obwohl es noch am Vorabend geregnet hatte, heizte die Sonne am Morgen sofort wieder auf. Es wurde ein schwüler Tag. Wir gingen wieder in die Beeren und brachten mehr heim, als wir während einer Mahlzeit essen konnten. Wir gaben Frau Rambow einen guten Teil davon ab und bekamen dafür von ihr sieben Eier und eine Kanne voll Milch. Etwas Zucker hatten wir noch im Gepäck. Wir aßen unendliche Mengen von Heidelbeeren mit Milch und Zucker. Die Mutter verhielt sich merkwürdig. Sie warf ihre ganze Vorratswirtschaft über den Haufen, indem sie uns großzügig allen Zucker, den sie noch im Koffer hatte, über die Teller streute.

»Ist ja jetzt egal«, sagte sie trübe.

Die Kinder strahlten wie zu Weihnachten und löffelten eifrig. Ich aber wurde unruhig. Gab die Mutter auf?

Die Eier hoben wir für den Abend auf. Am Abend kam auch Frau Rambow herüber und schaute nach Volker, der noch fieberte und hustete. Nein, in diesem Zustand konnte er noch nicht wieder auf die Landstraße, das sah sie ein. Außerdem gewitterte es von neuem.

Am Montag, dem 2. Juli, wanderten wir also noch immer nicht weiter. Es war ein trüber Regentag. Außerdem war wieder ein Rad unseres Wagens in schlimmer Verfassung.

Und die Wäsche war noch nicht trocken, und die Mutter hatte ihre Tage. Außerdem: Sollten wir etwa die schönen Blaubeerstellen, auf die wir inzwischen im Wald gestoßen waren, anderen Beerensuchern überlassen? Um Gründe, weshalb wir nicht weiterfahren konnten, waren wir wahrhaftig nicht verlegen. Und sobald es nur noch nieselte, zogen wir mit allen Gefäßen, die wir besaßen, dazu mit Frau Rambows großer Kanne in den Wald und pflückten Beeren. Auf dem Heimweg erwischte uns ein Platzregen. Klatschnaß kamen wir bei Mutter und Volker an. Und schon in der Nacht begann Linde, die ein paar Tage lang fieberfrei gewesen war, wieder zu fiebern.

Am Dienstagmorgen hatte Linde fast 39 Grad Fieber, und Volker war auch noch nicht fieberfrei. Frau Rambow, die uns mochte und uns immer wieder ein paar Eier, einige Brotscheiben oder eine Kanne voll Milch brachte, wurde an diesem Morgen unruhig und drängte. Sie *durfte* uns nicht so lange behalten. Sie hatte durchaus Verständnis für uns. Wie sollten wir mit zwei fiebernden Kindern weiterziehen? Aber sie versuchte uns auch ihre Lage begreiflich zu machen. Es gab Vorschriften. Und es herrschten nicht die Zeiten, in denen man es sich leisten konnte, gegen die Obrigkeit aufzumucken.

Bemüht, uns ihren guten Willen zu zeigen, trieb sie eine Ärztin aus dem Nachbardorf auf, die nach Linde sah. Die Ärztin hob die Schultern. Sie hatte keine Medikamente, und es hätte auch keinen Sinn gehabt, sie zu verschreiben: Die Apotheken, sofern es überhaupt noch welche gab, waren leer. Sie empfahl der Mutter, Linde schwitzen zu lassen. Die Mutter häufte also alle Decken, die wir besaßen, auf Linde und flößte ihr heißen Tee ein, bis dem Kind der Schweiß übers Gesicht lief.

Ausgerechnet an diesem Tag kam es dem russischen Ortskommandanten in den Sinn, alle Flüchtlinge, die in Ziegendorf Unterkunft gefunden hatten, aus dem Ort auszuweisen. Ich kann mich nicht mehr erinnern, welche

Begründung der Dorfbote gab. Vielleicht mußten russische Soldaten einquartiert werden? Vielleicht war aber auch die Lebensmittelversorgung für den Ort schwierig geworden? Solche rigorosen Anordnungen der russischen Kommandanten waren keine Seltenheit, und die deutschen Bürgermeister waren machtlos gegen sie.

Kaum erfuhr die Mutter die böse Neuigkeit, entschloß sie sich, zum Kommandanten zu gehen und zu bitten, hierbleiben zu dürfen. Aber sie wurde abgewiesen. Keine Extrawürste! *Alle,* die weniger als ein Jahr im Ort wohnten, mußten fort. Spätestens bis zum Abend des nächsten Tages.

Außer Atem kam die Mutter zurück und schickte mich nach Wolfsahl, dem nächsten Ort, um ein Quartier aufzutreiben, bevor die anderen Flüchtlinge aus Ziegendorf alle Unterkünfte besetzt haben würden. Wir *mußten* im nächsten Ort unterkommen, denn Linde war nicht fähig, zu Fuß zu gehen. Sie war nicht einmal in der Lage, auf dem Gepäck zu sitzen. Nur im leeren Wagen konnten wir sie transportieren. Und schon eine Fahrt im ungefederten Handwagen war für sie eine Strapaze. Deshalb mußten wir zweimal fahren. Und das nächste Dorf war schon weit genug entfernt.

Ich lief also als Quartiermacherin unserer Familie nach Wolfsahl. Abgesehen von ein paar Darmstörungen und diesen elenden Furunkeln hatte ich mich bisher auf eine stabile Gesundheit verlassen können. Ob mich ein Regen durchnäßte, ob ich einen Tag lang nichts zu essen bekam, ob ich mit zu wenig Schlaf auskommen mußte, ob das Gewicht zu schwer war, das ich täglich zu ziehen hatte – ich hielt durch. Das hatte ich wohl unserem einfachen, naturbezogenen Leben auf der Rosinkawiese zu verdanken.

Seit der heftigen Blutung in Schlesien wurde ich sogar von keiner Menstruation mehr belästigt. Das war praktisch. Ich hatte unter ihr immer sehr zu leiden gehabt, und ich wünschte mir, daß sie so schnell nicht wiederkäme. Aber die Mutter sah das nicht so. »Es wird Zeit, daß wir wieder in geordnete Verhältnisse kommen«, meinte sie. Aber es sollte noch mehr als ein Jahr dauern, bis ich wieder regelmäßige Blutungen hatte.

Ich fand ein Quartier auf einem Bauernhof. Es war, glaube ich, ein Gesindezimmer neben dem Stall. Bedingung: nur für eine Nacht. Ich lief zurück. Als ich in Ziegendorf ankam, wurde es schon dunkel. Wir legten den Handwagen mit unseren Decken aus und betteten Linde hinein. Volker durfte zwischen ihren Füßen sitzen. Linde, geschwächt von der Schwitzkur, schlief die ganze Fahrt über. Ich sehe sie noch vor mir: Im Takt des Geratters wackelte ihr Kopf hin und her. Gotli mußte laufen. Schlaftrunken stolperte sie neben dem Wagen her. Wir waren noch kaum aus dem Dorf heraus, fing sie an zu weinen. Die Mutter nahm sie schließlich auf den Rücken. Freya und ich schleppten abwechselnd noch einen Koffer mit dem notwendigsten Gepäck für die Nacht. Das war eine neue Erfahrung für uns: nicht alles Gepäck bei uns zu haben. Aber Frau Rambow hatte uns versprochen, unsere Sachen zu hüten, bis wir sie holen würden.

Mittwoch, den 4. Juli. Freya und ich fuhren nach Ziegendorf zurück, während die Mutter bei Linde blieb. Unterwegs begegneten wir den Flüchtlingen, die nun Ziegendorf verlassen hatten. Wir fragten sie aus, sie fragten uns aus. Unter ihnen gab es einige, denen es an der Grenze ähnlich wie uns ergangen war. Andere waren schon vor dem Kriegsende hierhergekommen. Sie nahmen die Ausweisung gelassener. Wir erfuhren, daß sie so einen Exodus schon zweimal mitgemacht hatten. Aber ein paar Tage später seien sie wieder ins Dorf zurückgekehrt, und niemand habe sie daran gehindert, am wenigsten der russische Kommandant. Sie hatten Wohnungen im Ort und waren mit den Dorfbewohnern längst warmgeworden.

In Ziegendorf begegneten wir russischen Soldaten mit umgehängten Gewehren. Sie wollten uns nicht auf den

Hof lassen. Aber Frau Rambow redete so lange auf sie ein, bis uns einer begleitete und neben uns stehenblieb, bis wir unser Gepäck auf dem Wagen hatten und wieder fortfuhren. Frau Rambow erkundigte sich besorgt nach Linde, und wir bedankten uns für alle ihre Hilfe. Sie gab uns noch ein paar Eier mit und winkte uns nach.

Als wir ins Wolfsahler Quartier zurückkamen, ging es Linde schon besser. Die Schwitzkur schien geholfen zu haben. Trotzdem handelte die Mutter mit den Hofbesitzern aus, daß wir doch noch eine weitere Nacht bleiben durften, bis Linde wieder so weit war, daß sie neben dem Wagen herlaufen konnte. Die Milch, die wir von der Bäuerin – noch euterwarm – bekamen, durften Linde und Volker allein trinken.

Jetzt, da Linde, die meistens im Schatten ihrer Geschwister stand, so blaß und müde auf dem Federbett lag, wurde sie von uns allen umsorgt und verwöhnt, und die Mutter sagte »Lindelein« zu ihr. Vielleicht war *dies* das Medikament, das ihr wieder auf die Beine half: daß sie spürte, wie lieb wir sie hatten und wie sehr wir um sie bangten.

Am Donnerstag, dem 5. Juli, brachen wir in gewohnter Weise auf: Die beiden Kleinen thronten auf dem Gepäck, Linde lief neben oder hinter dem Wagen. Sie schwankte noch ein bißchen und ermüdete schnell. Ab und zu wurde gewechselt: Dann mußten die Kleinen zu Fuß laufen, und Linde durfte auf den Wagen.

Aber das eine Wagenrad machte uns Sorgen. Es sah aus, als wollte es gleich auseinanderfallen. Mit nur noch drei Rädern hätten wir nicht weiterfahren können. Also mußte wenigstens das Gepäck verringert werden, damit das Rad entlastet wurde. Deshalb war es erst einmal aus mit dem Auf-dem-Gepäck-sitzen-Dürfen, und alle Kinder mußten zu Fuß gehen. Die Kleinen flennten. Und Linde blieb immer weiter zurück.

Ziegendorfer Flüchtlinge kamen uns entgegen. Sie hatten erst im übernächsten Dorf ein Notquartier gefunden und warteten nun darauf, zurückkehren zu können. Sie fragten uns aus. Aber wir wußten nichts über den Stand der Dinge in Ziegendorf.

Wir waren so abgelenkt, daß wir nicht mitbekamen, was sich hinter uns abspielte. Daß Linde hinter uns hertrödelte, war nichts Besonderes. Aber daß der Mann, der auf einem Fahrrad an uns vorbeigefahren war, Linde angesprochen hatte, war uns entgangen. Sie war elf Jahre und vier Monate alt und hatte schon ein bißchen Busen. Er fragte sie, ob sie müde sei. Natürlich war sie müde, und wie! Da bot er ihr an, sie auf dem Gepäckträger mitzunehmen. Arglos stimmte sie zu. Daß er in der umgekehrten Richtung stand, fiel ihr nicht auf. Schon stieg er ab, der freundliche Mann, und wollte ihr auf den Gepäckträger helfen.

In diesem Augenblick drehte sich die Mutter um und erkannte, was der Mann vorhatte. »Linde!« schrie sie, ließ den Wagen los und rannte auf das Kind zu. Da schubste es der Mann weg, schwang sich auf das Fahrrad und trat in die Pedale. Fort war er.

»Weil ich doch so müde bin«, war das einzige, was Linde auf Mutters Vorhaltungen zu antworten wußte.

Die Mutter ließ Linde am Wegrand niedersitzen und sich ausruhen. Sie sah ein, daß das Kind, das am Vortag noch Fieber gehabt hatte, durch diesen Marsch überfordert war. Und so kamen wir an diesem Tag nur noch sehr langsam voran, denn ungefähr nach jedem halben Kilometer ließ die Mutter Linde ausruhen. Und die Kleinen fanden das auch sehr angenehm. Gleich im nächsten Ort – er hieß Groß-Godems – suchten wir ein Quartier, bekamen einen Heuboden, und Linde schlief den ganzen restlichen Tag. Ein alter Mann bosselte ein bißchen an unserem Wagenrad herum, denn einen Schmied gab es hier nicht. Der nächste Schmied, so hieß es, sei erst in Parchim zu finden.

Ich bot mich an, den Wagen allein nach Parchim zu

fahren. Aber das wollte die Mutter nicht. Der Schreck mit Linde saß ihr noch in den Gliedern. Nein, wir wollten zusammenbleiben, komme, was da wolle. Den Rest des Tages war sie sehr still. Wenn jemand von uns sie ansprach, antwortete sie unwirsch. Und in der Nacht hörte ich sie weinen. Ich rief sie leise an. Da wurde sie stumm und tat, als ob sie schliefe.

Am Freitag, dem 6. Juli, erreichten wir Parchim, die Provinzhauptstadt. Während wir unseren Wagen bei einem Schmied richten ließen, gingen die Mutter und ich ins Rathaus, um eine Aufenthaltserlaubnis zu bekommen. Die Kinder ließen wir vor dem Gebäude warten.

Aber wir hatten kein Glück. Gleich im ersten Büro wurden wir abgewiesen: »Tut uns leid. Die Stadt ist mit Flüchtlingen überfüllt. Da müssen Sie sich woanders umsehen.«

Diese Auskunft wurde uns bald geläufig. Welche Kommune wollte sich auch eine Kriegswitwe mit sechs unmündigen Kindern aufladen? Jeder Ort war sich selbst der nächste. Es war schon schlimm genug, wie's jetzt, nach dem verlorenen Krieg, um die Bevölkerung stand. Sollte man sich da freiwillig noch größere Belastungen aufhalsen?

Nur ein Aufenthalt für eine Nacht wurde uns genehmigt.

Als wir das Rathaus wieder verließen und den hoffnungsvollen Blicken der Kinder begegneten, hatten wir kein Auge mehr für die Schönheit der alten Stadt. Nur irgendwo unterkommen, wenigstens vorläufig irgendwo zu Hause sein!

Wir hatten einen Brotschein bekommen, wir aßen. Dann gingen wir zurück zum Schmied. Auf dem Weg dorthin kamen wir an einer mehrstöckigen Villa vorbei. Vor dem Gartentor standen russische Wachen. Auf dem Balkon der Villa drängten sich Männer in Zivilkleidung dicht an dicht, und auch hinter mehreren Fenstern sahen wir Männergesichter. Ich wunderte mich. Es regnete. Was machten die Männer auf dem Balkon?

Die Mutter erkundigte sich bei einer Passantin.

»Alles Nazis«, erfuhren wir. »Die werden jetzt wohl ihr Fett abkriegen.«

Wir bekamen unseren Wagen zurück und zogen weiter. Die lange, schöne Frühsommerzeit schien endgültig vorüber zu sein. Linde hatten wir in die Zeltplane gehüllt, damit sie trocken blieb. Dafür wurde jetzt das Gepäck naß. Müde und deprimiert zogen wir nach Osten, ins mecklenburgische Hinterland. Dort hatten wir vielleicht mehr Aussicht darauf, bleiben zu dürfen.

Auf einem einsam liegenden Hof bekamen wir zu essen. Und als die Mutter darüber klagte, daß wir keine Landkarte mehr besäßen, gab uns die Bäuerin eine alte Karte von Mecklenburg mit, die schon ganz zerfleddert war. Winsen war darauf natürlich nicht zu sehen. Nicht einmal Hamburg.

Dieses kostbare Geschenk richtete uns wieder auf. Kaum hatten wir den Hof verlassen, beugten wir uns über die Karte und berieten. Ja, die östliche Richtung war wohl im Augenblick die beste. Die Mutter nahm sich vor, von nun an in jedem Ort, den wir durchquerten, nach einer Aufenthaltsgenehmigung zu fragen.

Meine Schuhe lösten sich auf. Ich hielt sie nur noch mit Bindfäden zusammen, die ich immer nach zwei bis drei Kilometern erneuern mußte. Siegfried bekam den Auftrag, nach Schuhen auszuschauen. Das tat er gewissenhaft. Seine Aussichten, fündig zu werden, standen nicht schlecht. Denn auch hier stießen wir immer wieder auf Flüchtlingsgut, das im Straßengraben gelandet war: Kleidungsstücke, Geschirr, kaputte Kinder- und Handwagen. Freilich, von den Wagen waren längst alle Teile abmontiert worden, die sich noch irgendwie gebrauchen ließen oder Tauschwert besaßen. Und die Textilien, die jetzt noch dalagen, waren übriggebliebene Reste, die jeder Finder verschmäht hatte. Vielleicht schon seit Wochen lagen sie im feuchten Graben zwischen wucherndem Gras und waren so mürbe geworden, daß sie zerrissen, wenn man sie aufhob und auseinanderzog.

Aber Siegfried hatte doch auch hier in Mecklenburg schon Brauchbares gefunden: Bindfaden, einen bebilderten Blechteller, der einmal einem Kind gehört haben mußte; einen zerbeulten Aluminiumkochtopf, der die richtige Größe für unsere Familie hatte und den schwarzen Emailletopf ablöste; einen Nachttopf; zwei Zopfspangen; und einen Gegenstand, den wir noch heute im Haushalt benutzen: einen großen, silbernen, leicht verbogenen Vorlegelöffel. Er hatte tief im Gras gelegen. Aber Siegfrieds Späherblicken blieb so gut wie nichts verborgen.

So fand er an diesem Nachmittag zwischen Parchim und Strahlendorf einen einzelnen Schuh, der noch in gutem Zustand war, einen linken schwarzen Knabenschuh Nummer 39, also genau meine Größe. Siegfried zeigte ihn mir stolz. Gewiß, er war schön, die Sohlen waren noch kaum abgelaufen. Aber was sollte ich mit einem einzelnen Schuh anfangen? Ich wollte ihn wieder in den Graben befördern. Aber Siegfried klemmte ihn zwischen das Gepäck auf dem Wagen.

Wir fanden ein Nachtquartier in Strahlendorf. Es hatte sich bewährt, zuerst bei den Bauern nach Essen oder Quartier herumzufragen. Denn wenn überhaupt, gab es auf den Höfen noch am ehesten Platz, und wenn es nur ein mit Stroh ausgelegter Stall oder ein Heuboden war. Und da die Lebensmittelversorgung, die während des Krieges noch einigermaßen funktioniert hatte, nun von Monat zu Monat schlechter wurde, waren es fast nur noch die Bauern, die – trotz hoher Zwangsabgaben – noch nicht zu hungern brauchten. Wenn wir auf Bauernhöfen Quartier bekamen, konnten wir damit rechnen, Milch zu erhalten – und meistens auch Kartoffeln.

Gleich am nächsten Morgen ging die Mutter wieder zum Bürgermeister. Nein, er konnte ihr nicht helfen. Er hatte schon Mühe, die Flüchtlinge aus Ost- und Westpreußen, die seit dem Kriegsende hier lebten, notdürftig unterzubringen und zu versorgen.

»Versuchen Sie's anderswo«, war der Rat, den er ihr mitgab.

Die Mutter ging in den Nachbarort Darze und versuchte es dort. Es wurde auch ein vergeblicher Gang. In Verzweiflung ging für uns dieser Samstag, der 7. Juli, zu Ende.

Sonntag, 8. Juli. Die Mutter konnte sich nicht dazu aufraffen, weiterzuziehen. Das gab Schwierigkeiten mit dem Hofbesitzer. Einen Tag, nur diesen Sonntag wollten wir noch bleiben! Schließlich nickte er. Wir taten ihm wohl leid.

Wäsche mußte gewaschen werden. Damit hatten wir fast den ganzen Tag zu tun. Von der Bäuerin bekamen wir Kartoffeln und Milch und ein paar bereits ausgekochte Speckschwarten. Noch einmal ausgekocht, ergaben sie eine klare Brühe mit ein paar Fettaugen. Wir quetschten die Kartoffeln hinein.

Warten auf Wandschneider

Damals, in Mecklenburg, erlebte ich die Mutter verzweifelt. Soviel sie auch grübelte, bot ihr unsere Lage keinen Ansatz zu einer Lösung. Das machte sie ganz krank. Und dieses Nicht-weiter-Wissen bewirkte dann wohl, daß sie auf eine Lösung verfiel, die die verzweifeltste war, die es nur geben konnte: An diesem Sonntag eröffnete sie mir, daß sie sich entschlossen habe, mit uns wieder heim zu wandern, heim nach Wichstadtl, auf unsere Rosinkawiese.

»Wie schlimm es uns unter den Tschechen auch gehen mag«, meinte sie, »wird es uns dort immer noch besser gehen als hier, wo wir nirgends bleiben können.«

So niedergeschlagen hatte ich sie noch nie erlebt. Es schien, als sei ihr, die sich doch immer so flexibel auf alle Widerstände, auf alle Schwierigkeiten des täglichen Lebens hatte einstellen können und die mit ihrem praktischen Sinn und ihrem Improvisationsgeschick noch jede Situation gemeistert hatte, nun auf einmal der gesunde Menschenverstand abhanden gekommen. Noch einmal den ganzen Weg zurück, so geschwächt, wie wir waren? Das würden nicht alle von uns sieben überleben! Und was erwartete uns daheim? Hatte die Mutter nicht die Gerüchte gehört, daß Sudetendeutsche zu Tausenden aus ihren Heimatorten fortgetrieben worden seien?

Sie nickte. Darüber hatte sie nachgedacht. Sie meinte, daß unser Haus ja nicht im Dorf stehe. Dort draußen in der Einsamkeit seien wir sicher keinem Tschechen im Weg. Und was unsere Zukunft beträfe, so gehe es doch längst nicht mehr um irgendeine Schulbildung, sondern ums reine Überleben. Das – davon war sie überzeugt – gelänge uns daheim sicher besser als hier. Daheim hätten wir ja den großen Garten, in dem wir uns Kartoffeln und Gemüse ziehen könnten. Und dort seien wir keine Fremden, dort könnte man mit der Hilfe vieler Bekannter und

Verwandter rechnen. Mit der Zeit würde sich alles entspannen, würden wieder normalere, ruhigere Perioden des deutsch-tschechischen Zusammenlebens folgen. Und so weiter.

Aber ich war ganz und gar gegen eine Heimkehr, war noch nicht bereit aufzugeben, wollte eine offene, keine vernagelte Zukunft, wollte wieder zur Schule gehen, wollte in den Westen, in die Freiheit. Ich redete so lange auf sie ein, bis sie sich – was selten geschah – zu einem Kompromiß bereitfand: Noch ein paar Tage, höchstens eine Woche wollte sie hier in Mecklenburg nach einer Bleibe weitersuchen. Mir war klar: Wenn wir nach einer Woche noch immer nichts gefunden haben sollten, würde ich die Heimkehr nicht mehr aufschieben oder verhindern können.

Wir hatten uns für dieses Gespräch in den Winkel einer Scheune zurückgezogen, damit uns die Kinder nicht hörten. Hier erlaubte sich die Mutter zu weinen. Vor mir ließ sie sich gehen. Ich war ja ihr Partner.

Als wir schließlich zu den Kindern zurückkehrten, zeigte uns Siegfried freudestrahlend einen zweiten Schuh, den er auf einem Abfallhaufen im Dorf gefunden hatte. Diesmal war es ein rechter, auch noch einigermaßen gut erhalten, allerdings braun und Nummer 40. Und der Absatz war etwas höher als bei dem linken. Ich probierte ihn an. Wenn ich mir in die Spitze etwas Heu hineinstopfte, fiel er mir nicht vom Fuß. Und die Bäuerin gab mir schwarze Schuhcreme, mit der ich ihn mit großer Mühe so oft einfärbte, bis er tiefdunkelbraun wirkte. Schwarz wurde er nie. Aber meistens waren ja beide Schuhe von der Landstraße so staubig, daß man sowieso keine Farbe mehr erkennen konnte. Ich lief also von diesem Tag an in zwei verschiedenen Schuhen weiter, bis mir wegen der verschieden hohen Absätze die Hüfte zu schmerzen begann. Es sollte eine Weile dauern, bis ich dahinterkam, weshalb mir die Hüfte wehtat, und es sollte wieder eine Weile dauern, bis ich einen Schuhmacher gefunden hatte, der mir die beiden Absätze gleich hoch machte. Aber bis es soweit kam, hatten sich für uns große Dinge zugetragen.

Am Montag, dem 9. Juli, bewegten wir uns langsam auf die kleine Stadt Lübz im Bezirk Schwerin zu. Unterwegs in dem Dorf Rom baten wir um die Mittagszeit an den Türen um etwas Eßbares. Wir erhielten Brot, Marmelade, Kirschen, und in einem Haus gab es sogar Suppe für alle. Unsere Mägen hatten sich allmählich an dieses tägliche Durcheinander gewöhnt. Am Spätnachmittag erreichten wir Lübz. Obwohl keine 10000 Einwohner groß, war Lübz Kreisstadt. Es war bekannt für sein Bier und seinen Rübenzucker, ein hübsches Städtchen, an der Elde gelegen. Bei dem Schreiner Schult am Elde-Ufer bekamen wir Quartier und Essen. Wir wuschen uns unter Trauerweiden im Fluß. In der Nacht hörten wir das sanfte Rauschen des dahinziehenden Wassers. Hier war es so schön. Ich wünschte mir nichts sehnlicher, als dableiben zu dürfen. Am Morgen erzählte mir die Mutter, daß die Geräusche des Flusses bei ihr ähnliche Wünsche und Gefühle geweckt hätten.

Am Dienstag, dem 10. Juli, machten wir den Wagen schon früh am Morgen reisefertig, ließen ihn aber noch auf dem Hof der Schreinerei stehen; denn wir sollten dort auf die Mutter warten, die auf das Rathaus gehen, den Brotschein holen und um eine Aufenthaltsgenehmigung bitten wollte.

Nach einer Reihe von Regentagen war die Sonne wieder da. Ich kann mich noch genau an diesen Tag erinnern. Unter einem tiefblauen Himmel kauerten wir am Elde-Ufer und sahen dem fließenden Wasser zu.

Wir brauchten nicht lange zu warten. Als ich die Mutter kommen sah, erkannte ich sofort, daß sie Anlaß zu Hoffnung mitbrachte. Ich sprang auf und lief ihr entgegen.

Ja, sie hatte ein Fünkchen Hoffnung vorzuweisen: Sie war auf das Wohnungsamt geschickt worden. Dort hatte sie einem Herrn Wandschneider unsere Lage geschildert, und er hatte sie nicht gleich nach dem ersten Satz abgewimmelt und fortgeschickt, sondern hatte ihr zugehört, und als sie fertig gewesen war, hatte er nachdenklich gesagt: »Ja, was machen wir denn da...«

»Da *ist* ja schon Hoffnung, wenn Sie das *so* sagen!« hatte die Mutter daraufhin gerufen. Später hat sie uns und vielen Bekannten und Verwandten diese Szene immer wieder geschildert, so daß ich sie am Ende fast auswendig konnte. Dem älteren Herrn, der offensichtlich ein gutes Herz hatte, mußte die Mutter wohl leid getan haben – eine erstaunliche Tatsache, wenn man bedenkt, daß diesem Mann sicher tagtäglich viele traurige Flüchtlingsschicksale in seinem Büro begegneten. Und er mußte erkannt haben, mit welcher wütenden Hoffnung sich die Mutter an seine vielleicht ganz gedankenlose Formulierung klammerte.

Jedenfalls hatte er ihr den Bescheid gegeben, er werde sehen, ob er etwas für sie tun könne. Sie solle am Rosenrondell in den städtischen Anlagen auf ihn warten. Es könne aber spät werden.

Also zogen wir den Wagen zum Rosenrondell in den städtischen Anlagen und warteten, alle sieben, den ganzen Tag auf Herrn Wandschneider. Das war für uns etwas völlig Neues: stundenlang auf weißen Parkbänken zu sitzen, pickenden Vögeln zuzusehen und den Duft der über und über blühenden Rosenbüsche einzuatmen – so, als sei die Welt noch heil. Als seien wir Parkbesucher, Spaziergänger, Genießer mit sehr viel Zeit. Zwischen uns ließen sich alte Leute und Mütter mit Kleinkindern nieder, blieben eine Weile sitzen, gingen weiter. Unsere Kleinen hockten sich auch in den Sandkasten und spielten. Wie lange hatten sie schon keine Zeit mehr gehabt zu spielen! Nicht einmal an unseren Rasttagen hatten sie spielen können. Da hatten sie, erschöpft wie sie waren, den ganzen Tag verschlafen, wenn sie nicht beim Wäschewaschen helfen oder an den Türen um Essen betteln mußten.

Um die Mittagszeit kaufte ich das Brot auf den Brotschein ein, und wir aßen. Andere Flüchtlinge, die uns an dem vollgepackten Handwagen als ihresgleichen erkannten, gesellten sich zu uns, fragten uns, woher wir kamen, und antworteten auf unsere Fragen. Auch mit Bombengeschädigten aus Hamburg und dem Ruhrgebiet kamen wir im Lauf des Tages ins Gespräch. Schon seit den großen Bombenangriffen während des Krieges waren sie hier in Lübz untergekommen. Sie erzählten uns, daß diese kleine Stadt damals mit Evakuierten und Bombengeschädigten vollgestopft worden sei. Und dann seien, zum Kriegsende, noch so viele Flüchtlinge aus Pommern und Ostpreußen dazugekommen. Nein, in der ganzen Stadt gebe es keine freie Wohnung mehr, da käme nicht einmal mehr eine Maus unter.

Unsere Hoffnung sank. Es wurde Nachmittag, es wurde Abend. Wir saßen und warteten auf Herrn Wandschneider. Vielleicht hatte er uns längst über anderen Aufgaben vergessen? Vielleicht hatte er sich wirklich um eine Lösung für uns bemüht, hatte aber keine gefunden und vergaß nun, uns davon zu benachrichtigen? Uns fielen abwechselnd die Augen zu. Nur die Mutter blieb eisern wach und ließ den Blick wandern. Sie durfte den Wagen nicht aus den Augen lassen. Und sie mußte wach sein, wenn Herr Wandschneider kam. Denn sie war die einzige von uns sieben, die ihn kannte.

Ich hatte Angst. Wenn diese Sache auch schiefging, wie würde die Mutter darauf reagieren? Auf Herrn Wandschneider hatte sie ihre ganze Hoffnung gesetzt. Sie konnte wildentschlossen alle Abmachungen über den Haufen rennen und nur noch heimwollen! Sie konnte aber auch zusammenbrechen, aufgeben, einfach die Nerven verlieren! Je näher der Abend kam, um so banger wurde mir. Wenn die Mutter sich fallenließ, würde alle Verantwortung an mir hängen.

Um halb sechs sprang sie plötzlich auf und lief einem älteren Mann entgegen, der Fahrradklammern an den

Hosenbeinen hatte und ein Fahrrad schob. Bekümmert schüttelte er den Kopf. Er sei überall herumgefahren. Es sei nichts frei außer einer alten Schulklasse, aber die sei indiskutabel. Unbewohnbar.

Jetzt wurde die Mutter wieder ganz die alte. Sie lebte sichtlich auf. »Wo ist die Klasse?« rief sie. »Wir bleiben dort!«

Er schüttelte wieder den Kopf. Aber er führte uns hin. Wir ließen niemanden beim Wagen zurück, wir nahmen ihn gleich mit.

Es war wirklich ein abenteuerliches Gebäude, in das wir geführt wurden: eine alte Schule im Fachwerkbau, fast so schief wie der Turm zu Pisa. Schon lange vor Kriegsbeginn hatte darin kein Unterricht mehr stattgefunden. Seitdem hatte sie, sichtbar baufällig, leergestanden. Man hatte in ihren Sälen lediglich Heilkräuter getrocknet, die, laut Anordnung der Nazibehörden, von Schulkindern während des Krieges hatten gesammelt werden müssen. Sie war zweistöckig und bestand aus vier riesigen Klassenräumen, einem Kabinett für Lehrmaterial, einem geräumigen Treppenhaus samt Fluren und den dazugehörigen Plumpsklos.

Drei der vier Klassenräume waren jetzt bewohnt. Hier hatte man kinderreiche Flüchtlingsfamilien untergebracht. Der vierte Raum aber war so schief, daß alles Rundliche, was auf den Bretterfußboden fiel, sofort bis an die Wand weiterrollte, die der Tür gegenüberlag. Der Fußboden bestand aus geölten Dielenbrettern. Die großen Fenster machten den Raum hell genug, aber ein paar Scheiben fehlten. Und den Wänden sah man kaum mehr an, daß sie einmal weiß gewesen waren.

Der Saal war leer. Da gab es nichts außer einem Kanonenofen, ein paar uralten Anschauungstafeln naturkundlicher Art an der Wand und einem ehemaligen Lehrerpult. Im Kabinett, das uns Herr Wandschneider aufschloß, fanden sich noch drei oder vier windschiefe Stühle, eine Schulbank und ein Besen. Das war alles.

Trotzdem wollten wir bleiben. Hauptsache war ja, daß wir bleiben *durften*. Alles übrige ließ sich regeln. Wir bedankten uns überschwenglich bei Herrn Wandschneider, dem Wundertäter, den es verblüffte, daß uns diese schiefe, schmutzige, leere, ganz und gar menschenunwürdige Räumlichkeit nicht abstieß.

Aber er kannte unsere Mutter nicht. Angesichts dieses leeren Raumes blühte sie geradezu auf: Aus dem Nichts etwas schaffen, das war ihre Spezialität! Und schon begann sie zu planen, wie unser neues Heim bewohnbar, ja wohnlich zu machen sei. Sie entwickelte einen Eifer, der erstaunlich war. Wo nahm sie, nach sieben Wochen Fußmarsch unter meist strapaziösen Bedingungen, soviel Energie her? Wahrscheinlich war es die neue Hoffnung, die ihr wieder Kräfte gab. Sie mußte ihre sechs Kinder unbeschadet durch diese Elendszeiten bringen, und wenn es nicht im Westen bei den Verwandten sein konnte, dann eben östlich der Grenze und ohne verwandtschaftliche Hilfe. Zum ersten Mal seit dem 22. Mai, unserem Auszug aus der Rosinkawiese, hatten wir wieder ein Wohnrecht, das nicht durch einen drohenden Termin begrenzt war. Hier konnten wir bleiben, solange wir wollten, hier waren wir jetzt zu Hause!

Atempause in der schiefen Schule

Wir schliefen die erste Nacht auf dem blanken, unglaublich schmutzigen Bretterboden. Gleich am nächsten Vormittag erhielten wir auf dem Rathaus die Aufenthaltsgenehmigung. Ich, als Siebzehnjährige, also Arbeitsfähige, mußte mich auf dem Arbeitsamt melden. Und dann wurden uns auf dem Ernährungsamt die Lebensmittelkarten ausgehändigt. Wieder Lebensmittelkarten haben – was für ein Fest! Wir gingen einkaufen. Dann machten wir uns daran, den Klassenraum zu säubern. Wir schrubbten mit zwei Wurzelbürsten, die uns eine Bewohnerin des gegenüberliegenden Saales borgte, den Bretterboden. Als Wischlappen verwendeten wir Lumpen, die Siegfried am Elde-Ufer gefunden hatte. Wir putzten die Fensterscheiben mit Wasser und Zeitungspapier, wir kehrten die Wände ab, und auf dem Kanonenofen kochten wir unser Essen. Unser Topf hatte gerade darauf Platz.

Herr Wandschneider hielt auch weiterhin die Hand über uns. Er gab uns die schriftliche Erlaubnis, aus einem bei Kriegsende aufgelösten Gefangenenlager für Franzosen so viele Bettgestelle samt Matratzen herauszuholen, wie wir brauchten. Das Lager befand sich in einem Wald, drei Kilometer von der Stadt entfernt. Wir fuhren mit unserem Handwagen hin. Die Baracken waren noch voll von Betten, die in drei Etagen übereinanderstanden. Es waren primitive Pritschen, und die Matratzen waren aus Papierschnüren gewebte Bezüge mit Stroh- und Heufüllung. Trotzdem wunderten wir uns, warum niemand auf die Idee kam, sich hier mit Betten zu versorgen. Es herrschte doch überall Mangel an Möbeln.

Auf den Wagen paßten höchstens zwei Bettgestelle. Wir mußten sie quer über die Wagenholme legen und festbinden, damit wir sie überhaupt transportieren konnten. Tagelang holten wir Betten. Wir benutzten sie nicht nur zum Schlafen, sondern, zu dritt aufeinandergetürmt, als Regale und zugleich als Raumteiler. So teilten wir den Saal in zwei Zimmer und eine Wohnküche ein. Die beiden Kleinen und Siegfried bekamen einen »Raum« für sich, wir drei großen Mädchen hatten den zweiten Raum für uns, und die Mutter schlief in der Wohnküche.

Herr Wandschneider war umsichtig. Er besorgte uns auch einen uralten, aber stabilen Küchentisch und ein paar Stühle. Ein paar Tage nach unserer Ankunft kam er sogar mit einer »Küchenmaschine« an! So nannte man dort einen ganz normalen Kochherd. Auch er war schon ziemlich abgenutzt, aber er tat seinen Dienst, und wir waren Herrn Wandschneider herzlich dankbar dafür.

Bald merkten wir allerdings, warum die Betten und Matratzen aus dem Gefangenenlager so wenig Liebhaber gefunden hatten: Sie waren unglaublich verfloht. Wir konnten uns vor Flöhen nicht mehr retten. Sie verkrochen sich in unsere Wolldecken, unsere Kleider, zwischen die Dielenbretter. Wir waren bald ganz zerstochen und litten unter dem Juckreiz. Die Kleinen kratzten sich auf, und die Wunden entzündeten sich.

Die Mutter war nicht gewillt, dieser Plage lange untätig zuzusehen. Jeden Tag zwei- bis dreimal ließ sie uns die hellen Decken, in denen sich die Flöhe – als dunkle Punkte deutlich sichtbar – im Filz der Wolle verfangen hatten, absuchen und die lästigen Parasiten zerdrücken. Für je drei Flöhe zahlte sie einen Pfennig. Keiner von uns wäre auf den Gedanken gekommen, mehr Flöhe abzurechnen, als er erlegt hatte, und die Mutter wäre nie auf den Gedanken gekommen, nachzuzählen. Mißtrauen kannten wir nicht. Wir konnten uns aufeinander verlassen.

Besonders Siegfried entwickelte auf dem Gebiet der Flohtöterei erstaunliche Fähigkeiten. Er verdiente sich mit ihr ein paar Mark zusammen, was damals eine Menge war, und wurde von der Mutter sehr gelobt. Als er allerdings ein paar Lübzer Spielkameraden in die Wohnung brachte und der Mutter stolz erklärte, die Buben wollten

Lübz

auch Geld mit Flöhefangen verdienen, protestierte sie. Das ging denn doch zu weit.

Wir taten noch mehr gegen das Ungeziefer: Wir wischten den Boden täglich mit Lysol, einem sehr scharfen Desinfektionsmittel, das man zu kaufen bekam. Vor allem aber schafften wir die Strohsäcke wieder hinaus und wuschen die Bettgestelle mit Lysolwasser. Und die ganze verflohte Kleidung, bis auf das, was wir gerade anhatten, kam in die Wäsche. Wir schliefen auf den blanken Drahtgeflechten. Es war ja Sommer. Bis zum Winter würden wir schon an andere Matratzen kommen. Nach zwei Wochen waren wir die letzten Flöhe los.

In Lübz, einer Stadt, die keine Bombenschäden zu beklagen hatte und von den Siegermächten kampflos eingenommen worden war, hatte der Schulunterricht schon wieder begonnen. Freya, Linde und Siegfried mußten zur Schule gehen. Nur Siegfried hatte einen Ranzen. Linde und Freya mußten ihre Hefte in Stofftaschen tragen, die die Mutter in aller Eile aus alten Lappen zusammengenäht hatte. Ich kann mich noch gut daran erinnern, daß die Mutter und ich aus alten, vergilbten Schulakten, die auf der Rückseite unbeschrieben waren, Schulhefte zusammenbastelten. Denn Schreib- und Rechenhefte gab es nur selten und nur in kleinen Mengen zu kaufen.

Ich war nicht mehr schulpflichtig, und es gab auch noch keinen Unterricht für Gymnasiasten. Auf dem Arbeitsamt bekam ich die Adresse eines Bauernhofs genannt, auf dem ich mich zur Arbeit melden sollte.

Der Hof lag in einem Nachbardorf. Jeden Morgen wanderte ich zu Fuß hinaus und arbeitete von sieben Uhr morgens bis fünf Uhr nachmittags. Als Entgelt bekam ich Mittagessen und Nachmittagsvesper sowie pro Tag drei Mark. Die Arbeit war schwer. Es war reine Feldarbeit, und es war Erntezeit. Mit mir zusammen arbeiteten noch fünf oder sechs andere Frauen. Der Hofherr war aus der Gefangenschaft noch nicht zurückgekehrt, die Bäuerin mußte allein mit der Organisation der Erntearbeiten zu Rande kommen. Wir Helferinnen mußten Arbeiten verrichten, die unsere körperlichen Kräfte oft überforderten. Aber ich war kräftig und hatte schon von klein auf im Garten mithelfen müssen. Außerdem machte mir die Arbeit im Freien und Grünen Spaß – und es gab gutes und reichliches Essen. Die Hofleute gaben mir sogar ab und zu noch Lebensmittel für meine Familie mit: ein paar Maiskolben, einen Kohlkopf, ein Säckchen voll Roggenkörner, einen Beutel voll ausgekeimter Kartoffeln aus dem Vorjahr. Sie waren nicht kleinlich.

Aber diese Mitbringsel waren nur ein Tropfen auf den heißen Stein. Was wir auf die Lebensmittelkarten bekamen, war längst nicht genug; man konnte davon nicht satt werden. Und die Zuteilungen wurden von Monat zu Monat knapper. Also gingen wir an den Sonntagen hinaus aufs Land und fragten an den Türen der Bauern nach Eßbarem und sammelten Fallobst unter den Obstbäumen, die die Landstraßen säumten.

Aber wir waren nicht die ersten und nicht die einzigen,

die sich auf diese Weise über Wasser zu halten versuchten. Auch wenn wir sehr früh am Morgen hinauswanderten, hatten meistens schon andere vor uns die Äpfel und Birnen weggesammelt, und die Bauern waren auch nicht mehr so hilfswillig wie noch in den ersten Wochen nach dem Kriegsende. Tagtäglich klopften ja Leute aus der Stadt an ihre Türen mit der Bitte um Nahrungsmittel. Wen hätte das mit der Zeit nicht abgestumpft?

Ab und zu gab es aber auch einen Lichtblick: Zum Beispiel wurde plötzlich eine riesige Menge von Traubenzucker an die Bevölkerung verteilt, angeblich alte Militärbestände, die in einer Lübzer Lagerhalle entdeckt worden waren. Wir bekamen pro Person ein Kilogramm und süßten wochenlang mit Traubenzucker, weil es keinen anderen Zucker gab.

Wir besaßen kein Radio und hatten keine Zeitung. Ich kann mich nicht erinnern, ob es damals, drei Monate nach Kriegsende, in der »russischen Zone« schon Zeitungen gab, die man abonnieren konnte. Ich bezweifle es. Nur an Zeitungen an einem Wandbrett kann ich mich erinnern, die täglich gewechselt wurden. Ich glaube, sie hingen vor dem Rathaus. Wenn ich zufällig vorüberkam, las ich sie. Aber nie zog es mich so dorthin, daß ich nur zu dem Zweck, die Zeitung zu lesen, einen Umweg gemacht hätte. Nach den nervenzermürbenden Kriegsjahren, nach der durch das Hitlerregime erzwungenen aktiven Teilnahme an der Politik und nach der Betroffenheit, ausgelöst durch die Erkenntnis, daß wir von diesem Regime getäuscht und benutzt worden waren, war mein Interesse an politischen Ereignissen wie abgestorben.

Irgendwie bekam ich mit, daß Göring noch lebte und daß sich Himmler, nachdem er in Gefangenschaft geraten war, mit Zyankali umgebracht hatte. Ich erfuhr auch Genaueres über die grauenhaften Vorgänge in den Vernichtungslagern, las etwas über das Londoner Abkommen der vier Großmächte, das sich mit der Verfolgung und

Bestrafung der Hauptkriegsverbrecher befaßte, und hörte in diesem Zusammenhang von der Bildung eines internationalen Militärgerichtshofes.

Mir war das alles ziemlich egal, und der Mutter ging es ähnlich. Nach diesem furchtbaren europäischen Scherbengericht, das doch nicht mehr ungeschehen zu machen war, was sollte es uns da noch nützen, daß man die Schuldigen bestrafte?

Ja, uns interessierte damals nur, was uns unmittelbar nützen oder schaden konnte. Zum Beispiel waren wir jedesmal, wenn neue Lebensmittelkarten ausgegeben wurden, ganz Auge und Ohr: Gab es diesmal etwas mehr Fett, hundert Gramm mehr Brot pro Woche? Oder wurden die Rationen noch mehr gekürzt? Gab es Sonderzuteilungen wie diesen wunderbaren Traubenzucker? Mußte man sich irgendwo melden? Wurde irgend etwas registriert? Wir hatten noch keinen Abstand zu unserer persönlichen Situation, keine Übersicht über die allgemeine Lage wiedergefunden. Und noch sahen wir – trotz all dem Unrecht und den Greueln, die während der Nazizeit und keinesfalls heimlich verübt worden waren – das deutsche Volk mehr als Opfer denn als Täter.

Ich wußte auch, daß der Krieg zwischen den Alliierten und Japan noch nicht zu Ende war, und bewunderte die Japaner ob ihrer Zähigkeit und Tapferkeit. Denn diese Tugenden waren uns in den Jahren des »Dritten Reiches« immer als besonders bewunderungswürdig dargestellt worden. Das hatte unsere Tugend-Wertskala natürlich geprägt. Aber ich machte mir keine Illusionen über die Chancen der Japaner. Ihre Kapitulation konnte nur noch eine Frage der Zeit sein.

Als ich von der Bombardierung der Städte Hiroshima und Nagasaki hörte, ließ mich diese Nachricht merkwürdig kalt. Es waren ja Japaner, denen diese Katastrophe zugestoßen war, und es war am anderen Ende der Welt geschehen. Das Leiden der japanischen Bevölkerung? Auf diese Frage hätten wir nur ein Achselzucken zur

Antwort gehabt. Wir hatten selber gelitten, und seit der Flucht waren unsere Gedanken darauf eingespielt, sich nur um uns selbst zu drehen, um unsere Familie.

Unvorstellbar aus der heutigen Sicht! Aber wir hatten jahrelang Schreckensmeldungen entgegennehmen und verkraften müssen: die Bombardierung unserer Städte, den Untergang ganzer Armeen, das Stalingrad-Drama, die Greuel des Kriegsendes, den Tod unseres Vaters und vieler lieber Verwandter und Freunde. Wir waren jetzt einfach abgebrüht, ausgepumpt, erschöpft. Und es sollte noch ein paar Monate dauern, bis wir uns stark genug fühlten, sozusagen nach dem Sturz in eisige See wieder aufzutauchen und nach Luft zu schnappen.

Daß mit dem Bombenabwurf über Hiroshima eine neue Dimension der Kriegsführung entstanden war, ging uns damals noch nicht auf. Was die Existenz der Atomwaffen für die Menschheit bedeutete, wurde mir erst einige Jahre später bewußt. Ich erinnere mich, daß ich damals, einen oder zwei Tage nach dem Hiroshima-Holocaust, jemanden sagen hörte: »Diese Bombe hätte Hitler haben müssen. Dann ginge es uns jetzt anders.« Es ist durchaus möglich, daß ich dazu genickt habe.

Ich litt an dem Verlust meiner Jugendideale. Hitler, das einstige Idol, der Halbgott – konnte es nicht auch so sein, daß alles, was man ihm jetzt anlastete, von den Sowjets, den Amerikanern, den Engländern und Franzosen und all den anderen ehemaligen Feinden erfunden war, um ihn in unseren Augen herabzusetzen? Es war ein langer, schmerzhafter Prozeß, der mit viel Zweifel, Zaudern und Schwanken verbunden war: dieses Sich-Distanzieren von dem einstigen Vorbild – zumal ja kein anderes Vorbild bereitstand, durch das man es hätte ersetzen können.

Angst vor dem Winter

Im August hatten Freya und Gotli Geburtstag. Er wurde so gefeiert, wie er zu Hause auf der Rosinkawiese gefeiert worden wäre: mit einem Kuchen, Kerzenlicht und ein paar bescheidenen Geschenken. Auch daheim hatten wir nie üppige Feste feiern können.

Ich weiß nicht mehr, was es für Geschenke gab. Vielleicht schenkte die Mutter Gotli eine selbstgebastelte Puppe, ausgestopft mit Werg, und Puppenkleider aus Stoffresten. Und Freya freute sich, wenn ich mich recht erinnere, über ein vergilbtes Buch, das Siegfried, der Finder, irgendwo aufgestöbert hatte. Wir alle hatten ein Geburtstagsgeschenk für die beiden, und wenn es nur eine Zopfspange war, ein Fundstück vom Schulweg, oder ein selbstgemaltes Bild. Und der Kuchen? Schon wochenlang vorher hatte die Mutter die Zutaten für ihn zusammengespart. Obwohl in einer geborgten Backform gebacken, schmeckte er doch wie die Kuchen daheim.

Solche Feste, so bescheiden sie auch waren, stärkten unser Zusammengehörigkeitsgefühl, das uns Mut und Kraft gab. Wir konnten gar nicht genug Mut und Kraft haben, um mit den Schwierigkeiten fertigzuwerden, die sich vor uns auftürmten.

Anfang September wurde uns klar, daß wir kaum mehr etwas anzuziehen hatten – und schon gar nicht für den Winter. Die zwei Garnituren Wäsche, die wir von daheim mitgenommen hatten, waren auf der Flucht überstrapaziert worden und mußten dauernd geflickt werden. Wir brauchten dringend Handtücher und mehr Decken für den Winter. Und unsere Oberbekleidung wurde immer fadenscheiniger. Außerdem besaßen wir keine Bettwäsche, und wir trockneten unser Geschirr mit Lappen ab, die wir irgendwo im Straßengraben gefunden und gewaschen hatten.

Zu kaufen gab es nichts.

Die Mutter war, wie immer, erfinderisch. Sie überwand ihren Stolz, entwarf einen Text und schrieb ihn auf Kärtchen. Er lautete etwa so:

Liebe Mitbürger,
ich bin Kriegswitwe und mußte mit meinen sechs Kindern (5, 6, 8½, 11½, 13, 17 Jahre alt) aus dem Sudetenland flüchten. Auf den siebenwöchigen Fußmarsch konnten wir nur wenig Gepäck mitnehmen. Und nun sind wir dabei, hier wieder einen Haushalt einzurichten. Aber aus eigener Kraft schaffen wir das nicht. Der Winter steht vor der Tür, und meine Kinder haben fast nichts anzuziehen. Wir sind für jede Art von Textilien dankbar. Was nicht paßt, ändern wir um. Haben Sie im Keller oder auf dem Dachboden noch ein Paar zu klein gewordene Kinderschuhe herumstehen? Können Sie Haushaltsgegenstände, Bettzeug, Bettwäsche erübrigen? Wir können alles brauchen!
Im voraus danke ich Ihnen ganz herzlich für Ihre Hilfe, auch im Namen meiner Kinder!

Darunter setzte sie ihre Unterschrift.

Mit diesen Kärtchen gingen meine Geschwister nach der Schule straßauf, straßab und klopften an die Türen. Freya ging mit Gotli, Linde mit Volker, und Siegfried ging meistens allein. Jeden Tag nahmen sie sich andere Straßen vor.

Das Resultat dieser Aktion machte uns wieder Mut. Freilich, an vielen Türen wurden die Kinder abgewiesen, freundlich oder auch unfreundlich. Aber sie kamen doch selten ohne Gaben heim. Sie erhielten alte Kinderschuhe, getragene Kinderkleidung jeder Größe, Töpfe und Teller, Besteck und Kaffeetassen, einen Fleischwolf, eine Napfkuchenform, Schöpfkellen und Kochlöffel. Noch jetzt besitze ich einen klobigen Steingutteller aus jenen Tagen. Auf der Rückseite trägt er einen Reichsadler und ein Hakenkreuz. Wahrscheinlich stammt er aus einem Arbeitsdienstlager, aus der Kantine eines Staatsbetriebs oder aus einer Kaserne.

Auch Spielzeug bekamen die Kinder. Im Anblick unserer blondgelockten Kleinen trennte sich manche alte Frau, wie es schien, von liebevoll gehegten Andenken aus der eigenen Kinderzeit oder der ihrer Kinder. Es kam auch vor, daß sich unter den Spenden eine Tüte Mehl, ein Säckchen Zucker, ein Glas mit selbstgemachter Marmelade befand. Den Höhepunkt aber bildete ein großes Paket, das die Kinder kaum zu schleppen imstande waren: ein Stapel von Bettüchern, Bettbezügen und Kopfkissenbezügen allerfeinster Damastqualität und noch in sehr gutem Zustand! Es stammte, wie die Spenderin unseren Kindern erzählt hatte, aus dem Erbgut einer verstorbenen Verwandten. Die Mutter schickte die Kinder noch einmal zu dieser Adresse mit einem Dankbrief, der mit Rührung entgegengenommen wurde.

Nun hatte die Mutter genug zu tun: Da sie keine Nähmaschine besaß, mußte sie alle Änderungen mit der Hand nähen. Das war eine mühsame Arbeit. Sie trennte auch alte, nicht mehr zu gebrauchende Wollsachen auf und strickte daraus Kindersocken, auf deren Unterseite sie eine Sohle aus mehrfach übereinandergelegtem Stoff nähte. Sie sollten als warme Hausschuhe für den Winter dienen.

Es gab so viel, so viel zu tun! Vor allem mußte Heizmaterial her. So ein riesiger Raum wie unsere Schulklasse würde im Winter kaum warmzukriegen sein. Und so fuhr die Mutter mit den beiden Kleinen fast an jedem regenfreien Tag in den Wald und sammelte Holz, das wir an der rückwärtigen Saalwand aufstapelten. Außerhalb unserer Wohnung wagten wir es nicht zu lassen. Während der ersten kalten Tage hätte es schnell Abnehmer gefunden.

Abends schrieb die Mutter. Eine von der hohen Decke an einem Kabel herabbaumelnde Birne unter einem selbstgebastelten Lampenschirm aus wachsgetränkter Pappe gab ihr nur spärliches Licht. Trotzdem schrieb sie unermüdlich Briefe. Denn die Post fing wieder an zu funktionieren, allerdings noch nicht hinüber in den Westen. Briefe, die sie an ihre Schwester Hilde in Winsen schrieb, kamen nie an. Über die Adresse entfernter Pausewang-Verwandter, die schon vor vielen Jahren aus Wichstadtl nach Berlin gezogen waren, erfuhr sie, wie es den Wichstadtlern ergangen war. Vaters Cousine Olga und deren Tochter, vier Jahre älter als ich, hatte es nach Ludwigslust verschlagen. Diese Stadt liegt nicht weit von Grabow entfernt, wo wir versucht hatten, über die Grenze in den Westen zu kommen. Tante Olga erzählte uns in langen Briefen von dem schrecklichen Exodus der Hälfte der Wichstadtler Bevölkerung. Sie und ihre Tochter waren dabeigewesen. Die Leute waren am 2. Juni mit nur soviel Gepäck, wie sie hatten tragen können, unter tschechischer Bewachung bis über die ehemalige deutsch-tschechische Grenze getrieben worden. Dort hatte man ihnen gedroht: »Geht heim ins Reich – und laßt euch nicht einfallen, zurückzukommen!«

Da waren sie also langsam westwärts gewandert, vor allem Frauen, Kinder und alte Leute. Sie hatten es noch viel schwerer gehabt als wir, denn eine Gruppe von etwa zweihundertzwanzig Menschen hatte sich verzweifelt aneinandergeklammert, obwohl es doch viel vorteilhafter gewesen wäre, in kleinen Grüppchen oder einzelnen Familien zu wandern. Den Proviant hatten sie bald aufgebraucht, und im Gebiet jenseits der Görlitzer Neiße Lebensmittel für eine so große Gruppe aufzutreiben war fast unmöglich gewesen. Eine ganze Anzahl von Säuglingen war unterwegs gestorben, und auch mehrere alte Leute hatten diesen mörderischen Marsch nicht überstanden. Einige waren verhungert, andere an Entkräftung gestorben, wieder andere waren einer Typhus-Epidemie erlegen. Die Wichstadtler, die die Strapazen überstanden hatten, waren größtenteils rund um Luckau untergekommen und litten an Heimweh.

Immer wieder hörte sich die Mutter nach einer Möglichkeit um, in den Westen hinüberzukommen. Ja, gewiß: Es gab eine ganze Anzahl undichter Stellen in der Grenze zwischen der russischen und der englischen Besatzungszone. Noch immer. Es sollte ja noch viele Jahre dauern bis zum Bau der Berliner Mauer und des Sperrgürtels an der Grenze. Aber die russisch besetzte Zone illegal zu verlassen, wollte die Mutter nach wie vor auf keinen Fall riskieren. Und auf die Möglichkeit einer legalen Ausreise bestand vorerst keine Hoffnung. Es gab so viele Bombengeschädigte in Lübz, die echte Hamburger, Duisburger und Essener waren und sich danach sehnten, wieder nach Hause zu dürfen. Nicht einmal ihnen wurde die Heimkehr erlaubt.

Mitte August war ich aus der Arbeit auf dem Bauernhof entlassen worden, zusammen mit drei anderen Frauen. Nach der Haupternte war nicht mehr genug Arbeit für alle da. Ich war als letzte auf den Hof gekommen, also mußte ich als erste wieder gehen. Ich hatte gern auf diesem Hof gearbeitet und vieles Nützliche dabei gelernt. So konnte ich jetzt zum Beispiel die Uhrzeit auf eine knappe halbe Stunde genau vom Stand der Sonne ablesen.

Nun suchte ich nach einer anderen Arbeitsstelle, wo ich hoffen konnte, ab und zu ein paar Nahrungsmittel für meine Familie zu bekommen. Bei einem kleinen Bauern am Stadtrand von Lübz wurde ich Anfang September als Magd aufgenommen. Ich mußte Haus- und Stallarbeit verrichten, lernte melken, hatte die Rinder, Schweine, Gänse und Hühner zu füttern und half beim Jäten und Graben im Garten. Es war nicht leicht, mit der alten Bäuerin auszukommen. Vor allem war sie kleinlich. Ich durfte mich zwar sattessen, aber sie gab mir so gut wie nie etwas für meine Leute mit, höchstens Speckschwarten, die sie schon selber in der Suppe ausgekocht hatte. Und pro Monat bekam ich nicht mehr Lohn als zwanzig Mark. Ich müsse ja erst angelernt werden, meinte sie.

Für einen ganzen Monat Arbeit nicht mehr als zwanzig Mark! Dabei mußte ich von morgens halb acht bis nachmittags fünf Uhr arbeiten, auch samstags. Nur sonntags hatte ich frei. Auch für die Nachkriegsverhältnisse war das ein lächerlicher Lohn. Aber der in Geld ausgezahlte Lohn interessierte uns damals wenig. Es gab ja außer den Zuteilungen an Grundnahrungsmitteln nichts zu kaufen. Für Eßbares, das ich Mutter und Geschwistern hätte mitbringen können, hatte ich arbeiten wollen. Das aber blieb mir die Bäuerin schuldig.

Nach vier Wochen bekam ich die Gelbsucht, die nach dem Krieg in ganz Mitteleuropa umging. Sie war sehr ansteckend, und natürlich wurde durch mich fast die ganze Familie krank. Nur die Mutter blieb verschont. Das war ein großes Glück für uns alle.

Mich erwischte es am schlimmsten. Ich hatte mehrere Tage hohes Fieber, litt an Appetitlosigkeit und magerte ab. An dem Tag, an dem ich krank geworden war, hatte es bei den Bauern gerade Gänsebraten gegeben. Es war eine selbstgemästete Gans gewesen, und ich hatte mich heißhungrig mit der fetten Soße vollgestopft. Noch jahrelang nach meiner Genesung empfand ich einen Widerwillen gegen Gänsebraten und Gänsefett.

Ich lag über zwei Wochen zu Bett, hatte an nichts Interesse, war so gelb, wie die Chinesen in Bilderbüchern dargestellt werden, und wollte nur in Ruhe gelassen werden. Als ich endlich wieder auf die Beine kam, war ich so schwach, daß ich Mühe hatte, mich von der Stelle zu bewegen. Außerdem eiterten meine Beine und Füße wieder. Jeden Tag mußte ich die Furunkel mit einer ekelhaft riechenden, schwarzen, teerartigen Salbe einschmieren. Ich kehrte nicht auf den Bauernhof zurück, sondern blieb erst einmal zu Hause und half der Mutter, so gut ich konnte. Daß ich noch nicht wieder arbeitsfähig war, hatte ich von einem Arzt bescheinigt bekommen.

Die Gelbsucht hatte unsere letzten Abwehrkräfte verbraucht. Auch die Kinder blieben kränklich. Immer wieder hatte mal der eine, mal der andere eine fiebrige Erkältung, und alle Wunden eiterten. Nur die Mutter schien über eine unverwüstliche Gesundheit zu verfügen.

Inzwischen war es Anfang Oktober geworden. Es wurde kalt – und wir hatten noch längst nicht genug Brennholz für den Winter zusammen. In jeder freien Stunde zogen wir in den Wald. Schon die Kleinen mußten mithelfen. Sie hatten die Aufgabe, Kiefernzapfen in Säcke zu sammeln, die dann quer über das Knüppelholz auf den Wagen geworfen und für den Heimtransport festgebunden wurden. Der Zapfenhaufen hinter den Betten wuchs, das aufgestößte Holz vermehrte sich.

Trotzdem hatte die Mutter bange Gedanken, wenn sie an den Winter dachte. Der Riesenraum war ja nicht warmzukriegen! Praktisch, wie sie war, plante sie, während der kältesten Zeit die Betten rund um den Kanonenofen zu schieben. Wie das aussah? Was es für einen Eindruck machte auf den, der unsere Wohnung betrat? Darauf kam es jetzt nicht an. Wichtig war nur, daß wir gesund blieben, daß wir überlebten.

Es war eine Zeit, in der es für uns ums Ganze ging. Trotz allem aber hat sich damals keiner von unserer Familie aus dem Leben gewünscht. Wir waren überzeugt, daß es nur besser werden konnte. Wir waren zuversichtlich, wir waren voller Hoffnung.

Neuer Aufbruch

Auch nach drei Monaten hatten wir in Lübz so gut wie keine freundschaftlichen Beziehungen zu den Einheimischen anknüpfen können. Das hatte wohl verschiedene Gründe: Erst einmal hatten wir vollauf damit zu tun, einen Haushalt einzurichten, Vorräte zu sammeln und vor allem die nötigsten Nahrungsmittel aufzutreiben. Außerdem hatten wir hier ja keine Verwandten, waren unbekannt, waren Habenichtse, die nur empfangen, nicht aber geben konnten. Dazu kam, daß es uns unvorstellbar erschien, für immer in Lübz zu bleiben. Unser Ziel war immer noch Winsen an der Luhe. Wozu dann also enge Bindungen aufbauen, die eines Tages doch wieder zerrissen werden mußten? Auch mit den Familien, die in den drei anderen Klassen der alten Schule wohnten, wurden wir nicht richtig warm. Vielleicht waren wir ihnen, die aus ganz einfachen Verhältnissen stammten und in der Stadt als asozial galten, zu gebildet? Denn wir borgten uns aus der Stadtbibliothek Bücher aus und lasen sie abends im Familienkreis vor. Und wir sprachen hochdeutsch. Oder waren wir ihnen einfach zu anders? Denn oft sangen wir, wenn wir zusammensaßen und flickten und stopften. Ja, trotz allem sangen wir wieder. Jetzt, mit der Hoffnung, war uns die Lust zum Singen wiedergekommen. Wir sangen zwei- und dreistimmig und auch Kanons, wie daheim. Wir waren darauf eingespielt und brauchten nicht erst die Begleitmelodien zu üben. Wir sangen auch die Melodien, die wir unterwegs den marschierenden Polen und Russen abgelauscht hatten. Unser Repertoire an Liedern war groß. Es waren meistens alte Volkslieder, die die Mutter schon in ihrer Jugend im Wandervogel gesungen hatte. Aber wir kannten und konnten auch viele alte sudetendeutsche Weisen.

In der ganzen alten Schule sang niemand außer uns,

und niemand besaß ein Radio. Ohne Musik – das war kein Leben für uns. Ich erinnere mich an einen Sommerabend in Lübz. Ich kehrte vom Bauernhof heim, müde von der schweren Feldarbeit. Plötzlich blieb ich wie angewurzelt stehen und glaubte zu träumen: Barockmusik! Cembalo und Flöten! Ich schaute mich um und entdeckte ein offenes Fenster. Hier wohnte jemand, der noch ein Radio besaß. Ich lehnte mich unter dem Fenster an die Wand und hörte zu. Die verwunderten Blicke der Passanten ließen mich gleichgültig. Als das Konzert ausklang, ging ich wie verzaubert weiter und sah die Welt mit anderen Augen, sah unsere Not mit Abstand und Gelassenheit.

Mitte Oktober kam die Mutter eines Tages aufgeregt heim. Rein zufällig hatte sie auf einer städtischen Anschlagtafel eine Bekanntmachung gelesen, die auch uns anging: Alle Evakuierten und Bombengeschädigten, die aus der englisch besetzten Zone stammten, sollten sich melden. Ihnen wurde der baldige Rücktransport in Aussicht gestellt. Aber die Meldefrist war schon abgelaufen.

Trotzdem wollte die Mutter nichts unversucht lassen, doch noch mit diesem Transport mitzukommen. Es war ja ganz ungewiß, ob sich uns je wieder eine Gelegenheit bieten würde, auf legale Art in den Westen zu gelangen. In aller Eile kramte sie den russischen Passierschein aus dem Koffer und lief zurück ins Rathaus. Dort, im zuständigen Büro, nahm man zwar unsere Personalien auf, setzte uns aber ans Ende der bereits fertigen Liste. Ziemlich deprimiert kam die Mutter mit dem Bescheid zurück, sie solle sich mit uns Kindern vor Abfahrt des Zuges auf dem Bahnsteig einfinden. Aber wir hätten nur Aussicht mitzukommen, wenn nach Unterbringung der anderen, die sich pünktlich gemeldet hatten, noch Platz im Zug sei.

Aber wann ging der Zug ab?

Das hatte man ihr auch nicht sagen können. In den nächsten Tagen, hieß es. Man werde sie verständigen.

Wir hörten auf, Holz zu sammeln. Die Mutter traf mit einer Flüchtlingsfrau, die im Erdgeschoß der schiefen Schule untergekommen war, eine Abmachung: Sollten wir das Glück haben, mit dem Transport mitzukommen, durfte sie alles, was wir in unserem Klassenraum zurücklassen mußten, in ihren Besitz nehmen, unseren guten alten Handwagen mit inbegriffen. Sollten wir aber vom Bahnhof wieder zurückkehren, würde alles so bleiben, wie es war.

Wir kannten die Frau noch nicht lange. Wir mußten in Kauf nehmen, daß sie vielleicht unsere Wohnung ausräumte, während wir noch auf dem Bahnhof standen. Vor allem um den Handwagen drehten sich immer wieder unsere Gedanken. Außer der Geige stellte er unseren wertvollsten Besitz dar. Die Geige war während der Flucht nur ein Ballast gewesen, zu nichts nütze. Auf den Handwagen aber waren wir angewiesen gewesen. Vielleicht hatten ihm unsere beiden Kleinen sogar ihr Leben zu verdanken. Auch im Westen würden wir ihn dringend gebrauchen können. Aber man durfte nur so viel Gepäck mitnehmen, wie man tragen konnte. Lediglich Kinderwagen für Säuglinge und Kleinkinder bis zu zwei Jahren waren erlaubt.

Tagelang lebten wir in einer ganz unwirklichen Atmosphäre: jederzeit abrufbereit, die Koffer gepackt, die Kinder, sobald sie mittags aus der Schule kamen, in Rufnähe haltend. Mußte die Mutter einkaufen gehen, blieb ich daheim, um die Botschaft in Empfang nehmen zu können. Mußte *ich* etwas besorgen, hielt sich die Mutter in unserer Wohnung auf.

Große Aufregung entstand, als der eine von Freyas Schuhen kaputtging. Wir brachten ihn mit bangen Gefühlen zum Schuhmacher. Der war ein Meister im Aufschieben und Vertrösten. Ihm unsere Situation schildernd, beschworen wir ihn, sich mit der Reparatur zu beeilen. Denn Freya besaß außer diesen Schuhen nur noch ein Paar »Klappersandalen« aus Holz und aus Autoreifen geschnittenen Riemen. Sie war darauf angewiesen, die Schuhe wiederzubekommen, bevor wir – hoffentlich – abreisten.

Dieses Warten, diese Ungewißheit zerrte an den Nerven. Wir wurden ungeduldig miteinander. Die Mutter schnauzte die Kinder an, die Kinder gaben die Gereiztheit weiter, wurden schnippisch und zänkisch, und die beiden Kleinen brachen bei der geringsten Kleinigkeit in Tränen aus. Hörten wir Schritte auf der Treppe, stürzten wir hinaus, und einmal täglich liefen wir in das Büro auf dem Rathaus, das für die Abwicklung des Transports zuständig war. Es konnte ja sein, daß sie vergessen hatten, uns zu verständigen.

Und Freyas Schuh wurde und wurde nicht fertig. »Morgen«, sagte der Schuhmacher jeden Tag. Es gab keine Möglichkeit, Druck auf ihn auszuüben. Er saß am längeren Hebel. In jenen Zeiten, in denen man seine Schuhe so lange flicken ließ, bis sie einem in Stücken vom Fuß fielen, waren Schuhmacher wichtige Leute, und man mußte sich gut mit ihnen stellen.

In all der Aufregung vergaß die Mutter nicht, was sie Herrn Wandschneider schuldete. Sie ging zu ihm aufs Rathaus, dankte ihm noch einmal und verabschiedete sich von ihm. Er versprach ihr, unsere Schulklasse nicht eher an neue Mieter weiterzugeben, bis er sicher sein konnte, daß es uns gelungen war, mit dem Transport mitzukommen. Ihrerseits versprach ihm die Mutter, ihn sofort zu benachrichtigen, falls wir Pech haben sollten.

Endlich, am Dienstag, dem 30. Oktober, um halb zehn vormittags, wurden wir benachrichtigt, daß wir uns um zwölf Uhr auf dem Bahnhof einfinden sollten.

Nun war es also soweit. Nun sollte sich alles entscheiden. In fliegender Eile holte ich die Kinder aus der Schule und half ihnen, sich umzuziehen, während die Mutter Proviant einpackte und ein frühes Mittagessen improvisierte. Und Freya lief zum Schuhmacher. Natürlich war der Schuh noch immer nicht fertig, aber der Schuhmacher versprach hoch und heilig, ihn sofort in Arbeit zu nehmen. Allerdings würde es ein Weilchen dauern, bis er die Reparatur fertig hätte. Freya solle noch einmal wiederkommen.

Kurz vor zwölf zogen wir los. Noch einmal hatten wir unser ganzes Gepäck auf den Handwagen geladen. Die Frau, die ihn erben sollte, begleitete uns und zog ihn, nachdem wir Koffer, Taschen und Sack auf dem Bahnhofsvorplatz abgeladen und uns von ihr verabschiedet hatten, wieder heim in die Schule. Mit gemischten Gefühlen sahen wir ihr nach. Vielleicht würden wir sie bald wiedersehen.

Auf dem Bahnsteig herrschte großes Gedränge. Familienweise saßen die Westdeutschen auf ihrem Gepäck und warteten auf den Zug. Zum Glück regnete es nicht, aber es war ein kühler Tag. Stunde um Stunde verging. Nichts geschah. Die Mutter schickte Freya noch einmal zum Schuhmacher. Er hatte seine Werkstatt nicht weit vom Bahnhof. Freudestrahlend kam sie mit dem reparierten Schuh zurück. Fast gleichzeitig rollte der Zug ein. Es war inzwischen vier Uhr nachmittags.

Nun wurden Ordner mit weißen Armbinden aktiv: Mit Listen postierten sie sich vor die Türen der leeren Waggons und riefen die Namen der Wartenden auf. Jeder einzelne wurde abgehakt. Dann erst durfte er einsteigen. Die Waggons füllten sich. Uns klopfte das Herz bis zum Hals. Wir schleppten unser Gepäck vor ein Traglasten-Abteil, in dem wir, weil es so groß war, noch am ehesten übrigbleibenden Platz für uns vermuten durften.

Wir waren tatsächlich die letzten, die noch auf dem Bahnsteig standen. Die Ordner steckten die Köpfe zusammen, betrachteten ihre Listen, warfen Blicke zu uns herüber – und dann winkte uns einer von ihnen, öffnete die Tür des Traglasten-Abteils und wies uns hinein. Voller Angst, daß er sich im letzten Augenblick doch noch umbesinnen könne, ergriffen wir unser Gepäck und kletterten in den Zug. Gott sei Dank! Daß die Bänke rundherum an der Wand schon besetzt waren, machte uns nichts aus. Hauptsache, wir waren drin!

Und schon fuhr der Zug los. Wir legten unser Gepäck auf den schmutzigen Boden in der Mitte des Raumes und setzten uns darauf. Das war alles andere als bequem, aber besser als nichts. Freya und ich hatten nur noch Platz vor der Abteil-Toilette gefunden. Jedesmal, wenn ein Passagier auf die Toilette wollte, mußten wir aufstehen. Ab und zu ließ einer der Mitreisenden im Abteil die Mutter für eine halbe Stunde auf der Bank sitzen.

Die Kleinen waren von der Aufregung müde geworden. Kaum hatte sich der Zug in Bewegung gesetzt, waren sie auch schon auf dem Gepäck eingeschlafen. Daß der Fahrtwind durch die scheibenlosen Fenster eiskalt hereinwehte, störte sie nicht.

Wir fuhren über Parchim-Schwerin in Richtung Lübeck. Vor der Demarkationslinie, der Grenze zwischen der russischen und der englischen Zone, hielt der Zug. Russische Soldaten sprangen auf die Trittbretter, rissen die Tür auf, schauten herein, schlugen die Tür wieder zu, liefen am Zug entlang. Im Abteil herrschte gedrückte Stimmung. War irgend etwas nicht in Ordnung? Sollte jemand aus dem Zug geholt werden, der sich unerlaubt über die Grenze hatte mogeln wollen? Sollte am Ende der ganze Transport wieder zurückgeschickt werden?

Wir lehnten uns weit aus den Fenstern. Nach Westen zu bildete eine Waldsilhouette den Horizont. Nichts Auffallendes, nichts Besonderes. Vor dem Wald mußte die Grenze liegen.

Der Zug blieb die ganze Nacht auf freiem Feld stehen. Erschöpft nickten wir immer wieder ein. Aber jedes Geräusch, das von draußen durch die offenen Fenster hereindrang, ließ uns wieder hochfahren. Und immer weniger glaubten wir an ein gutes Ende dieser Fahrt.

Im ersten Morgengrauen setzte sich der Zug mit einem heftigen Ruck in Bewegung. Davon fiel ein großer Koffer, der uns nicht gehörte, aus dem Gepäcknetz auf die schlafende Gotli. Mit einem Schrei hob die Mutter den Koffer weg und beugte sich über das kleine Mädchen, das vor Schreck zu weinen vergaß. Es hatte Glück gehabt: Durch den mit Decken gefüllten Sack, auf dem es gelegen hatte, war die Härte des Schlages abgemildert worden. Eine Beule, ein paar blaue Flecken – mehr war ihm nicht geschehen.

Langsam rollte der Zug durch einen Streifen Niemandsland. Die Russen blieben zurück. Während die Mutter Gotli tröstete, versuchte ich zu erkennen, was draußen geschah. Als wir, die wir an den Fenstern standen, die ersten Engländer entdeckten, brach im Abteil ein Freudengeschrei aus. Wir lachten und weinten. Wir hatten die Grenze hinter uns.

Irrfahrten

Wieder blieb der Zug auf freier Strecke stehen. Aber wir waren im Westen – mochte er stehen, solange er wollte. Hier konnte man schon wagen, die Waggons zu verlassen, über die Trittbretter hinunterzuklettern und ins Gras zu springen. Wir zögerten nicht lange. Bewegung tat uns allen gut. Die Kinder genossen die Freiheit. Bald tobten sie herum, begannen zu spielen, freundeten sich mit anderen Kindern an. Es dauerte nicht lange, bis rund um den Zug ein lebhaftes Treiben herrschte, trotz der Nässe und Kälte des letzten Oktobertages. Die allgemeine Erleichterung war deutlich zu spüren. Es wurde gelacht und gescherzt, und ich fühlte das Bedürfnis, wieder einmal richtig albern und ausgelassen zu sein.

Der Lokomotivführer hatte keine Ahnung, wann die Fahrt weitergehen sollte, aber er versprach, rechtzeitig ein Signal zu geben. Und so richtete man sich auf der Wiese neben der Bahnböschung häuslich ein, trug Holz zusammen, entzündete es, kochte Kaffee, den letzten, gehorteten Muckefuck (Malzkaffee) aus der russischen Zone, kochte Kartoffeln. Kurze Regenschauer trieben uns zeitweilig in den Waggon. Unentwegte blieben draußen. Witzereißer und Spaßmacher hatten ihren großen Tag.

Erst kurz vor Einbruch der Dämmerung erscholl der erlösende Pfiff von der Lokomotive herüber. Die Lagerfeuer wurden gelöscht, das Gepäck und die Kinder wurden über die Böschung in die Abteile hinaufgereicht. Kaum waren alle in den Waggons, setzte sich der Zug in Bewegung. Einen Augenblick lang herrschte lähmendes Entsetzen: Bewegte er sich nicht in östlicher Richtung? Aber schon stand er wieder, und dann rollte er westwärts, immer schneller, weg von der Grenze.

Jetzt war alles gut.

Es war schon dunkel, als wir in Lübeck ankamen. Rotkreuzschwestern teilten echten Kaffee aus. Kinder bekamen Kakao. Dann ging es ohne Haltepausen weiter bis Bad Segeberg, wo wir um halb zwölf Uhr nachts eintrafen. Hier war, wie wir erfuhren, Endstation für den ganzen Transport. Es war Mittwoch, der 31. Oktober.

Auf Lastwagen wurden wir in ein Flüchtlingslager gebracht. Dort mußten wir uns sofort zur Registrierung anstellen. Es dauerte endlos, bis wir drankamen. Anschließend wurden wir ärztlich untersucht und mit Läusepulver eingenebelt. Die Kleinen weinten vor Übermüdung, und Siegfried kauerte sich einfach auf die Erde, weil er sich nicht mehr wachhalten konnte. Erst die Verpflegung, die – verglichen mit der in der russischen Zone – erstklassig war, machte alle wieder munter.

In einem riesigen Zelt bekamen wir schließlich einen Schlafplatz auf feuchtem Stroh zugewiesen. Wir packten unseren Deckensack aus und wickelten uns in die Decken. Inzwischen war es drei Uhr nachts. Todmüde schliefen wir ein.

Donnerstag, 1. November. Uns blieb nicht viel Zeit zum Schlafen. Um sieben Uhr wurden wir schon wieder geweckt. Wer nicht auf das Frühstück verzichten wollte, mußte aufstehen. Und wer wollte, in jenen Hungerzeiten, schon kein Frühstück haben? Unseren Reiseproviant hatten wir längst aufgezehrt. Wir waren heißhungrig. Es gab Weißbrotscheiben und Kakao. Wie lange hatten wir kein Weißbrot mehr gesehen!

Wir erfuhren, daß dieses Lager ein reines Durchgangslager für aus dem Osten kommende Flüchtlings- und Heimkehrertransporte war. Wahrscheinlich waren die langen Wartepausen während unserer Zugreise notwendig geworden, weil das Lager für die Aufnahme unseres Transports noch nicht freigewesen war.

Alle Lagerinsassen wurden im Lauf des Tages in Gruppen eingeteilt. Wir hörten zu einer Gruppe D. Der Tag wurde uns lang. Nichts geschah. Die Kinder verdösten die Zeit im Stroh. Die Mutter und ich kamen mit anderen Flüchtlingen ins Gespräch, wurden nach unserer Herkunft, unseren Fluchterlebnissen gefragt und erfuhren die Schicksale anderer. Es waren oft schreckliche Schicksale. Wie viele Kleinkinder und Säuglinge hatten die Strapazen der Fußmärsche, den Mangel an Nahrungsmitteln, die Epidemien nicht überstanden! Immer wieder wurde uns dankbar bewußt, wieviel Glück wir gehabt hatten.

In der Abenddämmerung wurde unsere Gruppe D in Lastwagen abtransportiert. Die Fahrt endete fürs erste in Dwerkaten. Von diesem Ort hatten wir noch nie etwas gehört. Er lag fast schon in der Nachbarschaft Hamburger Vororte. Zwei Stunden mußten wir in der naßkalten Dunkelheit Dwerkatens warten, bis wir endlich von anderen Fahrzeugen wieder abgeholt und weitergeschafft wurden. Man hievte die Frauen- und Kindergruppe, zu der wir gehörten, unter die Plane eines Lastwagens und warf das gesamte Gepäck auf den Anhänger. Wir hielten den Atem an: Ob unsere Geige diese rüde Behandlung überstand?

Obwohl es regnete, setzte ich mich oben auf das Gepäck. Wir wollten nicht riskieren, noch im letzten Augenblick unser bißchen Kram zu verlieren. Da thronte ich nun während der zweistündigen Rumpel- und Ratterfahrt einsam und durchnäßt auf dem Anhänger, sah nichts als Dunkelheit, allenfalls ab und zu ein paar erleuchtete Fenster, und hatte in den Kurven Mühe, nicht heruntergeschleudert zu werden; denn ich konnte mich ja nur am Gepäck festklammern, das hochgetürmt die Seitenwände des Anhängers überragte.

Rätselhaft blieb, warum wir immer nachts transportiert wurden. Vielleicht brauchte man die Fahrzeuge tagsüber für andere Zwecke. Möglicherweise wollte man das Flüchtlingselend auch nicht so öffentlich zur Schau stellen. Jedenfalls erreichten wir das uns bestimmte Lager in Gudow wieder erst lange nach Mitternacht. Aber wir durften uns wenigstens gleich ins Stroh legen, ohne lange

Registrierung. Das Stroh war nicht nur feucht, sondern triefnaß. Uns schien, als habe man es kurz vor unserer Ankunft erst in die Zelte geworfen. Aber wir waren zum Umfallen müde. Wir hätten überall geschlafen. Wenn wir allerdings geahnt hätten, daß wir ein gutes Drittel, fast die Hälfte der Strecke nach Lübz zurückgeschafft worden waren und uns nun wieder ganz nahe an der Grenze zur russischen Zone befanden, hätten wir Alpträume gehabt.

Am Freitag, dem 2. November, wurden wir wieder um sieben Uhr geweckt. Schlaftrunken und zähneklappernd taumelten wir aus dem Zelt. Tagelang waren wir nicht mehr aus den Kleidern gekommen. Draußen lag dichter Nebel zwischen den Zelten. In einer Baracke wurden wir verpflegt. Kaffee und Kakao erwärmten uns wunderbar von innen, das mit Marmelade bestrichene Weißbrot machte uns satt und vermittelte uns Zuversicht und gute Laune.
  Als wir die Verpflegungsbaracke verließen, hatte sich der Nebel gelichtet. Uns bot sich ein überwältigendes Bild: Vor uns, unmittelbar neben dem Lager, lag ein romantischer, in Gebüsch und Baumgruppen eingebetteter See. Dieser Anblick bewirkte endgültig, daß unsere Lebensgeister wieder wach wurden.
  Und nun ging es Schlag auf Schlag: Am Nachmittag wurden wir in Privatquartiere der umliegenden Dörfer eingewiesen. Die Mutter wehrte sich dagegen. Sie versuchte den Organisatoren immer wieder klarzumachen, daß wir nicht vorhatten, hier in Schleswig-Holstein seßhaft zu werden, sondern auf schnellstem Weg zu ihrer Schwester nach Winsen an der Luhe wollten. Aber als sie keine schriftliche Bestätigung der Schwester vorweisen konnte, daß diese gewillt sei, uns aufzunehmen, zuckte man nur bedauernd die Achseln: Wie viele der aus dem Osten herübergekommenen Flüchtlinge hatten geglaubt, ihre alte Wohnung wieder beziehen oder bei Verwandten unterkommen zu können! Aber die Wohnungen existier-

ten oft nicht mehr, und viele Verwandte waren seit dem letzten Briefkontakt selber umgekommen oder, wenn sie noch lebten, nicht in der Lage, die oft großen Familien auf längere Zeit bei sich aufzunehmen. »Ihr Glaube in Ehren, aber die Verhältnisse, die sind oft nicht so! Sie können mit Ihren sechs Kindern nicht ins Ungewisse reisen!«

Diese Argumente konnte sie nicht ganz zurückweisen. Wir hatten ja seit dem Kriegsende auch keinen Kontakt mehr mit Tante Hilde gehabt. Vielleicht war Onkel Peter noch in den letzten Kriegstagen gefallen? Vielleicht war Tante Hilde aus Winsen fortgezogen, vielleicht zu ihrer Mutter, unserer »Wiesbadener Großmutter«? Lauter Vielleichts, keine Gewißheit. Ja, diese Flüchtlingsverteiler mochten ihre Erfahrungen haben, schlimme Erfahrungen: verzweifelte Menschen, die nichts mehr von dem vorfanden, was ihr Heim gewesen war, und niemanden, der ihnen Obdach gewährte.

Wir wurden in eine Gastwirtschaft Schmidt in einem Dorf eingewiesen, dessen Name ich nicht mehr weiß. Das große »Klubzimmer« gleich neben dem Schankraum sollten wir bekommen, einen einzigen Raum, fast so groß wie unsere schiefe Schulklasse. Frau Schmidt machte kein Hehl daraus, daß sie von unserer Einquartierung nicht begeistert war. Kann man es ihr verdenken?

Die Mutter fragte nach einer Toilette. Ja, hieß es, wir müßten eben die Toiletten der Gastwirtschaft mitbenutzen. Und unseren Kochtopf könnten wir mit auf den Herd in der Gästeküche stellen. Nein, Möbel könnten sie uns nicht zur Verfügung stellen. Wir könnten ja vorerst mal auf dem Stroh schlafen. Die Wirtin zeigte auf ein paar Strohballen. Das englische Militär hatte sie, wie wir erfuhren, an Wohnungsinhaber ausgeteilt, die Zwangseinquartierungen von Flüchtlingen erwarteten.

Dieser kühle Empfang entsprach nicht unseren Erwartungen. Unser guter Wandschneider kam uns in den Sinn. Wie hatte er sich damals bei unserer Ankunft in Lübz um unser Wohlergehen bemüht!

Während die Kinder schon im Stroh schliefen, besprach die Mutter mit mir unsere Lage. Wir entschlossen uns, auf eigene Faust weiterzureisen. Denn hier, im Dunst und Lärm der Schankstube, konnten wir so oder so nicht bleiben.

Am nächsten Morgen – es war Samstag, der 3. November – ging die Mutter zum Bürgermeister des Ortes und trug ihm unsere Pläne vor. Er hätte sich nun freuen können, sieben unerwünschte Neubürger des Ortes wieder loszuwerden. Aber er schlug der Mutter vor, sie solle doch erst einmal allein nach Winsen fahren und sehen, wie es dort stehe. Lasse sich alles so einrichten, wie sie es sich vorstelle, könne sie dann noch immer die Kinder abholen.

Aber die Mutter wollte uns nicht allein zurücklassen. Sie verzichtete schriftlich auf die ihr zugeteilte »Wohnung« und meldete sich ab. Sie wußte, was sie damit riskierte. Denn mit der Aufgabe der Wohnung verloren wir auch die Aufenthaltsgenehmigung, und nur mit dieser erhielt man damals Lebensmittelkarten.

Der Bürgermeister vermittelte ihr noch die Möglichkeit, mit den Kindern und dem Gepäck auf einem Traktoranhänger zum nächsten Bahnhof zu kommen, der in Büchen lag. Sie bedankte sich herzlich bei ihm. Denn er hatte mehr für uns getan, als seine Pflicht war.

Die Wirtsleute Schmidt verabschiedeten sich erleichtert von uns. Ich glaube mich erinnern zu können, daß sie uns sogar noch etwas Proviant mit auf die Weiterreise gaben. Der Traktor fuhr erst am späten Nachmittag ab. Bis wir dann einen Zug nach Hamburg bekamen, wurde es schon dämmerig. Bei tiefer Dunkelheit fuhren wir in Hamburg ein. Nur hier und dort schimmerten vereinzelte Lichter. Durchquerten wir immer noch Vororte? Nun mußten wir doch bald ins Zentrum kommen. Aber alles blieb dunkel, bis wir den Hauptbahnhof erreichten.

Jetzt waren wir also in Hamburg, der Millionenstadt. Ich hatte zwar ein halbes Jahr in Breslau gelebt, und ich kannte Saarbrücken, Mutters Heimatstadt, und Wiesbaden, die Stadt, in der die Großmutter jahrelang gelebt hatte. Aber was waren diese Städte schon gegen Hamburg?

Die Mutter erledigte jetzt erst einmal eine Pflicht, die ihr unaufschiebbar erschien: Sie kaufte einen Briefumschlag samt Briefmarken, kramte den Soldatenbrief aus dem Gepäck, schrieb die Adresse der Angehörigen vom Brief auf den Umschlag ab, schob den mit Bleistift dicht bekritzelten Zettel in den Umschlag, klebte ihn zu und warf ihn in den nächsten Briefkasten. Als Absender hatte sie Tante Hildes Winsener Adresse angegeben. Der Brief kam übrigens nie zurück. Aber wir erhielten auch nie eine Bestätigung, daß er angekommen war.

Als wir den Hauptbahnhof schwerbepackt verließen, um eine Nachtunterkunft zu suchen, begriff ich, daß das Hamburg, das sich unseren Augen bot, nichts mehr mit jenem Hamburg der Vorkriegszeit zu tun hatte. Im düsteren Schein einiger Straßenlaternen wanderten wir durch eine gespenstische Szenerie: Fassaden, hinter denen keine Gebäude mehr standen, Trümmerberge, die noch halb auf den Fahrbahnen der Straßen lagen, Ruinenkulissen, wohin man schaute. Ein deprimierender Anblick.

Auf dem Hauptbahnhof hatten wir die Adresse einer Massenunterkunft für Durchreisende erhalten. Sie war in einem Gebäude untergebracht, das sich Jahnhalle nannte. Eine freundliche, junge Frau, die wir nach der Jahnhalle fragten, führte uns zu ihr. Diese Halle hatte die Bombenangriffe einigermaßen glimpflich überstanden. Aber sie war überfüllt. Schließlich wurden in einem Flur noch ein paar Pritschen mit Strohmatratzen für uns aufgestellt.

Wieder kamen wir erst spät in der Nacht zur Ruhe. Aber wir waren um ein gutes Stück näher an Winsen herangekommen. Was für Wechselbädern von Hoffnung und Niedergeschlagenheit waren wir auf diesem letzten Reiseabschnitt ausgesetzt! Und dann die Route der Fahrtstrecke, die wir seit der Überschreitung der Grenze hatten zurücklegen müssen: was für ein absurdes Zickzack!

Ankunft

Auch am 4. November wurde unerbittlich um 7 Uhr geweckt, obwohl Sonntag war. Die Kleinen und Siegfried hatten schon tagelang nicht genug Schlaf gehabt. Sie weinten und wollten nicht aufstehen. Die Mutter mußte erst energisch werden. Nach einem Frühstück mit Mukkefuck für die Erwachsenen und Kakao für die Kinder brachen wir wieder auf und schleppten unser Gepäck zum Bahnhof zurück. Heutzutage hätten wir sicher das Gepäck in Schließfächern auf dem Bahnhof gelassen. Aber Schließfächer gab es damals nicht. Der Bahnhof war bei einem der Bombenangriffe schwer beschädigt worden.

Erst jetzt, bei Tageslicht, erkannten wir das ganze Ausmaß der Bombenschäden. Ruinen bis an den Horizont. Kinder spielten in den Schuttgebirgen, stocherten nach noch Brauchbarem, Autos umfuhren die Trümmerberge, die in den Straßen lagen. Auf manchen Mauerresten standen, in Kreide geschrieben, die Namen der Menschen, die einmal in diesem Haus gelebt hatten. Neben die meisten Namen waren Kreuze gemalt. Hinter Kellerfensterscheiben bewegten sich Gardinen. Aus Ruinen stiegen dünne Rauchfäden auf: Da hatte sich jemand in einem noch halbwegs unzerstörten Raum eine provisorische Unterkunft geschaffen.

Dann waren wir wieder auf dem Bahnhof. Während sich die Mutter eine Reisebewilligung verschaffen mußte, ohne die sie keine Fahrkarten bekam, setzten wir uns auf das Gepäck und warteten. Die Kleinen ließen sich auf den Sack fallen und versanken augenblicklich in tiefen Schlaf. Siegfried konnte die Augen auch nicht lange aufhalten. Und so atemberaubend das Treiben auf dem großen Bahnhof auch war, hatten wir drei Großen doch Mühe, wachzubleiben.

Hamburg 1945

Die Schlange, in der sich die Mutter vor einem Bahnhofsbüro anstellen mußte, war lang. Wir beobachteten, wie die Mutter nur langsam vorrückte. Gegenüber auf den Bahnsteigen ging es um so turbulenter zu. Dort stürzten sich Menschen auf die einfahrenden Züge, ließen die Ankommenden kaum aussteigen, drängten in die Waggons, kletterten auf die Dächer, standen in Trauben auf den Trittbrettern, wenn die Züge aus dem Bahnhof stampften. Hatten wir überhaupt Aussicht, mit einem so überfüllten Zug mitzukommen? Natürlich traute ich mir zu, auch auf dem Dach oder dem Trittbrett zu reisen. Aber wohin mit den Kleinen und dem Gepäck?

Endlich bekam die Mutter die Reisebewilligung. Nun mußte sie sich noch einmal anstellen, diesmal für die Fahrkarten. Und dann war es soweit. Um 13 Uhr sollte ein Zug in Richtung Hannover abgehen. Er war noch nicht da. Wir schleppten unser Gepäck auf den Bahnsteig. Er war dicht besetzt von Wartenden mit Bergen von Koffern, Säcken, Kartons und Taschen. Damals herrschte auf den Bahnsteigen wenig Höflichkeit, wenn es darum ging, in einen Zug hineinzukommen. Wer stärker war, erzwang sich einen Weg. Rücksichtslos wurden die Ellbogen gebraucht. Das Zugpersonal war machtlos.

Daß wir, behindert durch Gepäck und kleine Kinder, kaum Chancen hatten, zeigte sich, sobald der Zug einrollte. Obwohl wir uns aneinanderklammerten, riß uns die hastende Menschenmenge auseinander, rannte die Kleinen, die in panischer Angst zu schreien begannen, fast über den Haufen und eroberte den Zug, während wir einander suchten und die Kleinen beruhigten.

Die Mutter lief verzweifelt am Zug entlang. Wo und wie sollten wir denn noch in einen Waggon kommen? Die Abteiltüren gingen ja kaum mehr zu. Die Schaffner mußten sie mit Schwung von außen schließen.

Wir waren nicht die einzigen, die keinen Platz mehr gefunden hatten. Auch ein paar Mütter mit Kleinkindern und einige alte Leute standen noch auf dem Bahnsteig. Die Mutter wandte sich an den Zugführer. Der schien, wundersamerweise, von dem täglichen Bahnsteigelend noch nicht abgebrüht zu sein. Er winkte uns, ihm zu folgen. Ihm schlossen sich auch die anderen Leute an, die es nicht geschafft hatten, einen Platz im Zug zu erobern. Der Mann lotste uns am ganzen Zug entlang bis zum Waggon hinter dem Gepäckwagen. Dort war ein Abteil für das Zugpersonal reserviert. In dieses Abteil hob und schob er uns hinein, dazu noch zwei andere Frauen mit Säuglingen. Auch die übrigen Platzsucher brachte er, wie es schien, noch irgendwo im Zug unter.

Für damalige Zeiten fast pünktlich, nämlich mit nur dreiunddreißig Minuten Verspätung, fuhren wir ab, dichtgedrängt wie die Sardinen. Aber das war auszuhalten. Schon in einer knappen Stunde würden wir ja in Winsen aussteigen.

Unvorstellbar.

Kaum hatten wir Hamburg-Harburg hinter uns, mußte Gotli plötzlich dringend aufs Klo. Aber das war unmöglich. Ich weiß nicht mehr, ob es daran lag, daß die Schaffner ihre Toilette abgeschlossen hatten oder ob die Toilette wegen der dichtgedrängten Menge in den Gängen für uns nicht erreichbar war. Vielleicht wagte die Mutter auch nicht mehr, sich mit Gotli mühsam zur Toilette durchzuschlagen, denn bis Winsen fehlten nur noch ein paar Minuten.

Also kramten wir den Kindernachttopf aus dem Gepäck. Die anderen Mütter im Abteil zeigten Verständnis für diese Lösung. Gotli hatte begriffen, daß sie zu einer völlig unpassenden Zeit mußte. Und es war ausgerechnet ein »großes« Geschäft. Sie brach in Tränen aus, während wir sie anfeuerten, sich zu beeilen. Aber gerade in solchen Situationen will es oft nicht klappen. Das kennt man. – Schließlich klappte es doch. In aller Eile kippten wir den Inhalt des Nachttopfes aus dem Fenster. Fast wäre er durch den Fahrtwind in eines der nächstliegenden Fenster wieder hineingeweht worden.

Das ganze Abteil atmete auf. Denn schon erschienen die ersten Häuser von Winsen. Das war gerade noch mal gutgegangen. Gleich würde der Zug bremsen.

Aber er bremste nicht. Der Bahnhof von Winsen sauste am Fenster vorbei, und schon waren wir wieder auf freier Strecke. In der Ferne verschwand die Silhouette der kleinen Stadt. Wir gerieten in Panik. Warum hatte der Zug nicht gehalten? Ein Bahnbeamter hatte der Mutter auf dem Hamburger Hauptbahnhof versichert, daß er in Winsen halten würde!

In Lüneburg, der nächsten Station, kletterten wir hastig aus dem Abteil, begleitet von guten Wünschen der Reisegefährtinnen. Was jetzt? Es war Sonntag. Ob an diesem Tag überhaupt noch ein Zug in Richtung Hamburg abging, der in Winsen hielt? Und was sollten wir an der Sperre sagen, da wir ja nur bis Winsen fahren wollten, aber ohne eigene Schuld bis Lüneburg im Zug bleiben mußten?

Die Mutter wandte sich an den Bahnhofsvorsteher und

schilderte ihm unsere Situation. Er glaubte ihr, und er wußte auch eine Lösung: Ohne daß wir noch einmal neue Fahrkarten kaufen mußten, setzte er uns eineinhalb Stunden später auf einen leeren, offenen Wagen eines Güterzuges, der in Richtung Hamburg fuhr. Da kauerten wir nun, sieben Häufchen Elend, im Novemberwind und froren fürchterlich, während der Güterzug qualvoll langsam auf Winsen zuqualmte.

Es dämmerte schon, als er in Winsen hielt. Steifgefroren kletterte ich mit den älteren Geschwistern vom Waggon. Ich nahm der Mutter die Kleinen ab, die sie mir zureichte. Dann folgte das Gepäck. Ein Eisenbahner half der Mutter herunter.

Und dann wanderten wir durch die kleine Stadt – müde, hungrig, schmutzig. Tante Hilde und Onkel Peter besaßen kein Telefon. Wir konnten ihnen unsere Ankunft nicht ankündigen. Nun beschlich uns plötzlich doch eine diffuse Furcht: Wie, wenn sie – aus was für Gründen auch immer – nicht mehr hier wohnten? Wir wagten nicht, uns diese Möglichkeit auszumalen. Vielleicht war Onkel Peter, wenn er noch lebte, noch nicht daheim. Es waren ja so viele ehemalige Soldaten noch nicht heimgekehrt. Aber Tante Hilde *mußte* da sein!

Ihre Adresse lag genau am entgegengesetzten Ende der Stadt. Dort, im letzten Haus an der Landstraße, die nach Tönnhausen führte, im ersten Stock der ehemaligen Kleinbahnstation, hatte sie jedenfalls bis zum Kriegsende gewohnt. Das war vor einem halben Jahr gewesen. Wenn wir Glück hatten, lebte sie jetzt noch immer dort.

Die Kleinen wollten nicht mehr weiterlaufen, sie weinten und ließen sich von uns Großen ziehen. Siegfried stolperte mit gesenktem Kopf dahin. Wir anderen verfolgten die Hausnummern. Langsam näherten wir uns dem allerletzten Haus.

Im ersten Stock brannte Licht. Wir entdeckten es schon von weitem. Es war also sicher, daß jemand dort oben wohnte. Natürlich. In jener Zeit gab es keine leerstehenden Wohnungen. Aber ob es Tante Hilde war? In der Dunkelheit konnten wir den Namen unter dem Klingelknopf nicht entziffern.

Die Mutter zögerte eine kleine Weile, bis sie auf den Knopf drückte. Sie putzte erst noch den Kleinen und sich selbst die Nase und stellte das Gepäck in eine ordentliche Reihe. Ich glaube, sie hatte in diesem Augenblick große Angst.

Dann schellte sie. Atemlos warteten wir auf das, was nun geschehen würde. Hinter der Tür wurde es hell. Schritte kamen die Treppe herunter, die Tür öffnete sich. Mitten in der Helligkeit stand Tante Hilde, und von oben tönte Onkel Peters Stimme: »Wer isses denn?«

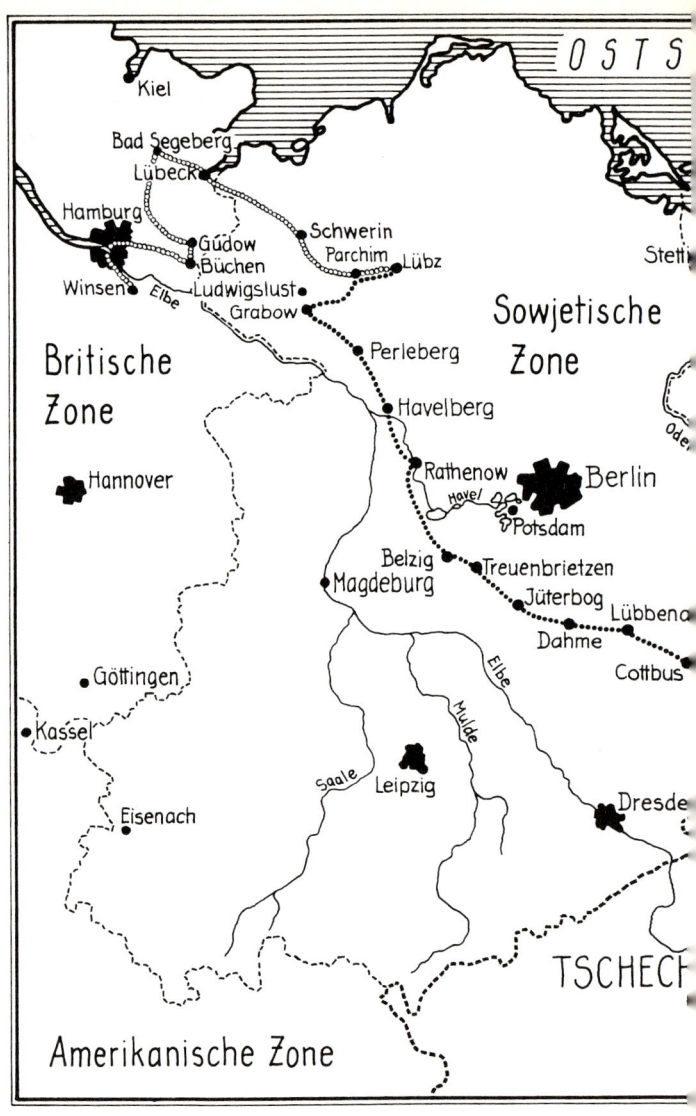

Schlitz, Ostern 1988

Mein lieber Junge,

ich habe Dir ja schon oft Episoden aus jenen Tagen erzählt. Du hörtest gespannt zu. Deine Augen leuchteten. Dich fasziniert das Ungewisse, das Spontane und Provisorische an diesem Leben, das wir damals führten.

Ja, manche von Euch Kindern der Überflußgesellschaft suchen regelrecht nach Situationen, die sie vom Überfluß, vom Komfort abschneiden – urlaubshalber natürlich nur. Denn Ihr betrachtet solche Bewährungsproben wie eine Art Sport, wohl wissend, daß es Euch dabei nicht ans Leben geht.

Unser Quer-durch-Deutschland-Gewaltmarsch aber war mehr als ein Abenteuer. Da ging's wirklich ums pure Überleben – ohne Garantien und Versicherungen! Wenn die Gedanken nur noch um Eßbares kreisen, wenn man tagelang, wochenlang vor Schmutz und Schweiß klebt, wenn man jeden Augenblick Angst haben muß, das letzte Paar Schuhe zu verlieren, wenn man weiß, daß ringsherum in den Gegenden, die man durchquert, Typhus wütet und keine Ärzte zur Hand sind, wenn man die kleinen Geschwister vor Erschöpfung und die Mutter vor Verzweiflung weinen sieht – dann hat das mit Abenteuer nichts mehr zu tun.

Ich wünsche Dir, daß Du in Deinem künftigen Leben ab und zu für eine Weile mit dem Allernötigsten auskommen mußt und dieses Wenige schätzen lernst. Ich wünsche Dir auch, daß Du hin und wieder Grund hast, Dich zu freuen, daß Du noch lebst. Aber ich wünsche Dir nicht, nur noch so vegetieren zu müssen, daß Du Dich kaum mehr von einem Tier unterscheidest. Und nie, mein

Junge, sollst Du Tag für Tag menschlichem Elend begegnen müssen, ohne helfen zu können.

Damit wir uns nicht mißverstehen: Ich habe Dir unsere Fluchtgeschichte nicht erzählt, um Dir vor Augen zu halten, wie gut es Dir und Deiner Generation geht. Ich wollte Dir vielmehr verständlich machen, warum ich reagiere, wie ich reagiere. Warum ich erziehe, wie ich erziehe. Kurz: Warum ich bin, wie ich bin.

Nach der Lektüre dieses Berichts wirst Du sicher begreifen, warum manches in meinem Verhalten nicht der Verhaltensnorm der heutigen Gesellschaft entspricht, auf viele Zeitgenossen vielleicht sogar lächerlich altmodisch wirkt. »Vertriebenenmentalität« nennt man das spöttisch.

Ja, noch heute fällt es mir schwer, Lebensmittel in den Abfall zu werfen, die noch genießbar sind, und ich versuche nach Möglichkeit, die Reste einer Mahlzeit bei der Zubereitung einer nächsten Mahlzeit mitzuverwenden. Und ich kann mich nicht entschließen, ein Kleid, das ich gern trug, nach einem Jahr in die Altkleidersammlung zu geben, nur weil es der neuesten Mode nicht mehr entspricht. Du erinnerst Dich, daß wir, meine Geschwister und ich, die noch gut erhaltenen, aber zu klein gewordenen Kleider unserer Kinder untereinander austauschten. Und Du weißt, daß wir die hemmungs- und skrupellose Konsumgier unserer Überfluß- und Wegwerfgesellschaft nicht übernommen haben.

Solche Zeiten wie die, die ich hier schilderte, prägen einen Menschen – vor allem, wenn er noch jung ist. Es war eine harte Zeit, die Kriegs- und Nachkriegszeit, eine ganz und gar unnormale Zeit, eine tiefe Zacke nach unten in der Kurve des mitteleuropäischen Lebensstandards. Aber ich bin überzeugt, daß unser gegenwärtiger Lebensstandard ebensowenig normal ist, sondern in dieser Kurve lediglich eine Zacke nach oben. Wobei ich mir bewußt bin, daß sich die Kurve bei uns nur deshalb in schwindelnder Höhe bewegt, weil sie anderswo auf unserem Planeten – in der Dritten Welt und in Kriegsgebieten – in erschreckenden Tiefen verläuft. Denn uns geht es gut auf Kosten anderer. Das »Normale« liegt wohl dazwischen. Irgendwann, vermutlich bald, muß sich unser Lebensstandard wieder auf die Mitte einpendeln – wenn die Zakken nach oben und unten nicht immer größer werden sollen. Das aber kann nicht wollen, wer für Gerechtigkeit ist.

Es wird den Menschen, die in ihrer Kindheit und Jugend von der Zeit des Überflusses geprägt wurden, wahrscheinlich recht schwerfallen, sich auf ein bescheideneres Leben umzustellen. Dir aber habe ich ein paar Voraussetzungen für diese unvermeidliche Umstellung mitgegeben: Du hast gelernt, einfach zu leben. Dir ist klar, daß man mit Besitz keine Liebe erkaufen und, wie der weise Indianerhäuptling Seattle sagte, Geld nicht essen kann; Du pfeifst auf Statussymbole, und es beunruhigt Dich nicht, wenn andere mehr besitzen als Du; vor allem aber hast Du Phantasie und bist ein Meister im Improvisieren. Engpässe und Notsituationen empfindest Du als Herausforderung.

Dir mag das vielleicht komisch erscheinen: Aber mich beruhigt der Gedanke, daß Du in Notzeiten nicht wie ein Fisch auf dem Trockenen zappeln wirst – sofern sie nicht schlimmer werden als die, die ich erlebt habe.

Daß sich noch weit schlimmere Verhältnisse einstellen könnten, Katastrophen, die die Existenz der gesamten Menschheit bedrohen, wissen wir inzwischen.

Wir, die Erwachsenen der letzten Jahrzehnte, haben große Schuld daran. Obwohl wir doch so konkret erfahren haben, wie vergänglich Besitz ist, verwechseln wir ihn heutigentags mit Sicherheit. Besitz – als Voraussetzung für Ansehen und Bequemlichkeit – bedeutet uns alles. Darüber bleibt vieles, was viel wichtiger ist, auf der Strecke: die Ehrfurcht vor allem Leben, die Achtung vor der Würde des Menschen, das Verantwortungsgefühl gegenüber unseren Nächsten und der Gemeinschaft der Menschen insgesamt.

Übernimm diese Schuld nicht. Versuche, anders zu leben. Versuche zusammen mit den Angehörigen Deiner Generation aufzuhalten, was noch aufzuhalten ist, rückgängig zu machen, was noch rückgängig zu machen ist. Lebe in die Richtung hin, in der Du die Chance eines Überlebens der Menschheit zu erkennen glaubst.

Es ist die Richtung, in die ich Dich zu erziehen versuchte.

Deine Mutter

Nie zu jung für Literatur – RTB Bibliothek

Diese neue Literaturreihe steckt Buch für Buch voller Spannung. Und das, obwohl kein Titel der „Bibliothek" ein reines Kinderbuch ist.

Lars Gustafsson — Onkel Knutte
Isaac B. Singer — Der Geschichtenerzähler
Italo Calvino — Marcovaldo
Christoph Meckel — Gwili und Punk
Ted Hughes — Der Rüssel
Bohumil Hrabal — Das Städtchen, in dem die Zeit stehenblieb

Ravensburger Buchverlag
Otto Maier GmbH, 7980 Ravensburg

Ravensburger